DO LIVRO AO LIVRO

A ARTE DE ESCREVER
E PUBLICAR FICÇÃO

SENAC • SERVIÇO NACIONAL DE APRENDIZAGEM COMERCIAL – DF

PRESIDENTE DO CONSELHO REGIONAL
Adelmir Santana

DIRETOR REGIONAL
Luiz Otávio da Justa Neves

EDITORA SENAC DISTRITO FEDERAL

Coordenador
Luiz Otávio da Justa Neves

Editora-chefe
Bete Bhering (mariabh@senacdf.com.br)

Livreiro-Chefe
Antonio Marcos Bernardes Neto
(marcos@senacdf.com.br)

Coordenação Editorial
Gustavo Coelho (gustavo.souza@senacdf.com.br)

EQUIPE DA EDITORA
Bete Bhering, Gustavo Coelho, Nair Ofuji
e Paula Dias

EDITORA SENAC-DF
SIA Trecho 3, lotes 625/695,
Shopping Sia Center Mall - Loja 10
CEP 71200-030 - Guará - DF |
Telefone: (61) 3313.8789
e-mail: editora@df.senac.br
home page: www.editora.senacdf.com.br

NESTA EDIÇÃO

Capa
Gustavo Coelho e Paula Dias

Projeto gráfico e diagramação
Gustavo Coelho
Paula Dias

Revisão
Glória Dias

Revisão de prova
Nair Ofuji

Editora Senac Distrito Federal, 2018.

FICHA CATALOGRÁFICA

C421d

Cesar, Newton

Do livro ao livro: a arte de escrever e publicar ficção / Newton Cesar
Brasília: Senac-DF, 2018.

324 p. | 16X23cm

ISBN: 978-85-62564-77-2

1. Literatura - escrita . 2. Técnica literária. 3. Editoração. I. Título.

CDU 82:655

NEWTON CESAR

DO LIVRO AO LIVRO

A ARTE DE ESCREVER E PUBLICAR FICÇÃO

LIVRARIA & EDITORA SENAC-DF
BRASÍLIA, 2018

"Toda escrita começa
antes da escrita!"

Para Helena, por cada dia
de amor ao meu lado.

Ao Vicente Ataide, pelas preciosas
observações e, especialmente, pelos
ensinamentos há tantos anos.

Para o Nelson de Oliveira, um escritor
que entende como poucos este universo das
letras. Sua generosidade é de outro planeta.
Ou outros.

Ao Rogério Coelho, com a minha
profunda admiração.

AGRADECIMENTOS

Esta obra não teria o mesmo peso não fosse pela valorosa participação de Elisa Dinis, Marco Pace, Soraia Reis e Thales Guaracy. Vocês foram ótimos.

Não poderia deixar de estender minha gratidão ao mestre Vicente Ataide e ao notável Nelson de Oliveira: obrigado por engrandecerem o meu trabalho. Agradeço, ainda, à amiga e editora Bete Bhering, que, certa vez, em um assunto que discorríamos sobre publicação de romances, instigou: "Infelizmente, não publico romances, mas se você tiver algo como 'Manual para Escrever um Livro', posso tentar apresentar para o conselho". Bem, eu não tinha. Suas palavras, Bete, também me incentivaram a escrever esta obra. Obrigado por isso.

Agradeço a todos os profissionais da Editora Senac, que tratam o livro dos autores com o cuidado que ele merece.

Finalmente, agradeço a cada leitor-escritor que já descobriu, ou ainda descobrirá, a importância de respirar palavras.

"Escrever é fácil. Você começa com uma letra maiúscula e termina com um ponto final. No meio você coloca ideias."

Pablo Neruda

APRESENTAÇÃO

Vicente Ataide[1]

Do Livro ao Livro são dois livros. Interdependentes, conectados. Mas são dois.

Do Livro estuda os princípios gerais da criação literária: dificuldades, armação da narrativa, organização interna do texto. *Ao Livro* é outra coisa. Está fora, propriamente, do criar literário – formato do livro, tipo de letra, a mancha da página, a capa, os serviços tipográficos.

Newton Cesar circula por ambos com facilidade e experiência. Os muitos romances que escreveu – e que o passar dos anos lhe aperfeiçoou a técnica e a cosmovisão –, os muitos romances ensinaram-lhe a sentir e a racionalizar, a compreender com clareza como é por dentro a narrativa. Donde, a facilidade com que analisa a ficção.

De outro lado, há que lembrar que diferentes escritores fizeram o mesmo: Thomas Mann, no início d'A *Montanha Mágica*, dá uma lição de rara densidade sobre o tempo e o espaço; François Mauriac, romancista, escreve um excelente ensaio sobre a estrutura do romance, enfatizando a personagem (*Le Romancier et ses Personnages*); isso sem contar dois romancistas que muito escreveram sobre suas próprias obras – André Gide e Henry James –, produzindo escritos que vão a fundo na arte do romance. Gosto de citar, também, os quatro prefácios que Guimarães Rosa escreveu para o *Tutaméia*, nos quais fica transparente a natureza mesma da ficção (estória x história), da verossimilhança, da linguagem literária. E R. M. Rilke, cuja carta a um jovem poeta é de invejável clareza e profunda percepção sobre a arte literária. Há, ainda, aquela carta de Mário de Andrade ao jovem principiante Fernando Sabino: há que aprender e praticar o tempo todo, e nunca desistir.

Essa é a trilha perseguida pelo Newton Cesar. Mas ele o faz para conquistar e entusiasmar o seu jovem leitor. Não esconde os problemas

1. Crítico literário, ficcionista e professor de literatura. Autor de *A Narrativa de Ficção*, *Modernismo*, *Literatura Infantil e Ideologia*. Trabalhou nas universidades de Minnesota, Iowa e na UCLA.

de carpintaria: a busca da melhor palavra, a organização da parte e do todo, o fluxo de consciência para o primeiro copião. Tudo respingado com a própria experiência – "eu fiz de um jeito, refiz de outro". Não são palavras textuais, mas a ideia é essa.

E sem dar tréguas à leitura. Particularmente, prefiro os textos de qualidade artística superior, pois enriquecem e amadurecem. Os outros são perda de tempo.

Ao Livro, como o objeto que contém a narrativa: tanta experiência e conhecimento quanto o outro lado. Desde os toscos fazeres do começo até o refinamento da produção nas maiores e melhores empresas de comunicação social e marketing do Brasil. Tanto nacionais quanto estrangeiras. O Newton Cesar passou por elas como o extraordinário profissional que é. Ele se tornou um *designer* completo. Artista plástico que também é, com engenho e arte, não lhe foi difícil chegar a elevados níveis de perfeição: campanhas publicitárias belas e inteligentes, folhetos, capas de livros, miolos de volumes rebeldes e cheios de vida, acertos singulares nas cores. Ao mesmo tempo, e por isso mesmo, o conhecimento seguro do mercado. Também, o contato permanente com gráficos e editores dá-lhe subsídios para dissertar sobre a produção final do livro. Que é o que acontece, de modo muito pessoal, nas partes II e III (o visual e a publicação).

Embora tenha um currículo tão denso, Newton Cesar não se esconde atrás de subterfúgios tecnicistas (como tantos tolos o fazem). Em *Do Livro ao Livro*, de ponta a ponta, temos um autor e um técnico a "conversar" com o principiante. O ensaísta quer cativar, quer trazer para o grêmio literário o aprendiz. E ele o faz com alegria e bom humor, com a clareza que não omite o difícil da tarefa. Ele não quer que haja desistência – donde a abundância de exemplos, de figurações, de amostras. A obra é prática, pois leva o novel escritor a também produzir – e na hora e enquanto lê.

ANTES

No apartamento onde eu morava quando garoto, uma quitinete no centro de São Paulo – final dos anos 70, começo de 80 –, havia um guarda-roupa. Em uma das gavetas, um caderno escolar teve suas páginas preenchidas com letras caprichosas e palavras idem. Pertencia ao meu pai. Tal caderno, recheado de versos, me saltou aos olhos por obra do acaso. Não fazia ideia de que meu pai fosse dado a escrever poesias. Poeta? Ninguém diria. Tampouco ele deve ter comentado com alguém sobre aquele caderno. Eu nunca soube. De modo que a escrita do meu pai era um segredo; não de Estado, mas passou a ser de direito do descobridor: eu mesmo.

Li quase todas as páginas em questão de horas, talvez duas, no máximo três. Não trago na memória um único verso sequer. Todavia, essa descoberta foi um marco para mim. Seis meses depois, ou um tempo próximo disso, datilografei meus primeiros versos e os enviei para Brasília. Não demorou, ou demorou tempo demais, já não sei, recebi um comunicado confirmando o destaque especial no Concurso Nacional de Poesias naquele distante Estado para onde o texto tinha sido encaminhado. Foi então que eu, um garoto de 13, 14 anos, concluí que alguma coisa sabia fazer na vida. Eu sabia escrever!

Bem, foi o que pensei na época, um pouco tolo, talvez ingênuo, mas certamente prepotente. Anos depois, Adilson, um amigo, deixou escapar numa conversa: "Estou escrevendo um livro." Naquele exato instante, um pensamento pretensioso repousou em mim. "Se ele pode, eu posso!" Não sei bem o porquê de ter pensado isso. Talvez por considerá-lo só um cara normal, não um escritor. Um cara normal, assim como eu. Então, se ele podia, eu podia.

E foi esta a faísca. A chama foi acesa e nunca mais se apagou. A minha jornada entre livros se encarregou de me lançar importantes verdades, entre elas a de que escrever bem leva tempo, muito tempo. E demanda horas, paciência, insistência, perseverança e leitura, muita leitura. Disse Vicente Ataide, meu primeiro editor, grande amigo até hoje: "Newton, se você quer escrever bem, leia!"

Em seu livro *À Procura da Palavra*, a afirmação ganha ainda mais importância. "Escrever, pensar, ler: são três coisas inseparáveis. A leitura é fonte primordial de novas ideias..." [2]

Dispor palavras que façam sentido, tenham coerência, emoção e técnica, com o intuito de transformar algumas ideias em prosa ou verso, exige trabalho duro. E se transformar ideias em textos está longe de ser tarefa fácil, tornar ideias em um livro completo, é hercúleo.

Foi por isto que resolvi escrever este livro: para facilitar, ou estreitar sua jornada com o livro, esteja este em sua mente, insistindo para ser escrito, ou esteja em sua gaveta, pronto – ou quase – para ser editado, diagramado e consumado com todos os artifícios que a arte permite, incluindo uma bela capa.

Do livro ao Livro não é um tratado de literatura. Manual técnico, desses que nem todos leem? De jeito nenhum. *Do Livro ao Livro* aborda a narrativa, o projeto gráfico de um livro, e alguns aspectos do mercado editorial voltados para autores que buscam publicação. Levo em conta a minha experiência de transitar entre as áreas texto e arte. Esta obra, portanto, fundamenta-se na minha jornada escrevendo, publicando e trabalhando como *designer* editorial.

O modo como escrevo, disseco o texto e desenvolvo um projeto gráfico certamente não é consenso entre todos os profissionais da área, posto que cada um rege a sua própria maneira de atingir os resultados imaginados. É, contudo, a forma – ou fórmula – que tem dado certo para mim. Os caminhos que percorro para escrever e,

2. ATAIDE, Vicente. *À Procura da Palavra*, Curitiba: Livros HDV, 1981, p.10.

posteriormente, transformar o original em um projeto gráfico de qualidade, serão, a partir de agora, os seus.

Desejo, sinceramente, que os passos que dará como escritor sejam mais seguros depois deste livro.

"Como começar pelo início,
se as coisas acontecem antes
de acontecer?"

Clarice Lispector,
A Hora da Estrela.

SUMÁRIO

PARTE I – A ESCRITA

PARTE II – O VISUAL

PARTE I

A ESCRITA

"Vocezinha tem medo
de palavras, benzinho?
– Tenho, sim senhora."

Clarice Lispector,
A Hora da Estrela.

1. O FIM DO LIVRO

Foi assim: a história teve início com uma ordem – ou pedido – que veio por intermédio d'Ele, o Pai Todo Poderoso. Alguma entidade no Universo – nunca compreendi qual – atendeu. Bastou o Pai dizer: "Faça-se a luz", e a luz se fez. A tal entidade desconhecida apertou o interruptor lá do céu e a escuridão desapareceu. Simples. Em seguida, Deus criou o sol. Surgiram oceanos, peixes, plantas, animais. À imagem e semelhança de Deus, você sabe quem – nascida do barro – também deu o ar da graça. E o que parecia perfeito desandou. Homem, costela, maçã, cobra, sexo. Não demorou quase nada e saltamos do paraíso para o inferno. Ou nem tanto.

Foi assim. E no fundo, foi bom. Não fosse a desobediência, a expulsão não teria se concretizado, a humanidade tampouco se multiplicado feito coelho, e a história a ser contada seria apenas uma. Tente imaginar todos os escritores do mundo escrevendo sobre um único acontecimento. Quem leria a mesma coisa durante anos e anos? Pensando bem, a Bíblia é, até hoje, o livro de ficção-histórica mais vendido do mundo. Inconteste, a palavra escrita tem poder!

Mas, voltando ao tempo, foi assim: depois que o homem foi expulso, que Caim matou Abel, que Moisés mostrou leis escritas em pedra, que os egípcios inventaram – ou coinventaram – a escrita, que os chineses conceberam o papel, teve o Gutenberg, que inventou um meio de imprimir vários livros em larga escala.

Johannes Gutenberg, em 1439, por aí, ao criar o tipo móvel, possibilitou a popularização do livro. Consequência direta do fato: os escritores passaram a se profissionalizar e a sonhar em ter suas obras publicadas e distribuídas para centenas de leitores. Isso me soa tão atual!

Foi assim: o livro dominou o mundo. A sabedoria difundida em páginas ganhou notoriedade tal durante séculos que seria insólito há alguns anos – nem tão distante – admitir que a soberania deste artefato poderia acabar. O tema gerou debates, e continua a promover as mais calorosas discussões. O livro, afinal, terá fim?

Umberto Eco, juntamente com Jean-Claude Carrière, defende, na obra *Não Contem com o Fim do Livro*, que não, o livro não acabará.

> *"[...] o 'e-book' não matará o livro – como Gutenberg e sua genial invenção não suprimiram de um dia para o outro o uso dos códices, nem este o comércio dos rolos de papiros ou volumina. Os usos e costumes coexistem e nada nos apetece mais do que alargar o leque dos possíveis. O filme matou o quadro? A televisão, o cinema? Boas-vindas estão às pranchetas e periféricos de leitura que nos dão acesso, através de uma única tela, à biblioteca universal doravante digitalizada."*

Lucia Santaella, da Pontifícia Universidade Católica de São Paulo (PUC-SP), também defende a eternidade do livro. "O livro é eterno, ele não se confunde com suporte, que é uma maneira de organizar a informação. É a linguagem que importa. E para cada tipo de linguagem, é preciso desenvolver um tipo de cognição específica.[3]"

Charles Kiefer, em sua obra *Para Ser Escritor*, discorrendo sobre algumas plataformas de leitura, entre elas a internet, prenuncia em tom conclusivo, ou quase:

> *"O cinema não matou o teatro. A internet não matará o livro. O mundo das formas é infinito. E, uma vez criada, uma forma se torna indestrutível. [...] Não nos livraremos dos livros tão cedo [...]."*

3. https://bit.ly/2KsM9Oy. Último acesso em 28/08/2017.

Do papiro ao livro eletrônico são cinco mil anos de história. Sim, vivemos na era da obsolescência programada, é verdade. A novidade eletrônica de hoje estará obsoleta amanhã. Tudo é feito propositadamente para você comprar e desfazer-se da compra passado um ou dois anos. Os produtos eletrônicos que sua mãe usa, e que eram da época da sua avó, ainda funcionam perfeitamente bem? Ignore. Produtos assim não existirão, jamais! É inegável, portanto, que neste mundo líquido, ser duradouro é exceção, não regra. A digladiação dos produtos pela permanência no mercado é realmente árdua. Mas considere o seguinte: há séculos uma colher é uma colher, lembrou Umberto Eco. Não existe substituto capaz de acabar de vez com a colher nossa de cada dia. Com o livro é a mesma coisa. É no que acredito. Afinal, são cinco mil anos de história, você já leu.

Foi assim: a fotografia não acabou com o desenho ou a pintura; a televisão não sepultou o rádio; a internet não liquidou a televisão; *tablets* não deram fim ao computador ou celular. Logo, o livro só acabará com a extinção dos leitores!

É irrefutável que o livro eletrônico não seja a mesma coisa que o de papel. O eletrônico pode trabalhar com a fusão entre a linguagem escrita, sonora e visual. O livro em papel tem como exclusividade – salvo admiráveis exceções – o texto. Assim sendo, embora sejam livros, são produtos distintos, artefatos com características ímpares de leitura que – sob minha avaliação – coexistirão por anos. Talvez a geração Alpha – pessoas que nasceram a partir de 2010 e que, portanto, precederam a geração Z – possa dar cabo desta tese daqui a quinze, vinte anos. Afinal, são seres que carregam a conectividade no sangue. Ler gráficos, imagens, luzes, formas, cores, jogos, textos e hipertextos, tudo num só tempo, é absolutamente normal para eles, esses consumidores 3.0. Ou já seriam 4.0?

Entretanto, ainda que o livro em papel seja liquidado pela tecnologia digital, a perda maior será para o leitor, não para o escritor. Perder o cheiro do papel, o som e o conforto de virar as páginas, o acabamento traduzido em beleza gráfica será realmente doloroso para aqueles que, como eu, têm o livro em papel como algo mágico, quase um ser vivo – membro da família, ou, em alguns casos, até mais importante que ela.

De todo modo, como escritor, o livro em papel é um incentivo muito especial todas as vezes em que me sento em frente ao Word à busca de dar sentido às palavras, transformando-as em histórias. Escrevo, sim, vislumbrando o livro impresso, nunca o eletrônico.

Escrever um livro que poderá ser publicado em papel ou em formato eletrônico é, ainda, escrever um livro. O jeito de contar a história, a trama, os personagens, diálogos; a procura da palavra mais adequada, nada disso muda. Contar uma história, sempre será contar uma história.

Dito isto, se quer escrever um livro, não pense no fim do livro. Pense no começo. Pense em escrever. Escrever histórias, na mais humilde das avaliações, é fazer história para sempre.

2. O CONTADOR DE HISTÓRIAS

"Viver sem sonhar é mero sonambulismo.[4]"

Frei Betto

A mãe está sentada ao lado do filho, à beirada da cama. Passa das dez e, além disso, os costumes da época reforçam ser muito tarde para uma criança continuar de olhos abertos. A hora de dormir havia sido extrapolada há muito. Como a criança relutava, a mãe – sorriso nos lábios, voz baixa e em compasso calmo – faz o de costume: conta-lhe uma história. O mundo ficcional das palavras logo dá lugar aos sonhos, não sem antes a criança pedir pela terceira vez: "Conta de novo, mãe!"

O menino deitado não era eu. O hábito de contar histórias para fazer os filhos dormirem estava a quilômetros de distância da minha mãe. Ao menos nada em minha mente remete a lembranças dela ao lado da cama tentando fechar os meus olhos com palavras imaginativas e instigantes. Mesmo assim, mesmo sem ouvir histórias quando criança, tornei-me um contador de histórias, desses que escrevem.

E se ouvinte não fui, a leitura, por sua vez, exerceu papel determinante naquela época? Deveria, claro, só que não aconteceu assim. Sei que minha mãe gostava de ler – é boa leitora até hoje –, mas comprar livros não era sua prioridade. Entre palavras impressas em páginas e um prato cheio, a comida na mesa ganhava fácil a disputa. Provavelmente, a responsável maior por levar minha imaginação para outros mundos tenha sido a (hoje tão criticada) televisão. Apenas quando passei a frequentar a escola, um mundo novo surgiu.

A primeira história da qual me lembro de verdade chama-se *O velho, o menino e a mulinha*, de Monteiro Lobato.

4. BETTO, Frei. *Ofício de Escrever*, 1ª ed., Rio de Janeiro: Anfiteatro, 2017, p.123.

"O pai chamou o filho e disse: – Vá ao pasto, pegue a bestinha Ruana e apronte-se para irmos à cidade, que quero vendê-la." Esse começo nunca foi apagado da minha mente. Eu deveria estar na 4ª série do primário, hoje ensino fundamental, quando a professora pediu que eu lesse as primeiras linhas.

Da mesma época, houve outra narrativa que me marcou: *Negrinho do Pastoreio*, do escritor gaúcho, João Simões Lopes Neto.[5] Se você conhece a fábula, sabe que o Negrinho, em determinado momento, é atirado ao formigueiro. Para mim – pequeno leitor da época – este acontecimento foi o pior. A lenda afro-cristã trazia o assunto da escravidão como contexto social principal, mas isso me passou à margem. Curto de avaliação, fiquei apenas imaginando as dores que o menino escravo sentia com as picadas das formigas!

Houve outra história. Na estante da sala de nossa casa repousavam Narizinho, Pedrinho, Emília e Hércules! *Os Doze Trabalhos de Hércules*, também de Monteiro Lobado, um dos pouquíssimos livros que não fazia parte de meu material escolar, estava lá para descortinar o bem-estar da leitura.

Mas não foi em razão desse livro, nem pelas outras duas histórias citadas acima, que me transformei em um contador de histórias. Caçando a ponta do novelo, puxando o fio da meada, consigo me lembrar de, aos 11 anos, criar uma história em quadrinhos. Eu estava começando a desenhar, na época. Empolgado pelos traços amadores e influenciado pelos super-heróis do Stan Lee que eu via – e lia – nos gibis do meu primo, lá fui eu me aventurar entre as imagens e textos que saíam da minha cabeça. Foi só isso. Os próximos acontecimentos relevantes: a participação no concurso de poesias e a faísca que acendeu a minha chama de escritor – já os contei no capítulo 1.

Com relação ao contexto vivido por mim – não crescer em meio aos livros e nem histórias narradas na hora de dormir –, vale a pena ser

5. João Simões Lopes Neto nasceu em Pelotas-RS, em 1865, e faleceu aos 51 anos, em 1916.

considerado o mais relevante e, talvez, contraditório fato: contar histórias não fará de você um escritor. A recíproca também é verdadeira: ouvir ou ler histórias igualmente não o transformará em um escritor.

Não obstante, discordar de estudiosos, professores e pedagogos quanto à importância de se contar histórias para as crianças seria pecado mortal. Ao ouvir histórias, a criança vive uma vida emprestada. Colocando-se dentro da própria história narrada, sua imaginação é aguçada, e ela passa a ter referências de mundo antes não experimentadas. A leitura de mundo de uma criança que ouve histórias é mais abrangente; na maioria das vezes, ilimitada. A mente criativa da criança é abastecida com possibilidades inventivas poderosas.

Como relata Celso Sisto[6] em seu artigo *A arte de contar histórias e sua importância no desenvolvimento infantil* (p.3), o ouvinte ou leitor de histórias é impactado de maneira singular, sendo convidado a usar a imaginação e recriar ideias:

> *"De forma mais global, a literatura exige do ouvinte uma forma específica de recepção e de criação, diferente do que exigem outros veículos de comunicação. O ouvinte, ao receber um conjunto de estímulos (sonoros, rítmicos, plásticos, emocionais, etc.) através da narração oral, é convidado a recriar as ideias lançadas pelo narrador, para compreender, acompanhar e ressignificar a história que está ouvindo. [...] E ainda mais, são também ampliadoras do repertório cultural, que é sempre cumulativo: quanto mais histórias uma criança ouve, quanto maior o convívio orgânico com as artes – convívio ativo, que engloba o contemplar e o fazer –, maior será a dimensão cultural vislumbrada pela criança. Por tudo isso, pode-se dizer: as crianças que têm contato com as histórias desenvolvem mais a imaginação, a criatividade e a capacidade de discernimento e crítica..."*

Posso considerar que você cresceu ouvindo histórias, o que seria ótimo. Por outro lado, tal privilégio pode ter passado distante da sua

6. Escritor, ilustrador e contador de histórias, Celso Sisto é especialista em literatura infantil e juvenil, pela Universidade Federal do Rio de Janeiro (UFRJ), e Mestre em Literatura Brasileira, pela Universidade Federal de Santa Catarina (UFSC).

formação desde os tempos de criança até os atuais. Contar histórias – seja qual for e para quem for – pode até ser uma tortura se você for do tipo calado, tímido, e que prefira muito mais sua companhia à de outras pessoas. No fundo, não importa. A relevância aqui concentra-se no fato de você já ter sua visão de mundo e no seu desejo de contar histórias sentado em frente à tela do computador (ou *tablet*), emitindo apenas os sons dos teclados.

Tenho uma dica: grave. Sim, ligue o gravador de voz de seu celular e grave a história. Conte-a para o seu aparelho. Depois, transcreva-a. Acha coisa de doido passar horas conversando com ninguém? Tudo bem. Então, escreva. Escreva a história como se estivesse conversando, contando um causo para outrem. No final, a escrita realmente poderá se transformar em livro.

E que história contar? A ideia, o enredo, os personagens[7], como justapor os elementos? No decorrer desta obra, você descobrirá. Por enquanto, destaco duas palavras a fim de lhe responder estes questionamentos: verdade e mentira. Isso mesmo, seja verdadeiro. E minta.

Vai por mim: todo escritor ficcional – e alguns que escrevem biografias – misturam a realidade com a fantasia.

Na 2ª Bienal Brasil do Livro e da Leitura, realizada em Brasília (2014), Ariano Suassuna, falecido em julho do mesmo ano, em conversa com o público, disse: "Todo escritor é um mentiroso, vocês já repararam?"

7. Personagens podem ser tratados como "os" personagens ou "as" personagens, independente de sexo. Optarei em usar "os" personagens por ser o mais comum entre os leitores.

3. POR QUE ESCREVER UM LIVRO DE FICÇÃO?

Caso o "contador de histórias" estivesse em você desde sempre, somente isso bastaria. Acontece que o desejo de escrever um livro que recai sobre algumas pessoas, no mais das vezes, pouco tem a ver com o "contador de histórias". Ego provavelmente seja um dos fortes indicativos. Ainda que o discurso dos aspirantes a escritor – falo do escritor de ficção – remeta a uma perspectiva mais sociocultural, politicamente correta, algo como "Eu tenho uma voz e quero ser ouvido", ou "Estão aqui meus pensamentos e pontos de vista", quem escreve o faz para preencher o vazio do ego. No instante em que a escrita se transforma na ponte para o reconhecimento e o fim do anonimato, o ego está a salvo. Cair no esquecimento não será uma ameaça. Nenhum problema, então, em afirmar que escrever é destacar-se, estar presente e eternizar-se na história. Se não na história, ao menos nas estantes dos leitores ou dos sebos.

Situando-me em outras vertentes e deixando a conclusão psicológica do ego às sombras, a razão para escrever ficção está em fazer arte. Literatura é arte. Elucidou Massaud Moisés:

> *"A palavra 'literatura' deriva do latim* litteratura*, que por sua vez se origina de* littera*, e significa o ensino das primeiras letras, o ensino primário, da escrita e das letras. Com o tempo, a palavra ganhou melhor sentido e passou a significar arte das belas letras ou simplesmente arte literária.*[8]*"*

O conceito de arte literária para a literatura não se dá por acaso. Massaud Moisés, na mesma obra, ao relacionar outras artes, explicou que cada uma se caracteriza por um tipo de signo. A arte do

8. MOISÉS, Massaud. *A Criação Literária*, 4ª ed., São Paulo: Melhoramentos, 1971, p. 17.

som? A música. A arte da cor é a pintura; do movimento, a coreografia; do volume, a escultura; do espaço vazio, a arquitetura. E a arte da palavra? Literatura.

Assim, razão inquestionável para se escrever ficção: tornar-se artista ou expressar-se como um.

Seguindo a mesma linha de pensamento em que a literatura é o cerne da questão, optar por escrever uma obra de ficção é dar a oportunidade àquele que a escreve de viver outras vidas, desfrutar de realidades díspares, enriquecendo, por meio desta arte imaginária, seu papel no mundo.

> *"O meu mundo é recriado quando lanço mão de vocábulos e regras sintáticas para dar forma e expressão ao que penso e sinto. Assim, transubstancio a realidade, me projeto em algo que, fora de mim, não sou eu e, no entanto, traduz o meu perfil interior de um modo que eu jamais conseguiria pela simples fala.[9]"*

> *"[...] o homem se aperfeiçoa com a assimilação de experiências ficcionais antecipadoras ou reveladoras de dimensões e situações para além de seu mundo comum. E 'assim como a saúde precisa ser conservada mediante o alimento e o exercício, parece que a saúde psicológica tem que ser conservada, no decorrer da própria vida, mediante a 'alimentação' em nível de símbolos afetivos: pela Literatura, que nos conduz a novas fontes de fruição; pela Literatura, que nos faz sentir que não estamos sozinhos [...]; pela Literatura, que expõe nossos problemas a uma nova luz; pela Literatura, que sugere novas possibilidades e nos abre novos campos de experiências...[10]'"*

Pela literatura. Ao escrever pela literatura, escreve-se, de certa forma, pela salvação e posse! "Se o eu é em parte formado por golpes, feridas e cicatrizes do mundo, escrever se torna então uma espécie de automedicação.[11]" Revelou David Grossman: "Eu escrevo e percebo

9. BETTO, Frei. *Ofício de Escrever*, 1ª ed., Rio de Janeiro: Anfiteatro, 2017, ps. 64-65,

10. MOISÉS, Massaud. *A Criação Literária*, 4ª ed., São Paulo: Edições Melhoramentos, 1971, pg.28.

11. PETIT, Michèle. *A Arte de Ler: ou como resistir à adversidade*, São Paulo: Editora 34, 2009, p.147.

que o emprego correto e preciso das palavras é como um remédio para uma doença[12]". Quem escreve, diz Michèle Petit, referindo-se a Hanif Kureishi, toma posse do mundo.

> *"Em vez de me comportar como vítima, eu serei todo-poderoso; escrever me permitia tratar, ordenar, o que me parecia ser apenas caos. [...] não tardei a descobrir que, no terreno da escrita, eu era o meu próprio mestre... [...] eu dava vida a um mundo cujas dissonâncias podia dominar e esvaziar de seu veneno. Eu escrevia para me sentir melhor, pois sentia frequentemente uma espécie de mal-estar. Escrevia para me tornar um escritor e fugir da periferia.[13]"*

Não seria demais completar que aquele que escreve o faz para fugir da periferia de si mesmo. Escreve-se por uma nova vida. Uma vida de liberdade, posto que a criação literária liberta.

> *"Eu escrevo. Imagino. O simples fato de imaginar me dá novamente vida. Não estou nem congelado nem paralisado diante do predador. [...]*
>
> *De repente, não estou mais condenado a essa dicotomia absoluta, falaciosa e sufocante, a essa escolha desumana entre ser vitima ou agressor sem que haja uma terceira via mais humana. Quando escrevo, posso ser humano. [...].[14]"*

Para quem pretende encarar a tarefa de escrever ficção pela primeira vez, evidentemente que este sentimento visceral, quase vital, não vem à tona. O desejo de escrever, como necessidade básica, sequer pode ser aventado para o aspirante a escritor, haja vista que partir para a aventura de transformar ideias em livro pode ter a ver com algo muito mais simples: desafio. Você se desafia, vai e faz, ponto final. Entrementes, torna-se verdadeiro escritor aquele que não pode mais ficar sem escrever. Aconselhou Frei Betto: "Aos candidatos a

12. Ibidem, p.48

13. Idem, ibidem.

14. Idem, ibidem.

escritor, aconselho este critério: se consegue ser feliz sem escrever, talvez sua vocação seja outra. Um verdadeiro escritor jamais será feliz fora desse ofício.[15]"

Inveja também não escapa de ser um dos motivos. Escreve-se por inveja. Ao invejar aquele que escreveu um livro, o pavio de se fazer igual – ou melhor – é aceso. Graças a este Pecado Capital, um novo escritor pode surgir. Penso agora: terá sido o meu caso ao seguir a pretensão do meu amigo?

Fama e dinheiro? Não há dúvida de que aqueles que desejam escrever um livro considerando esses dois fatores fazem parte da minoria. Sem contar que pouco, ou nada, conhecem do mercado livreiro no Brasil. A literatura em nosso país é dolorosa para os que esperam tirar dela o sustento.

Ainda, há a questão da comunicação. O homem, desde as primeiras palavras traçadas nas pedras, nos tecidos e papiros, viu a necessidade da comunicação se agigantar. A criação do tipo móvel foi o ápice. Na época, nem o mais lunático poderia vislumbrar o surgimento do computador e da internet. A evolução foi monstruosa. Hoje, imaginar o mundo sem a conectividade é insensatez. Assim, as redes sociais, com evidência, também podem ser responsáveis por despertar o desejo de se escrever um livro. Primeiro, o *blog*. Depois, o livro. O caminho até que é natural, caso os *videoblogs* não destruam a escrita. Afinal, é muito mais fácil encontrarmos pessoas que queiram virar *youtubers* a serem escritoras.

No meu caso, o primeiro o ato de escrever deu-se pelo impulso frente à descoberta daqueles versos paternos – você já leu. Depois da minha aventura poética, vez por outra novos versos me rondaram, e acabei escrevendo algumas dezenas de poesias típicas de adolescente. Livro? Nem pensar. Eu não conhecia nada sobre produzir literatura de verdade. Significado da palavra "literatura"? Eu nem fazia ideia. Como

15. BETTO, Frei. *Ofício de Escrever*, 1ª ed., Rio de Janeiro: Anfiteatro, 2017, p.13.

eu disse, a minha aventura era produzir apenas alguns versos. Todas as poesias da época, inclusive, tiveram o mesmo destino: o cesto de lixo. Minto, não foram todas. Uma ou outra se salvou e deve estar guardada nalguma caixa de papelão, lacrada e inexplorada há anos. Abandonadas, presas na caixa, já não estariam mortas as tais poesias?

Refletindo a respeito, a decisão de escrever um livro não se dá por libertação? Numa alforria de pensamentos, escrever não é permitir que as palavras ganhem vida? Dando vida às palavras, minha escrita resumia-se nos versos poéticos e na prosa manuscrita em cartas e mais cartas de amor. MSN, WhatsApp, e-mail, nada disso existia. Escrever, postar a carta no correio e passar dias ansiosos à espera da resposta tinham o seu valor.

Voltando ao impulso. A vontade de escrever um livro eclodiu de um ímpeto, porque não houve planejamento, não passei um ano após o outro cogitando tal possibilidade. Ideia aprisionada na mente? Não havia uma sequer. Em minha gaveta, não existiam rabiscos ou *flashcards* de possíveis histórias. O livro surgiu de um simples comentário feito por um amigo, e bastou que ele fizesse isso: comentar. De seu comentário, nasceu o meu primeiro romance.

Fácil. Não impus barreiras. Não considerei a experiência necessária. Não cogitei sobre a indisponibilidade do tempo. Tampouco me preocupou a falta de um argumento pronto, desses que esperam sair da gaveta a fim de virar história. A real preocupação – juro – foi verificar se a minha máquina de datilografia estava funcionando e se eu precisava comprar papel sulfite. Tivesse eu levado em conta todas as dificuldades para se escrever um livro de ficção, provavelmente não o teria feito. Ser ignorante sobre alguns processos, às vezes, tem suas vantagens.

Antes da minha vontade gerada do rompante, porém, uma e outra conversa aconteceu. Vagamente, lembro-me de uma amiga, Sandra, comentando sobre o livro de Thomas Mann[16], *A Montanha*

16. Thomas Mann recebeu o prêmio Nobel de Literatura em 1929, principalmente pelo seu romance Buddenbrook.

Mágica, escrito em 1924. Admirada, cogitava ela a possibilidade de, um dia, também escrever. Em nosso diálogo, até títulos aleatórios surgiram, mas parou aí. Eu só fui escrever meu primeiro livro quase três anos depois. Dela, eu nunca mais soube.

Verdade que não se esconde, antes de conceber qualquer possibilidade de me tornar um escritor, eu queria era ser leitor. Meu desejo primário: ter uma estante recheada de livros.

Comecei a ler por incentivo próprio – e não imposição –, aos meus tardios 16 anos. Nunca mais parei. Entre leituras, e também filmes, meu primeiro livro nasceu quando eu mal completava 18 anos. É possível, então, que se descartarmos o momento do arroubo, do desafio, da "inveja" do amigo, o motivo mais importante que me levou a parir um livro tenha sido a leitura? Não tenho dúvida.

E hoje, anos depois, não titubeio ao dizer: seja qual for o motivo que você busque para escrever um livro, considere a leitura como seu combustível. E não tenha medo de começar. Muitos não escrevem, ou abandonam a escrita pela metade, porque são tomados pelo medo de produzir, ao fim de tudo, um livro ruim. Acredite: o meu primeiro livro, nunca publicado, ficou horrível.

> *"[...] por que escrevo? [...] no fundo, é para impedir que se cure a loucura que, por trás dessa aparente normalidade, faz de mim um homem embriagadamente alucinado.*[17]*"*
>
> Frei Betto

17. *Ofício de Escrever*, 1ª ed., Rio de Janeiro: Anfiteatro, 2017.

4. LER PARA ESCREVER

Thomas Mann foi citado. Thomas Mann, considerado um dos maiores romancistas do século XX, foi citado. Thomas Mann, ao ganhar o prêmio Nobel, foi o cara. Thomas Mann está lá, no capítulo anterior. Insisto em Thomas Mann por um motivo que, dependendo da sua leitura, pode ter deixado passar des(a)percebida a importância do fato. Não, não leia Thomas Mann. Ou devore todas as suas obras se assim for de sua vontade, pois não é disso que se trata. Não trago o assunto à tona para que você o leia, embora devesse. O fato importante a ser ressaltado é o contexto da conversa.

Repetindo o dito: "Vagamente, lembro-me de uma amiga, Sandra, comentando sobre o livro de Thomas Mann, *A Montanha Mágica*, escrito em 1924. Admirada, cogitava ela a possibilidade de, um dia, também escrever." Eu não havia completado 16 anos ao protagonizar essa conversa. Daí a importância do contexto, se a trouxermos para os dias atuais. Quantos são os adolescentes que hoje se reúnem para conversar sobre Thomas Mann? Ou Shakespeare, John Steinbeck, Machado de Assis, Bernardo Guimarães? Até os autores contemporâneos são esquecidos nas rodas dos adolescentes. Carol Bensimon, Eliane Brum, Joca Reiners Terron, Elton Licks, sabe quem são? E há muitos, muitos excelentes autores não (re)conhecidos pela maioria.

De certa forma, o tal desconhecimento dessa parte maior é compreensível, embora seja pouco aceitável. Crianças crescem sem o incentivo da leitura. Os pais, afinal, não são leitores. As atribulações diárias sufocam não só a vida, mas o ato de ler (falo aqui da leitura tradicional, livro em mãos). Não obstante, tomar o gosto pela leitura sem o empurrão da família é possível; aconteceu comigo. Também com Nelson de Oliveira, excelente escritor.

Revelou Nelson: "Na minha infância não houve ninguém – tio, avô ou amigo da família – que me introduzisse ao universo dos livros. Em casa não havia o hábito da leitura nem de revistas nem de jornais, muito menos de histórias infantis na hora de dormir.[18]"

Nosso país, contudo, e sem novidade, não se destaca pela leitura. É do conhecimento da maioria que falta literatura nas escolas, do ensino fundamental ao superior. À parte cursos de graduação específicos, nas faculdades a literatura não é a realidade dos alunos. Resultado? Graduados capazes de falar mais do que uma língua; lidar com as novas demandas e exigências – incluindo as tecnológicas –; altamente capacitados (generalistas), mas que, ao mesmo tempo, são incapazes de dominar a própria língua. Fizessem eles uma redação no Enem, o resultado seria pífio.

Existem muitas pesquisas a respeito, caso queira se aprofundar no assunto. Destaco uma pequena parte da pesquisa da Fecomercio -RJ – Federação do Comércio do Estado do Rio de janeiro, sobre os hábitos culturais. Entre outras coisas, a pesquisa revela que 70% dos entrevistados não leram um só livro em 2014.

> *"O mapa do lazer do brasileiro revela um consumidor sem muito entusiasmo pela arte e literatura: 55% dos brasileiros responderam que não fizeram nenhuma atividade cultural em 2014. Em 2013, essa porcentagem era de 49%. A leitura de livros caiu de 35% para quase 30% dos entrevistados – 70% dos pesquisados não leram um único livro neste último ano. O uso da internet, facilitado pelos smartphones, é apontado na pesquisa como um dos responsáveis pela queda na leitura, principalmente entre os jovens."*[19]

E a pesquisa *Retratos da Leitura no Brasil*[20] divulgou que "Leitor é todo aquele que leu, inteiro ou em partes, pelo menos um livro nos últimos três meses".

18. OLIVEIRA, Nelson. *O Século Culto e Outros Sonhos Provocados*, São Paulo: Escrituras, 2002, p.16.

19. https://glo.bo/1NKcPXa. Último acesso em 28/08/2017.

20. Instituto Pró-livro – Ibope Inteligência, 3ª ed., março de 2012.

Aos meus olhos, para definirmos "leitura" e o "ser" leitor é necessário um olhar mais profundo. "O uso da internet, facilitado pelos *smartphones,* é apontado na pesquisa como um dos responsáveis pela queda na leitura", demonstrou a primeira; "Leitor é todo aquele que leu, inteiro ou em partes, pelo menos um livro nos últimos três meses", defendeu a segunda. Ora, o que é leitura e o que é leitor?

> *"A leitura é a fonte primordial de novas ideias, de aprofundamento daquelas que já possuímos, de conhecimento da língua. Os modelos encontrados nos livros servem de base para futuras criações pessoais."*
>
> Vicente Ataide, *À Procura da Palavra.*[21]

Leitura é alimento, tanto para o *saber* quanto para o *ser*. Assim, seria a leitura apenas aquela que está impressa em livros? Imerso na vastidão do significado, o mais importante é frisar a leitura como "*um mundo que informa e forma*". A leitura que fazemos das coisas ou pessoas é tão, ou – não raras as vezes – até mais importante do que a leitura dos livros. Charles Kiefer clareia a análise:

> *"[...] Acho que o homem é um amontoado de leituras, de músicas, de pinturas e genes. Penso que o meio influencia a formação da personalidade, não influencia?*[22] *"*

O mundo de hoje não é o mesmo. O ontem já se foi. Em razão da globalização, o acesso à informação é ininterrupto. Não podemos esquecer que o *saber*, embora se eternize com o *aprender*, é mutável. A perenidade, mesmo a perenidade dos livros, não é mais dominante. À medida que o mundo se transforma, a palavra se transforma, a leitura e o leitor se transformam.

21. ATAIDE, Vicente, Curitiba: Livros HDV, 1981, p.10.

22. KIEFER, Charles. *Caminhando na Chuva*, São Paulo, Leya, 2012.

Não caberia, portanto, um questionamento quanto à afirmação da primeira pesquisa sobre o uso da internet e *smartphones*? Será mesmo que "o uso da internet, facilitado pelos *smartphones*" seria responsável pela queda na leitura? A leitura, sendo restringida apenas ao objeto livro, sim. Por outro lado, se observada pelo contexto multimídia, a história muda. A internet, por meio das redes sociais, *blogs*, *e-mails*, WhatsApp, é responsável por novos leitores e, sim, novos escritores. Escreve-se mais e lê-se mais por conta da conectividade. *Videoblogs* e *blogs* têm se transformado em edições impressas comercialmente muito bem-sucedidas. A qualidade ou não desses novos leitores e escritores não está em questionamento.

A segunda pesquisa citada define o leitor como sendo toda pessoa que leu, inteiro ou em partes, pelo menos um livro nos últimos três meses. Será mesmo este um leitor? Se o ler em partes significar ler uma página por mês, é leitor quem o faz? Ou será que leitor é aquele que desenvolve – qual um atleta que treina diariamente – o hábito de ler, ao menos, vinte a trinta páginas ao dia? Nem tanto ao céu, nem tanto à terra. Ler um livro por mês – inteiro, e não em partes –, estaria de bom tamanho para quem deseja conquistar o título de leitor.

Mas não vou tapar o sol com a peneira. Há uma verdade na afirmativa da segunda pesquisa. Não importa se você leu duzentas páginas ou dez; importa o que foi absorvido dela. O leitor, ao deparar-se com um texto aleatório – um comentário, um parágrafo, uma frase –, lido na internet ou na página de um livro escondido na estante, não pode absorver informação oportuna e de valor para a sua avaliação de mundo, e, ainda, para a sua criatividade? Dependerá da forma que ler, eis a questão. Qual o significado da palavra "ler" nos dias atuais? Escreveu o professor lusitano Daniel Sampaio em seu artigo *Ler nos dias de hoje*:

> *"[...] O paradigma mudou entre a gente nova. Cada vez veem menos televisão e passam muitas horas no computador, por vezes estão dependentes de vários ecrãs ao mesmo tempo. 'Ler', para os mais novos, já não significa estar sentado num sofá com um livro 'em suporte de papel' (horrível expressão) nas mãos. 'Ler', hoje em dia, é receber informação a toda a hora, ver as notícias ao minuto, pesquisar num sítio [sic] da Internet, verificar os novos comentários nas redes sociais. Qual o adolescente de hoje que visita uma livraria clássica para escolher um livro? Qual o jovem de hoje que discute temas literários, como se fazia nos anos 60?"*[23]

Outra pergunta: como ler?

Se leitor – definido pela pesquisa – é aquele que lê inteiro ou em partes, também é leitor quem lê em qualquer plataforma. E não há leitura mais picotada do que a desfrutada na internet, onde tudo é veloz. Para o jovem leitor, porém, isso não parece ser um problema. Em seu artigo *Ler ou não ler: eis a questão*, Miriam Mônaco Mota, discorre sobre a capacidade de resposta quase imediata do jovem dentro deste contexto.

> *"Há, no contexto atual, um apelo imagístico com facilidades de leitura e interpretação mais rápidas que propiciam uma resposta quase imediata, pois o jovem tem pressa, não pode perder o bonde da vida".*[24]

Lançando mão do ditado popular, a pressa é inimiga da perfeição. Posso concordar que o jovem, inserido neste contexto *comunicação/cultura* digital, tenha facilidade de absorção e interpretação mais rápidas, haja vista os bebês já navegarem em *sites* aos 2 anos de idade – *tablet* dos pais em mãos. Mas a leitura *fast food* do mundo (livros, televisão, cinema, *sites*, jornais, revistas, pessoas, etc.) não funcionaria para quem deseja escrever um livro de qualidade e se tornar um

23. https://bit.ly/2IksrYB.Último acesso 28/08/2017.

24. http://facitec.br/revista/web/pedagogia/download/2_4.pdf

escritor? "No computador ou no celular, a linguagem é reduzida a um código exíguo que subverte toda a estrutura da linguagem", escreveu Frei Betto.[25]

Da mesma forma que para ser escritor é preciso aprender a escrever, também é necessário aprender a ler. E, a despeito da leitura de mundo, leitura da vida e das coisas, há que se ler especialmente ficção. Aquele que lê ficção está, ao mesmo tempo, dentro e fora de si, experimentando uma nova maneira de encarar e contar os fatos, garantindo vigor maior à psique.

À procura de profundidade, optar pela leitura dinâmica e instantânea não resolve. A tríade que o livrará de se tornar um escritor raso, sem argumentos, está em ler, pensar, escrever. A leitura aprofundada corrobora para o pensar melhor e, por conseguinte, escrever melhor. "Penso, logo existo", defendeu o filósofo René Descartes (1596-1650). Ou, como disse-me certa vez o autor e amigo Marcio Pitliuk, "Escrevo, logo existo". E não é demais acrescentarmos: "Leio, logo existo".

Zé Rodrix[26] contou em entrevista possuir 12 mil títulos em sua biblioteca, todos lidos, relidos e anotados. Autor da *Trilogia do Tempo* (*Johaben – Diário de um Construtor do Templo*; *Zorobabel – Reconstruindo o Templo*, e *Esquin de Floyrac – O Fim do Templo*), Zé foi um gênio. Talvez em razão da genialidade, ler 12 mil livros sem lançar mão da leitura dinâmica tenha sido possível. Este, sim, um leitor! Ou um louco, sabe-se lá.

Ainda estou pensando: 12 mil livros lidos? Fiz as contas várias vezes e nunca entendi como é humanamente possível. Ele morreu aos 61 anos. Seria necessário ter lido, em média, mais de duzentos livros por ano. Isso caso tenha começado sua jornada de leitura ainda criança, aos 8 anos. Conclusão: leu-os em parte. As partes que lhe interessavam, que lhe eram importantes, imprescindíveis. Absorveu e entendeu o *todo* – provavelmente sim. Algumas páginas, porém, devem ter ficado para trás. Enfim...

25. BETTO, Frei. *Ofício de Escrever*, 1ª ed., Rio de Janeiro: Anfiteatro, 2017.

26. Zé Rodrix, de nome verdadeiro José Rodrigues Trindade, foi músico, compositor, maestro, arranjador, autor, ator, pintor, publicitário, professor e jornalista.

Para ler como um escritor, o exemplo de Zé Rodrix não cabe, posto que a quantidade beira o ficcional; e ele era um gênio, nós não. Pelo menos, eu não. Bastam um, dois, ou três livros por mês, desde que você os leia com entusiasmo, cuidado e profundidade, fazendo anotações se for preciso, buscando nas entranhas do texto o que o autor não disse, sugeriu; encontrando, na disposição das palavras e frases, o estilo, a dramaticidade, a beleza, a significância – forma – e o significado – conteúdo.

Há que se concentrar em tudo: na ação, nos personagens, no ponto de vista do autor. Detalhes técnicos merecem ser percebidos. A narração é boa? O texto flui com clareza? Envolve? Os diálogos são verossímeis? Identificar todas essas questões em leitura de uma só sentada não é fácil, sei disso.

Caso tenha se dispersado, volte a página. Mais ainda: caso tenha se empolgado – o que será excelente – e tenha lido sem se atentar às minúcias, qual o problema? Aprender, o leitor sempre aprende. E quando o leitor é apreendido pela história de maneira a não lhe restar condições de atentar-se em mais nada, nem na própria respiração, tanto melhor. Ao final do livro, terá aprendido que história é feita para envolver. Todo o mais, para o aspirante a escritor, é "resto". E o resto – que nada tem de desprezível nesse contexto – é construção, intenção, justaposição de elementos.

Releitura serve justamente para esmiuçar. Reler uma obra é, em comparação, como rever um filme. A quantidade de informações que nos escapa da primeira vez chega a ser impressionante, não é verdade? É na (re)leitura cuidadosa que o leitor pode descobrir o uso das palavras propostas pelo autor. Que carpintaria ele fez? Cortou ou incluiu quantas palavras mais para atingir o resultado desejado?

Quando você for escrever, descobrirá. No capítulo *Processo de escrita: encontrando palavras*, esse jogo de esconde-esconde literário lhe saltará aos olhos, dando luz aos seus eventuais questionamentos. Por ora, tenha em mente que ao ler e reler, e reler, e reler, o leitor ou escritor torna-se parte da obra, criando, por assim dizer, uma relação afetiva.

Sobre a relação do leitor/escritor com o texto, Francine Prose, no livro *Para Ler como um Escritor*[27], expõe:

> *"Já ouvi a maneira como um escritor lê ser descrita como 'ler carnivoramente'. O que sempre supus que isso significa não é, como a expressão poderia parecer sugerir, ler pelo que pode ser ingerido, roubado ou tomado emprestado, mas sim pelo que pode ser admirado, absorvido e aprendido. Envolve ler por puro prazer, mas também com empenho em perceber e memorizar que autor faz que coisa particularmente bem."*

Ler é assim: fazer parte para, em seguida, ir além do texto. Para um escritor, o texto de outro autor, ou outros, é um veículo. Bicicleta. A metáfora é perfeita. Considere o texto lido como sendo uma bicicleta. Outros autores são, portanto, sua bicicleta. Nela, você se equilibra, cai, levanta, tenta outra vez. No fim, aprende a pedalar. Então, já seguro, segue seu caminho. Você lê para seguir caminhos, tanto os conhecidos quanto os desconhecidos. E os desconhecidos, via de regra, são bem mais instigantes.

Nelson de Oliveira já definiu: leitura – no caso da obra de ficção – é o paraíso na terra.

Voltemos à leitura de mundo.

Quando nascemos, o descobrimento começa. Cheiros, cores, sabores, sons. O mundo ganha sentido, tudo – ou quase – começa a ter significado. Pequenos analfabetos que somos da palavra escrita, lemos mesmo assim. A leitura de mundo nos invade. À medida que nos desenvolvemos, construímos a relação das coisas e distendemos a percepção do mundo, nosso e dos outros. Aprendemos. As camadas

27. 1ª ed., tradução: Maria Luiza X. de A. Borges, Rio de Janeiro: Zahar, 2008.

dos saberes que vão nos vestindo, incluindo as palavras, moldam nossa personalidade. A vida desnuda-se para novas interpretações. Lemos e somos lidos. O certo, o errado. Os valores. Amores, desamores. Felicidades, tristezas. Conquistas, derrotas. Protagonistas e antagonistas dividem os mesmos espaços na esfera social, no mundo que estamos acostumados a ler. E ser.

Em resumo: *Ler* é *Ser*.

Ler e Ser, contudo, não podem compactuar com a passividade. Como bem descrito no artigo de Marta Relvas[28], "*Reinventando Paulo Freire*":

> *"Ler e enxergar o mundo é mais do que olhar para ele na sua superfície: é estarmos permanente e estrategicamente atentos e atentas ao que se passa ao nosso lado e ao que está distante de nós, em profundidade. É superar nosso eventual daltonismo em relação às pessoas com quem convivemos e em relação à realidade que nos cerca e em todos os espaços sociais nos quais vivemos ou por onde passamos."*[29]

Essa leitura de mundo serve para todos. Mas e o escritor? Se este fizer uma leitura de mundo superficial, a visão "caolha" aparecerá em sua escrita – sem falar nos espaços vazios de sua vida que nunca serão preenchidos.

Todavia, além da leitura em profundidade, o escritor precisa ler além da realidade. Ser capaz de enxergar, atribuir ou imaginar circunstâncias novas, além daquelas que estão sendo mostradas. E se isso significar – em contradição ao dito – ler o mundo em sua cotidiana superfície, não se acanhe. Um texto ficcional (conto, novela ou romance) não pode ser profundo sem existir a superfície. Mas tome cuidado: ler o mundo pela superfície não significa lê-lo com ingenuidade.

O meu livro *Eu, Beatriz e Angela*, em que o protagonista sem nome é apenas "Eu" – jornalista que tenta trocar a profissão de relatar

28. Marta Relvas é bióloga, neurobióloga, psicopedagoga e autora de livros sobre Neurociência e Aprendizagem Escolar.

29. https://bit.ly/2PKQ5RL

a realidade para fazer ficção –, traz uma passagem interessante a respeito desta "leitura de mundo além da realidade com base na vida cotidiana, essa que boia na superfície". A partir da superfície, a imaginação pode mergulhar fundo em novos significados.

> *"Às vezes fico na janela observando, imaginando o que cada rosto é. E são muitos. Tem um homem parado na esquina há um tempão, será que é trombadinha? A mulher gorda lambendo o sorvete, será que ela faz assim com o namorado, ou será que ela tem uma penca de filhos, marido, sogra, cachorro, gato, todos morando na mesma casa e, por isso, meio que invadida pelo desgosto, ela não sabe chupar mais nada senão sorvete? E aquela moça, pernas compridas, meias de seda, salto alto, vai pra onde a essa hora? E aquele ali, parece vagabundo. É, podemos ficar horas, dias e noites observando as vidas e imaginando o que elas são."* [30]

Cada leitura feita pelo Eu, de sua janela, sobre essas pessoas citadas no texto dariam, no mínimo, uma história à parte. Vejamos um dos casos:

Tem um homem parado na esquina há um tempão, será que é trombadinha?

Sendo ele trombadinha, a cena seguinte – ainda que clichê – seria levá-lo ao roubo. O roubo pode ter consequências inesperadas. A vítima reagir. O homem ser preso, ou espancado pelos que por ali trafegam. Ou, então, ao reagir, a vítima pode ser morta a facadas. Enfim, a imaginação pode nos levar a muitos lugares, mas só podemos chegar lá com base na leitura de textos e de mundo. Sei, por exemplo, que o ofício do trombadinha é justamente roubar. Entendo perfeitamente as consequências para os dois lados, o dele e o da vítima. Sei

30. CESAR, Newton, São Paulo: Editora Faces, 2011, p.10

porque é a leitura "superficial" que tenho do mundo, que, nalgum momento me chegou por meio da TV, cinema, internet, das manchetes dos jornais, das ruas, dos livros, etc.

A leitura mais profunda seria entender a realidade que levou o trombadinha até ali. O que o fez escolher o caminho do crime? Quais as influências? E de que mundo estaríamos falando? Seria o trombadinha fruto da opressão? Da falta de estudos, dinheiro, amor, lar? Ou seria este uma figura com distúrbio de valores, saída da classe média, que rouba, por exemplo, com o objetivo de comprar drogas?

Percebe como essa leitura de mundo a ser feita vai se aprofundando? E quanto mais mergulharmos, mais fundo chegaremos.

Sebastião Salgado, considerado um dos maiores fotógrafos documentaristas do mundo, autor de vários livros[31], tem uma excelente frase: "Você não fotografa com a sua máquina. Fotografa com a sua cultura".

Perfeito. Aquele que deseja se tornar um escritor, escreverá com sua cultura. E não há como ter cultura sem a leitura de textos e de mundo.

Elucidado foi: a leitura forma o escritor. É a sua base criativa.

As palavras do meu amigo e editor Júlio Röcker Neto reforçam: "Ao entrar no território dos textos com tudo o que somos e lemos, emergimos da leitura com mais clareza do nosso universo interior e exterior, 'reinaugurando' nosso repertório".

Uma pergunta antes de encerrar é cabível e necessária:

Afora a leitura de mundo, o que ler?

Primeiro: leia aquilo com que você se identifica, de que você gosta. É preciso que a leitura seja fator importante de identificação pessoal.

Segundo: leia aquilo de que você não gosta. Ou acha que não.

Quando precisei ler os clássicos brasileiros da literatura nos tempos de escola, encarava-os como sendo entediantes. Tacanho que

31. Até o momento, o seu último lançado foi Gênesis.

eu era, não conseguia perceber a grandiosidade das obras, apenas a grandiosidade do tédio. Anos depois, voltei meus olhos aos clássicos novamente, dessa vez por decisão própria e com outros olhos, já vendo – ou tentando ver – como escritor. Tudo mudou. Pensei, na época: "Seria demais comparar Machado de Assis com Shakespeare?" Não sei a resposta. Sei que li Machado, Shakespeare, Camus, Hemingway, Kafka, Dostoievski, Jorge Amado, Guimarães Rosa (*Grande Sertão Veredas*, aliás, achei dificílimo – ainda me bato com ele), Clarice Lispector, e por aí vai. Li coisa boa. Ruim também. Um escritor necessita ler tudo, mesmo os de qualidade duvidosa, ao menos para aprender o que não deve ser feito.

Li e leio *best-sellers*. Não tenho necessidade de parecer mais culto do que sou. Não fosse esse o motivo, leio *best-sellers* também porque um escritor que não conhece a cultura de massa está perdendo parte da cultura. E os *best-sellers* (alguns até são realmente bem escritos) trazem uma carga imaginativa excepcional.

Não deixo de ler – e você não deveria deixar – os novos escritores. Existem escritores no Brasil, e fora também, que nos proporcionam verdadeiras aulas narrativas, tanto pelo estilo quanto pela modernidade.

Para finalizar, é imperativo, a partir de agora, chamá-lo de leitor-escritor. Afinal, claro está, um não existe sem o outro.

> *"Sempre imaginei que o paraíso fosse uma espécie de biblioteca".*
>
> Jorge Luis Borges

5. A IDEIA E O PROCESSO CRIATIVO

"O que é uma boa ideia? Uma que acontece é. Se não acontece, não é."[32]

Paul Arden

A persiana pende para um lado. Torta, entreaberta, permite que um naco de luz desenhe sua forma em minha mesa. Um caos, minha mesa. Não fosse a plasticidade da luz, o ânimo para escrever se diluiria no caos. Faz horas que me sentei em frente ao computador a fim de ordenar a balbúrdia dos pensamentos com o propósito de transformá-los em palavras, frases, parágrafos que façam sentido, desfilando em suas linhas certo ar de glamour e beleza.

Faz horas.

E a ideia não vem. A parede, a mesa, o teto, a página em branco, tudo à minha volta é afrontado pelos meus olhos, esperançosos de arrancar desses lugares a ideia.

Talvez se qualquer texto eu produzir, se a ideia aparecer, eu possa trabalhar. Não sem estar livre de passar a manhã toda para encontrar uma vírgula; depois, avançar pela tarde, quiçá à noite, para removê-la. Mas é assim que funciona. Escrever tem dessas coisas.

Leu com atenção o texto acima? Releia-o. Acontecerá com você ao escrever um livro. Não serão poucos os momentos em que seu olhar percorrerá o teclado e a tela à sua frente e se prenderá em avanços impossíveis. Para enaltecer ainda mais, só citando Drummond: "No meio do caminho tinha uma pedra / Tinha uma pedra no meio do caminho." É, o poeta sabia das coisas.

32. ARDEN, Paul. *Tudo o que você pensa, pense ao contrário.* Tradução Roberto Muggiati. Rio de Janeiro : Intrínseca, 2008, p.88.

Mesmo que para o escritor – ou aspirante ao título – enfrentar percalços narrativos seja rotina, fiz questão de começar o capítulo com um texto ficcional abordando a dificuldade do escrever para, de um só golpe, esclarecer: ideia é uma coisa, trabalho outra, embora possam acontecer concomitantemente.

"Não consigo escrever. Toda vez que me sento para escrever, a ideia não vem", diriam alguns. "Eu quero escrever, mas basta eu me sentar para fazê-lo que a ideia me foge", justificariam outros.

Ora, o que foge não é a ideia, é a forma. Ideia começa antes. Está lá, no início do livro, a epígrafe: "Toda escrita começa antes da escrita!" Em outras palavras, não se pode escrever um livro sem antes ter a ideia. Ou será possível?

Vicente Ataide, em *À Procura da Palavra*, cita um acontecimento interessante que se deu com o comediógrafo grego Menandro:

> *"Várias pessoas diziam-lhe que o texto de tal comédia não estava pronto. Ao que ele respondeu: 'Está composto e pronto, só falta juntar os versos'. Quer dizer, ele tinha a comédia toda imaginada, sua cabeça não parava de pensar."*

Comigo dá-se o mesmo. Modo geral, penso em um novo livro por muito tempo antes de transportá-lo para o papel. Companheira inseparável, a ideia me acompanha incansável e insistente, aonde quer que eu vá. Chega a me tirar o sono, ou, intrusa, me acordar no meio da noite, obrigando-me a escrever com letras sonâmbulas uma frase que seja.

No meu livro *Eu, Beatriz e Angela* há uma descrição do personagem EU que ilustra parte desse processo criativo antecessor à escrita.

> *"Finalmente, consigo alinhavar algumas palavras, ainda que não escritas. É, é assim que o escritor faz, escreve na mente. Depois é que vai pro computador."*

Mas o que são ideias e como surgem?

Cabe lembrar que o homem é criativo por natureza. Assim que dá os primeiros passos na sua leitura de mundo, quer saber a respeito de tudo. Doc Comparato, no *Roteiro, arte e técnica de escrever para cinema e televisão*[33], aponta que o homem pergunta tomado pela curiosidade, e, ao perguntar, evolui. Explica, ainda, que o ser humano "À semelhança do Criador, ele também é criador, criativo".

Há quem defenda que a capacidade de criação tem a ver com a genética e fatores socioculturais. Fatores socioculturais, não há dúvida. Genética? Há que se perguntar para os geneticistas e neurocientistas, que não é o caso, posto que esta obra direciona-se a quem escreve ou deseja escrever um livro de ficção. Melhor, então, concentrarmo-nos na definição de Freud.

> *"Segundo Freud, o escritor criativo e o 'sonhador à plena luz do dia' fazem exatamente a mesma coisa que a criança quando brinca – reorganiza o mundo de um modo que lhe agrade ou castigue, usando para isto a matéria-prima do imaginário, que são as fantasias."*[34]

Pode até ser que o escritor criativo faça a mesma coisa que a criança quando brinca, mas para as ideias saírem da mente e ganharem o papel existe um processo – não rígido, nem único, mas existe. E tal começa com a leitura.

Como descrito na abertura do capítulo, não estão as ideias nas paredes, no teto, na mesa, na tela em branco. Ideias são encontradas na mente. Estão lá, guardadas, presas, aflitas para saírem da clausura.

33. 1ª ed., Rio de Janeiro: Nórdica,1983, p. 37.

34. COMPARATO, Doc. *Roteiro, arte e técnica de escrever para cinema e televisão*, 1 ed. Rio de Janeiro:, Editora Nórdica, 1983, p. 50.

E a chave para libertar a imaginação consiste na informação – leitura de textos e de mundo. Volte ao capítulo anterior e leia a respeito, caso não o tenha feito. Descobrirá, ou relembrará, que a arte/criação literária não existe sem o saber. Nesse sentido, leitura é matéria-prima indispensável. Diz Rubens Marchioni:

> *"[...] A informação que ingerimos molda nossa personalidade, contribui para as ideias que formulamos e dá cor à nossa visão de mundo."* [35]

Informação só não basta. Para um escritor, repito, leitura é combustível, alimento, fonte da vida – sua e de suas criações. "Textos [...] são uma sucessão de escritores encontrando obras anteriores. Eles leem e releem e inventam a partir de suas leituras do que os outros leram e releram e inventaram", escreveu Thomas C. Foster.[36]

Noutras palavras, escritores tomam como base, não raras as vezes, outras narrativas. Histórias biográficas, lendas, memórias, cartas, fábulas, contos, novelas, romances. Toda narrativa vira fonte de inspiração. Escritores são ecos, suas escritas reverberam e podem ser transformadas em novas ideias para qualquer um que se aventure em escrever ficção.

Graças à leitura, inclusive, ainda que o escritor não tenha uma ideia completamente formada, ele pode aventurar-se e se atirar no escuro. Atirar-se no escuro? Mas "não se pode escrever um livro sem antes ter a ideia. Ou será possível?"

Não é o correto, vou logo dizendo. Todavia, a leitura (considere sempre leitura de texto e mundo) permite ao escritor experimentar a sua intuição. Escrever um livro sem uma ideia formada, sinopse, um esboço que seja, é o mesmo que saltar de *bungee jumping* sem proteção. O salto seria mortal. Não obstante, dependendo da ponte donde se salta, há chances de sobrevivência.

35. *Criatividade & Redação*, São Paulo: Loyola, 2000, p.54.

36. *Para ler romances como um especialista*, São Paulo: Lua de Papel, 1ª ed., 2011, p.200.

Digo por experiência: já comecei a escrever um livro apenas porque uma frase me veio à mente. Nenhuma ideia formada, nenhuma preparação anterior, incubação. Nenhuma "rede de proteção". E mais: nenhuma pretensão de escrever um novo livro naquele momento me rondava. A frase – intrometida – apareceu. Aceitando-a, fui para o computador. As ideias, fruto da intuição (mas também da leitura de mundo: observação social, as vidas dos outros, as notícias divulgadas em meios de comunicação, os anseios pessoais, meus pontos de vista e os pontos de vista de outros), foram se sobrepondo – um acontecimento puxando outro –, e, no dia seguinte, eu havia escrito trinta páginas. Nessa altura, claro, toda a ideia do livro estava formada na minha cabeça. Ideias são assim, surgem da multiplicidade de fontes. Daí, basta colocar a imaginação para funcionar.

Imaginação? Precisamente, é nesta hora que entra a ficção. A ficção, num conceito breve, trata da invenção de outra realidade. Não uma invenção provinda apenas de sonhos e devaneios, desgarrada do real. Pegamos a realidade em que estamos – não nos esquecendo da bagagem da leitura (texto e mundo), em cuja tecla venho batendo – e criamos outra. Ao fazermos isso, estamos imaginando, concebendo formas, sobrepondo ideias. Costurando acontecimentos usando pedaços de vidas, nossas e dos outros. Analogia que me ocorre: somos Victor Frankenstein. Ao passo que a sobreposição e o cerzimento de ideias resultam em criação, produzimos, ao final, o nosso "monstro". Livro pronto, podemos até arriscar as famosas palavras do cinema – que não estão na obra de Mary Shelley, mas dão um ar dramático e de poder inigualáveis – *"It's alive!"*

Imaginação literária é isso: conceber a vida.

E vida não é, no mais das vezes, percepções e associações? Pois bem, ideias surgem assim, de associações. Está claro e evidente. Tais associações são possíveis de serem feitas por conta de nossa formação sociocultural, sempre considerando a bagagem que carregamos enquanto leitores. O leitor-escritor, portanto, não pode parar de fazer associações. Quer ter mais ideias? Faça associações.

Um destaque: durante muitos anos fui diretor de criação em agência de publicidade. Eu e minha equipe tínhamos uma tarefa: criar. Todos os dias, com chuva ou sol, fabricávamos ideias. Digo fabricar, e até reforço, porque, em especial na propaganda, a inspiração é 1%; 99% é transpiração. Cavoucar a mente, buscar maneiras novas de dizer algo, pensar ao contrário de outros, fazer associações. Isso é fabricar ideias.

Este mesmo processo criativo transferi para a minha vida de escritor. Vou repetir, com pequenos ajustes, um exemplo já publicado em meu livro *Os Primeiros Segredos da Direção de Arte*: considere que você tenha que fazer um título para vender um perfume para mulheres. Neste caso, o perfume se chamará Sensitive. Para a criação do título, faremos associações com ***perfume, mulher*** e o ***nome do produto (Sensitive).***

Palavras associadas a perfume	**Palavras associadas a mulher**	**Palavras associadas a Sensitive (produto)**
Cheiro	*Feminilidade*	*Descobrir*
Aroma	*Feminina*	*Segredo*
Bem-estar	*Fatal*	*Sensitivo*
Mulher	*Conquista*	*Sensitiva*
Homem	*Sensibilidade*	*Futuro*
Atração	*Suavidade*	*Sensibilidade*
Sedução	*Sedução*	*Sentir na pele*
Leveza	*Homem*	*Sensação*
Sensação	*Corpo*	*Sentido*
	Beleza	

Outras associações não escapariam ao pensamento. Com o que temos, porém, já é possível entender o processo. A partir dessas já citadas, sugeri três títulos:

- Sensitive. Para descobrir o interior dos homens, use em seu corpo.
- Você vai sentir na pele o que os homens esperam de uma mulher.
- Sensitive. A sua beleza, agora com aroma.

Observe que as palavras "descobrir", "corpo", "beleza", "pele", "sentir", "aroma", "mulher" e "homem" foram aproveitadas nos títulos criados.

E na produção da ficção, como trabalhar com as associações?

Não posso discorrer sobre o processo criativo de outros escritores. Tenho convicção de que, no geral, deva ser parecido. Todavia, seria ingênuo desconsiderar o processo singular de criação, forma única de trabalhar de cada um.

Meu processo de criação para produzir ficção também está galgado na associação. Mas a associação que me importa, num primeiro instante, é a dos acontecimentos, das pessoas, das coisas. Associação de mundo, ou mundos. Associar palavras, neste caso – pelo menos para mim –, se enquadra no processo de escrita.

E, antes que você pergunte, não há criação no processo de escrita? Evidente que sim. Mas a ideia-mãe, o embrião da história/livro é gerado pela associação macro. Uso o "todo" para, com as múltiplas justaposições socioculturais e individuais, descobrir a ideia única – e senão única, com nova roupagem.

Associar apenas palavras, sendo este igualmente um processo criativo, aos meus olhos não passa de microassociações. Discorde se quiser, sem problemas. Porém, como eu disse e reforço: com rara exceção, procuro imaginar/encontrar a ideia central, global. Depois, ao adentrar por entre as entranhas da história a ser criada, as microassociações entre uma palavra e outra, uma cena e outra, vão surgindo.

Pensando na ideia global e em como encontrá-la, usarei um pequeno texto para melhor exemplificar:

"O marido convidou a esposa para almoçar no restaurante a que estavam habituados a ir, pois lá se servia excelente peixe".

A partir desse texto é possível criarmos um romance? Dependerá da altura que sua imaginação voar. Permiti a minha bater as asas e ir longe. Aí vai o meu processo criativo associando um acontecimento após o outro.

Restaurante. Peixe. Excelente qualidade. Os clientes ficam satisfeitos, querem voltar sempre. Agora imagine ao contrário. E se o cozinheiro do restaurante resolve inovar e inclui no cardápio um prato exótico e perigoso? Baiacu. É um dos peixes mais venenosos do mundo. Os cozinheiros japoneses precisam de licença especial para prepará-lo. Neste caso, a licença é para não matar. (Ou seria para matar?) O dono do restaurante concorda, o cozinheiro tira a licença e o peixe passa a ser uma iguaria disputadíssima, exatamente pela estranha sensação de comer algo que, se preparado da maneira errada, pode levar à morte. Roleta russa?

Daí, as associações me levam à ideia central. A história de um cozinheiro que, insatisfeito com sua posição de ser um simples cozinheiro busca notoriedade ao preparar esse prato. No afã de ser reconhecido, vem a tragédia. O marido, que levou a mulher para almoçar, come o peixe e morre. Seria este o final da história? A ideia central se concentraria no cozinheiro em busca de reconhecimento?

Não satisfeito com essa ideia, vagueio em outra. A morte me leva a pensar, exatamente, na morte. E se o cozinheiro fosse amante da esposa? Não poderia ele usar o baiacu como arma a fim de livrar-se do outro? E se... e se ao invés de trabalhar no restaurante, fosse um *serial killer* que usasse do peixe venenoso para matar, não uma, mas várias pessoas? Entrega do prato em domicílio? O peixe – arma do crime – seria sua identidade e principal assinatura como assassino. Para evitar a morte em cascata, os policiais seriam desafiados a descobrir o local de cada entrega, a fim de impedir que as vítimas comessem o peixe.

Acha a possibilidade do *serial killer* que mata por meio do baiacu inverossímil? Certo. A ficção, por mais fantástica e fantasiosa, carece de verossimilhança, é bom que se diga. Então, mergulhando mais a fundo, objetivando encontrar a perfeita utilização da ideia, e se usássemos a realidade como ponto de partida?

"Mulher que preparou peixe venenoso diz como 11 pessoas foram intoxicadas."

Não é invenção. Nesse instante, já não faço ficção. A notícia, verdadeira, foi publicada no *site Globo.com.*[37] Parte da matéria traz a explicação:

"O peixe já chegou limpo. Eu só fritei. Meia hora depois, começou a adormecer a boca, e muitos sentiram falta de ar..."

Eis a realidade. A verossimilhança. Se eu fosse partir, então, da matéria para produzir a ficção, quem mandou o peixe estragado? O cozinheiro. Motivo? Ele mesmo organizou o jantar, convidou as pessoas, e, por razões vingativas que seriam esmiuçadas no decorrer da trama, matou-as de uma só vez.

Parece bom? Não sendo, basta começar de novo o trabalho de imaginar e criar por meio de associações, uma coisa sempre puxando outra, e outra. Sendo boa a ideia do *Assassino do Baiacu*, você pode desenvolvê-la, desde que me reserve os direitos autorais, é óbvio!

37. https://glo.bo/2IMWRlw. Último acesso em 28/08/2017.

Leve em conta: só encontra ideia aquele que a procura. Não há mágica. Não existe regra única. A bem da verdade, talvez nem existam regras. Se o jeito que faço servir para você, aproveite-o. Não espere que a ideia surja do nada. E elas podem até aparecer de supetão, sem convite algum – você já leu. Fato é que o escritor precisa sempre estar atento.

Certa vez, em conversa entre amigos, falávamos sobre usar roupas compradas em brechós. Bastou. A ideia de um romance me veio na hora. Atento, agarrei-a e, meses depois, o livro estava pronto. Chama-se *Minha vida dos outros*, ainda não publicado. Há uma pequena passagem no livro que usarei para lhe propor um exercício.

Antes, uma dica: se você for do tipo que esquece facilmente as ideias, anote-as, sempre, e em qualquer lugar. Crie seu banco de dados de ideias. E saiba que, ainda que uma ideia lhe surja num rompante, pode ser que ela não seja original. Verdade, verdadeira? "Nada há de novo debaixo do sol!"[38] Assim, se tudo já foi feito, qual a solução? Bem, você pode desistir da ideia ou pode seguir adiante. Eu seguiria em frente. O mais importante não é se a ideia, nalgum outro contexto, noutra época ou noutro livro, já tenha sido usada; o importante é você, leitor-escritor, explorá-la de maneira original.

Exemplo? Tudo bem. Depois do livro de Bram Stoker, *Drácula*, quantas foram as obras que apareceram abordando o vampiro como ideia central? Inúmeras. Ainda assim, cada um é um livro novo, com um olhar único. E se o olhar não é único, a maneira de contar a história, ou a trama, certamente o são. Evidente que os plágios existem. Plagiar, contudo, não é a melhor coisa que você, leitor-escritor, pode fazer. Não fosse apenas pela falta de originalidade, pode resultar em processo!

38. Eclesiastes.

Agora, sim, o fragmento do texto do *Minha vida dos outros*:

> *"Manias estranhas me dominaram – mente e corpo. Desenvolvi o hábito de comer papel. Papel de embrulhar pão; sulfite, papel toalha, papel higiênico, folha de caderno. Mastigava-os e, não raro, os engolia, tal como fiz algumas vezes com o algodão. Sensação de saciedade. Ocupação da boca, estômago, mãos. Deviam ser esses os motivos dessa mania."*

A narrativa acima daria um livro? O que imaginou ao ler?

Chegou a sua hora de começar a escrever. Não se preocupe com estruturas textuais, não fique buscando a palavra certa, esqueça a sintaxe. O momento aqui não é para isso. Descreva a ideia que lhe passou pela cabeça. Esta é, aliás, uma excelente maneira de começar a escrever: enxergar a imagem, não a escrita. Com a imagem na mente, descrever a cena fica bem mais fácil.

6. IMITANDO ESTILOS

[...] Eu mesmo não tenho imaginação para nada. Eu copio, sou um plagiador cômico."

Ariano Suassuna, em palestra na 2ª Bienal Brasil do Livro e da Literatura, em Brasília, 2014.[39]

O "antes" não havia. Até que o verbo se fez carne, "antes" era "nada". Ao dar forma e vida ao "nada", Deus permitiu o plágio. Considere: o que de fato somos? Não falo sobre o que o primeiro homem foi – levando em conta que Adão existiu –, mas sim sobre o que somos a partir dele. Cópias, se não inteiras, ao menos em partes. Isso é o que somos. Nascemos com a cara do pai, da mãe; alguns se parecem com o vizinho ou com o sujeito da padaria. Brincadeira à parte, a origem genética, aqui, é exemplo importante no sentido de cópia; porém, a imitação segue outras vertentes, e com outra importância.

Ao abrirmos os olhos para o mundo e nos descobrirmos para a vida, começamos a imitar. Gestos, palavras. Crescemos no mundo por meio da imitação. A imitação é natural do homem, ensinou Aristóteles. "Através da imitação chega-se a novos hábitos e a novos conhecimentos. A imitação causa ao homem adulto, e à criança também, um prazer muito grande. Existe no homem uma tendência instintiva para a imitação, e como corolário disso, a aquisição de conhecimento causa prazer por si mesma."[40]

E a aquisição do conhecimento, vale reforçar, é fortalecida com a leitura de mundo que fazemos sobre tudo e todos. Assim, nos lapidamos e adquirimos singularidades. Ainda bem. Mas, inconteste, a singularidade só vem depois da imitação.

39. https://bit.ly/2IGXugu. Último acesso em 28/08/2017.

40. ATAIDE, Vicente. *A Narrativa de Ficção*, 1. Ed., Curitiba: Editora dos Professores, 1972, p.7.

Prefere substituir a palavra "imitação" por "referência"? Seja o que for, a verdade é que alguém, ou algo, faz parte da sua linha condutora. Nesse sentido, usar do plágio para, a partir dele, encontrar a própria voz, não é pecado. Digo até ser imprescindível.

Imitar não é a opinião de todos. Frei Betto, por exemplo, escreveu: "Jamais tente imitar um autor. Ao criar ficção, encontre o seu próprio 'sotaque' literário. Escreva com o inconsciente, deixando-o 'derramar' em seu consciente como leite fervido. Não se sinta competindo com outros autores. Você escreve como ninguém é capaz de fazê-lo".

Concordo com Frei Betto. Em parte. O objetivo, evidentemente, é encontrar a voz e escrever como nenhum outro escreve. O inconsciente ajuda nesse processo, dúvida não há. Por outro lado, não se atinge esse estágio sem a imitação. Ao menos no início, ela irá bater a sua porta. Foi assim comigo. Aceite-a. Eu só encontrei a minha voz literária depois de muitos "espelhamentos". Não, não falo aqui da imitação descarada. O que um escritor não pode fazer é, ao ser embebido pelo pensamento do outro, tomá-lo como seu e publicá-lo sem dar os devidos créditos, daí a cópia e a fraude intelectual. Escritor que se preze não faz isso.

Ariano Suassuna[41], autor dos clássicos *O Auto da Compadecida* e *A Pedra do Reino*, ao se titular um plagiador, o fez divertidamente. Há, contudo, inegável seriedade na afirmação: se alguns escapam de fazer o plágio de outros no início de suas carreiras, nenhum escapa de imitar a vida, seja esta repleta de fantasias ou não.

Descobrir o seu próprio estilo como escritor faz parte do jogo da imitação. Como leitores, somos seres repletos de notas de rodapés. Acumulamos – ou deveríamos – culturas e sabedorias de outrem. Como escritores, idem. Enquanto nos descobrimos na aventura do escrever, o fazemos com várias referências. O escritor – entre tantas possíveis descrições – é um acúmulo de palavras e estilos. Ou, em

41. Pernambucano, Ariano Suassuna faleceu em 2014. É autor de mais duas dezenas de obras, entre elas romances e poesias.

concordância com o que disse Javier Cercas, em seu livro *O Impostor*: "todos nós representamos um papel; todos nós somos aquilo que não somos..." [42]

Para quem escreve ficção, a afirmativa cai feito uma luva.

"A assimilação por imitação", escreveu Vicente Ataide[43], "foi sempre dos bons fundamentos das grandes conquistas literárias. Todas as literaturas vieram de imitação."

Atente-se, porém, ao já dito: imitar é uma coisa; copiar, outra. Ao se observar o processo da escrita de outro autor – modulações textuais, sensibilidade com as palavras empregadas, ritmo adotado na narrativa, etc. –, não se dá a isso o nome de cópia. O processo de imitação tem a ver, de fato, com assimilar os pontos fortes e fracos do outro. Pegar "emprestado" a fortaleza do texto e descartar a fraqueza, para, a partir desse subsídio, enriquecer ou descobrir o próprio estilo.

Imitar outro autor, como exercício, é ótimo. Raimundo Carrero, em *A Preparação do Escritor*, diz:

> *"Se for preciso, imite o seu autor preferido. Só por uns dias. Para destravar. As influências existem e não vão nos abandonar nunca. Isso é outro segredo do escritor. Enfrentar as influências e vencê-las."*

Com o tempo, com calma, com observação, com enxertos, com exclusões, o autor descobre a própria voz. O próprio estilo. E descobre mais. Descobre que às vezes quem manda no estilo é o personagem, não o autor.

Mas o que, de fato, é o estilo? A descrição de Othon M. Garcia elucida com clareza e simplicidade:

"Estilo é tudo aquilo que individualiza obra criada pelo homem, como resultado de um esforço mental, de uma elaboração do espírito, traduzido em

42. CERCAS, Javier. *O Impostor*, tradução Bernardo Ajzenberg, São Paulo, Biblioteca Azul (Globo), 2015, p. 43.

43. ATAIDE, Vicente. *À Procura da Palavra*, Curitiba, Livros HDV, 1981, p.48.

ideias, imagens ou formas concretas. A rigor, a natureza não tem estilo; mas tem-no o quadro em que o pintor a retrata, ou a página em que o escritor a descreve."[44]

Estilo é, portanto, a forma única de expressão do autor.

Dalton Trevisan possui uma forma única.

> *"Amanhã faz um mês que a Senhora está longe de casa. Primeiros dias, para dizer a verdade, não senti falta, bom chegar tarde, esquecido na conversa de esquina. Não foi ausência por uma semana: o batom ainda no lenço, o prato na mesa por engano, a imagem de relance no espelho.*
>
> *Com os dias, Senhora, o leite primeira vez coalhou. A notícia de sua perda veio aos poucos: a pilha de jornais ali no chão, ninguém os guardou debaixo da escada. Toda a casa era um corredor deserto, até o canário ficou mudo. Não dar parte de fraco, ah, Senhora, fui beber com os amigos. Uma hora da noite eles se iam. Ficava só, sem o perdão de sua presença, última luz na varanda, a todas as aflições do dia."*

Parte do conto Apelo, um dos mais famosos de Dalton Trevisan. A economia de palavras para dizer tudo, e o fazer com extraordinária força narrativa, é próprio de Dalton.

Guimarães Rosa é de tirar o fôlego, tão bom.

> *"– Nonada. tiros que o senhor ouviu foram de briga de homem não, Deus esteja. Alvejei mira em árvores no quintal, no baixo do córrego. Por meu acerto. Todo dia isso faço, gosto; desde mal em minha mocidade. Daí, vieram me chamar. Causa dum bezerro: um bezerro branco, erroso, os olhos de nem ser – se viu –; e com máscara de cachorro. Me disseram; eu não quis avistar. Mesmo que, por defeito como nasceu, arrebitado de beiços, esse figurava rindo feito pessoa. Cara de gente, cara de cão: determinaram – era o demo. Povo prascóvio. Mataram."*

Trecho do livro *Grande Sertão: Veredas.*

44. GARCIA, Othon M. *Comunicação em Prosa Moderna*, 27ª edição, Rio de Janeiro: FGV, 2010, p.123, e-book.

Não é fácil ler João Guimarães Rosa. Mais difícil ainda seria tentar escrever como ele. De todo modo, preste atenção na construção do texto. Lições de estilo não faltam.

Estilo nem sempre é tão evidente assim. Pode não ser perceptível no primeiro contato do leitor com o texto. Alguns escritores no início de carreira se preocupam demais em não se parecer com outro. Não deveriam. Ora e outra, a maneira própria de escrever, ainda que seja própria para cada livro escrito, surgirá.

Movimentos culturais como o Classicismo, Romantismo e Modernismo, por exemplo, marcam períodos onde os estilos se enquadram. Em se tratando de estilo narrativo, os períodos curtos de uma frase, imprimindo ao texto uma narrativa mais ágil, começam a dar o ar da graça a partir da última fase do Romantismo e dos primórdios do Realismo[45], contrapondo-se às longas frases da época do Classicismo. Discorrer sobre esses períodos, daria um livro à parte.

Tais avaliações mais aprofundadas não cabem nesta obra. A intenção primeira não é que você seja um erudito no assunto com relação a esses períodos artísticos/literários – tampouco eu o sou –; o propósito é apenas clarear a sua percepção de "estilo". Logo, por hora basta o entendimento de que o "estilo" a que me refiro é a maneira como cada escritor escreve.

Assim sendo, reforço: é justamente observando o modo singular da escrita de outros autores – e por vezes imitando-os – que a individualidade, a "voz própria" do escritor aparece, ainda que tal voz seja uma compilação de muitas. Comigo foi assim. E é. Um estilo em eterna construção. Não é incomum eu ser surpreendido, nos dias de hoje, com novas formas de escrever de outros autores. As palavras que me servem eu as aproveito, jamais me privo de acrescentar novos contornos à minha maneira de escrever. O estilo de um escritor, portanto, nunca está pronto. Como eu disse, é construção eterna.

45. Idem, GARCIA, Othon M, p.125.

Aquele que se considerar pronto, sem espaços para aprimoramento – incluindo o aprimoramento de seu estilo –, está fadado a uma certa paralisia narrativa ou, no pior dos casos, ao declínio.

Quando escrevi *Tratamento Especial*, o primeiro livro que publiquei (e faz muito, muito tempo), eu havia lido Augusto Ferraz, autor de *Lição para Viver* e *Memória dos Condenados*, entre outras obras. Os dois livros são como relíquias em minha estante. Duas particularidades me marcaram – uma como leitor, outra como escritor.

Como leitor, fui arrebatado pela crueldade presente nos contos. Sair do lugar comum me mostrou um caminho. Não que fosse necessário eu usar da "forma implacável" de dizer as coisas em meus livros, mas que a maneira crua, sofrida e pungente de tratar a realidade transformada em ficção por Augusto Ferraz tornou-se uma espécie de farol para mim, não posso negar. O uso de metáfora, muito bem trabalhada por Augusto, fez parte do meu texto ficcional no início quase como uma identidade. Passagens como: "[...] Tem a cara empoada e os dedos das mãos corroídos pelos pensamentos. [...] Os olhos mergulham no fundo do poço de cada indivíduo, de lá retirando o lodo que os gruda à existência como figurinhas de álbum"[46] são belíssimas para mim, quando lidas e várias vezes relidas. Augusto Ferraz foi minha referência e, de certa forma, continua sendo.

Vicente Ataide, meu primeiro editor, doutorado em Literatura, autor de várias obras – um mestre em todos os sentidos –, foi e é, até hoje, outra importantíssima referência em meu trabalho.

> *"Na localidade de Rio Vermelho, entre Serra Alta e Corupá, morava a família de Sezefredo Onesti. Honesto. Vivia da colheita: palmito e banana. Plantava mandioca, aipim, batata e milho. Caçava pequenos animais. A mulher, dona Pereira, tratava da casa. Os filhos – uma carreira de seis machos – praticavam com o pai."*[47]

46. FERRAZ, Augusto. *Lição para Viver*, 1ª ed., Rio de Janeiro: Civilização Brasileira, 1981, p.10 e 11.

47. ATAIDE, Vicente. *Sassafrás*, 1ª ed., Florianópolis: FCC edições, 1996, p.11. *Sassafrás* foi o romance ganhador do Prêmio Cruz e Sousa de Literatura no mesmo ano.

O texto acima é o início do livro *Sassafrás*, do Vicente. A agilidade, as frases curtas, a ideia lapidada nas palavras concisas descritas por ele ensinaram-me que não precisamos de longas frases para escrever um romance. Especialmente nos dias de hoje, para agarrar o leitor, você precisa ser envolvente, e uma das maneiras de fazer isso é ser claro, rápido e objetivo na forma de contar a história.

Vicente Ataide aprimorou minha escrita. Outros autores vieram. Dalton Trevisan, Nelson de Oliveira, Menalton Braff, Ana Paula Maia, Elvira Vigna, Eliane Brum, Lourenço Mutarelli, Santiago Nazarian, Thales Guaracy. Clarice Lispector. Isso para falar somente de alguns poucos autores nacionais. Descobri meu estilo (meu?) – ou ele foi surgindo – por alimentar-me das palavras, frases inteiras, ou uma letra que fosse desses sábios.

Aprendi, com o tempo, que a *imitação* por si só acaba se transformando em referência. Então, por acúmulo das referências, o *verbo* se faz carne!

Certa vez escrevi um conto chamado "*A Volta do Gato Preto*". Não é difícil saber quem eu tentava imitar. Caso Edgar Allan Poe não faça parte de suas leituras, inclua-o.

> *"Espreitando os dois corpos estirados no chão, unidos à disforme poça de sangue, meditei sobre o que fazer. Tomado de espanto e fúria, neste momento, fixei os olhos no cadáver da minha mulher, coberto, em parte, pelos tijolos da parede caída. Encostado em sua face, entre as putrefações de sua carne, lá estava o maldito animal. Com um dos olhos brilhando feito o olhar da besta – o outro olho eu havia arrancado – o gato preto parecia sorrir."*

> *"[...] Uma fúria diabólica apossou-se instantaneamente de mim. Cheguei a desconhecer-me. Parecia que minha alma original me havia abandonado de repente e uma maldade mais do que satânica, saturada de álcool, fazia vibrar todas as fibras de meu corpo. Tirei do bolso do sobretudo um canivete, abri-o, agarrei o pobre animal pela garganta e, deliberadamente, arranquei-lhe um dos olhos!"*

O leitor que se lembre do conto sabe que o segundo bloco de texto é o original. O primeiro, minha cópia descarada. Justamente por ser uma cópia – não uma referência – abandonei logo a ideia de escrever igual a Edgar. Ser embebido do pensamento do outro, copiando-o despudoradamente, é, como eu disse, fraude intelectual. O ponto positivo de tê-lo feito? Exercício. Prática. Descoberta. Como exercício, você pode fazer.

Desse ângulo, entendendo a importância da imitação no processo do descobrimento ou afloramento do próprio estilo, sem fazer dela uma fraude futura, chegou a sua vez. Antes de arriscar-se na escrita de um livro inteiro – ou um conto que seja –, concentre-se em alguns escritores que lhe são referência, e os imite. Atento à forma, às singularidades, ao ritmo da prosa desses artistas da palavra, procure algo que lhe desperte. Trabalhe com pequenos parágrafos, se assim lhe parecer mais confortável.

E lembre-se: imitar não é copiar. O objetivo é recriar. Imaginar uma cena diferente da descrita no original (ou mesmo completar a cena) e a narrar como se as suas mãos estivessem referendadas pelas mãos do outro. Se o resultado não soar como um plágio grotesco, você estará no caminho certo. Ao contrário, se o ridículo lhe saltar aos olhos, não desanime, o lixo está aí para isso. Reescrever – como bem entendido – faz parte do processo.

Escolha uma passagem do seu autor favorito e escreva aqui a sua versão:

7. PROCESSO DE ESCRITA: GARIMPANDO PALAVRAS

"As vastas e profundas selvas, no seio das quais corre ruidoso e turbulento o ribeirão da Bagagem, tinham tombado aos golpes do machado, deixando descortinada uma larga zona em uma outra margem. [...] os golpes de machado reboavam pelas florestas e de espaço a espaço um baque, esturgindo ao longo das costas, anunciava a queda de mais um tronco robusto e secular. O tronco das catadupas servia como de acompanhamento às cantigas e algazarras dos garimpeiros, que ao longo da beira do rio lavavam alegremente o esperançoso cascalho."

O texto acima trata do parágrafo de um romance, publicado pela primeira vez em 1872. Claramente as palavras esmiuçadas com tamanha plasticidade não foram frutos do acaso. Elas nasceram de um Garimpeiro. Bernardo Guimarães, autor do clássico *O Garimpeiro*, encontrou ouro ao narrar sua obra. Se a exploração de palavras feita por ele demandou horas ou dias, impossível dizer. Pouco importa o tempo, eis a verdade. O tempo que se precisa para a escrita é o tempo que a escrita exige. De certo que não há, verdadeiramente, a necessidade de se passar uma manhã inteira para se colocar uma vírgula, e depois mais uma tarde para retirá-la, como afirmou Oscar Wilde certa vez, ao contar que havia trabalhado exaustivamente em seu texto. O garimpo das palavras, no entanto, pode dar cabo de algumas horas de trabalho do escritor. Embora prazeroso em sentidos vários, escrever também é uma luta.

"Palavra, palavra
(digo exasperado),
se me desafias,
aceito o combate"

Carlos Drummond de Andrade - *O Lutador.*

Não há dificuldade na palavra dita. Aqueles que podem exprimir-se por meio da fala - pessoas sem deficiência - o fazem com a naturalidade originada da vida. Obstáculos ou certos estorvos naquilo que deve ser dito, e de que maneira, ocorrem pela falta de clareza nos pensamentos, desconhecimento sobre determinado assunto ou incapacidade de organizar as ideias. Recursos mímicos - se necessário for - como gestos, expressões faciais e acenos corporais - mãos em movimento - ajudam no desbloqueio e uso da palavra pronunciada. Com a escrita, porém, é diferente.

> *"No texto escrito não há esse recurso esplêndido. A palavra está ali, e só. Ela é tudo, embora associada com suas parceiras, formadoras da oração e do período.*
>
> *A palavra isolada tem vários sentidos e é muito perigoso empregá-la arbitrariamente."*

Vicente Ataide, *À Procura da Palavra,* p.26.

Então, escrever é perigoso? Em reforço à opinião do mestre, se a palavra é empregada com desacerto, com desvios de significados, não resta dúvida. Convém cuidado redobrado, caro leitor-escritor. Há arranjos, coordenações, justaposições, subordinações, hierarquizações das palavras no ato de escrever que, se mal empregados tais elementos, a ideia principal pode se perder, ser corrompida ou interpretada de maneira errônea. E a primeira coisa que um escritor precisa é que seu texto seja compreensível.

Assim, a preocupação primária no uso da palavra reside no entendimento, transparência e facilidade para o leitor. Em se tratando de ficção, um texto com rebuscamentos em excesso pode ser inapropriado para agarrar o leitor que não tem a leitura como instrumento reflexivo diário – pense nisso. Por sua vez, um texto sem firula significa um texto pobre? Em absoluto. Quer dizer apenas que palavras ou construções supérfluas foram evitadas.

Com o tempo, todo escritor aprende a "dosar a pílula" – é o que eu penso. E se não aprende por bem, aprenderá por mal – anos e anos de experiência. Dosar a pílula, uma vez concluída a primeira versão do texto, é importantíssimo; escrever, afinal, também é o ato de cortar palavras. Aparar as arestas do texto, porém, é assunto a ser tratado mais à frente, especificamente no capítulo *Editando o texto*. O propósito deste capítulo 7 é discorrer sobre o processo da escrita com o foco em garimpar palavras. Nesse cenário de ideias, isso é o mais importante.

Ao ser perguntado em um programa de rádio como era o seu processo de escrita, Stephen King respondeu: "uma palavra de cada vez". Neil Gaiman, em resposta a questionamento igual, expressou-se praticamente da mesma maneira: "Escrever é o processo de colocar uma palavra após a outra." [48]

Palavra contém palavras, escreveu Frei Betto.

> *"Na palavra há muitas palavras. Há pá, instrumento de remover terra; PA, sigla do Pará; e pã, divindade pastoril. Pala é um leque [...]*
>
> *Palavra implica PAL, abreviatura de Phase Alternative Line, sistema de transmissão de imagens coloridas; e La, símbolo do lantânio; e VA, do volt-ampere, e vã, o que nenhuma palavra é em si, a menos que mal pronunciada."* [49]

48. https://bit.ly/2KuUWPY. Último acesso em 28/08/2017.

49. BETTO, Frei. *Ofício de Escrever*, 1ª ed., Rio de Janeiro: Anfiteatro, 2017, p. 43.

Bem lembrou Frei Betto sobre o ensinamento de Machado de Assis: Palavras amam-se, têm sexo, casam-se.[50] Palavras carregam opinião, reflexões, ainda que sejam as de quem fala ou escreve. Palavras enriquecem. Palavras empobrecem. Nascem. Morrem. Elas se expõem e, ao mesmo tempo, se escondem, posto que nem sempre é fácil encontrar a palavra certa. Daí, para o escritor em especial, a necessidade da procura, do garimpo.

O ato da escrita se dá palavra por palavra, colocando uma após a outra. Conforme já dito, a palavra mais apropriada a ser utilizada num texto em desenvolvimento surge do garimpo. Não que o escritor carregue a obrigação de andar com um dicionário debaixo do braço. "Uma obra de ficção não se faz com 'pasteurização' vocabular"[51], disse Charles Kiefer. Uma obra de ficção – além de uma boa história – ganha ainda mais riqueza quando nela se percebe o cultivo e o garimpo das palavras. Palavras certas, nos lugares certos, com significados e sentimentos certos, colaboram para uma história e seu autor livrarem-se da pasteurização pura e simples. Garimpar palavras, portanto, é mais do que pasteurizar o texto.

Nessa mesma linha de raciocínio, a importância do vocabulário não pode e não deve ser negada. Escritor precisa de vocabulário, quanto mais, melhor. Sinônimos? Sou a favor. Consulto o dicionário de sinônimos um sem número de vezes enquanto estou tecendo o meu texto. "Disse alguém, já não recordo o nome, que o verdadeiro escritor desconhece sinônimos."[52]

Ora, mas não seria o escritor uma justaposição de sinônimos? Não seríamos todos sinônimos de nós mesmos ao buscar formas diferentes de agir perante situações iguais? Foi o que me ocorreu ao ler a frase no livro de Charles Kiefer. Mergulhando mais na leitura da obra, percebi, então, que a problemática não está no sinônimo, mas em como usá-lo. Palavras do mesmo gênero possuem diferenças

50. Ibidem, p. 50

51. KIEFER, Charles. *Para Ser Escritor*, São Paulo: Leya, 2010.

52. Ibidem.

sutis. Permanecendo atento a este pormenor, que é o de perceber as diferentes nuances ao optar por este ou aquele sinônimo, a palavra perfeita (ou quase) aparecerá.

Devemos, pois, perguntar: qual seria a palavra perfeita? Para o escritor experiente a palavra perfeita mostra sua face de maneira natural (o que não significa o vocábulo vir sem o trabalho). Para quem escreve faz pouco tempo, ou nem começou, identificar tal "perfeição" demandará tempo e experiência. Aos iniciantes leitores-escritores, uma dica: ler o texto em voz alta é artifício excelente para identificar se a palavra fugiu ao tom no momento da escrita. Texto, saiba você, também desafina. Às vezes, a palavra deslocada passa despercebida; outras, a inadequação de seu uso é gritante.

Raduan Nassar, ao ser indagado a respeito de seu projeto literário no início da carreira, traz um olhar instigante à palavra, indicando que o trabalho do escritor é, de fato, penetrar na palavra. Disse Raduan:

> *"O projeto era escrever, não ia além disso. Dei conta de repente de que gostava de palavras, de que queria mexer com palavras. Não só com a casca delas, mas com a gema também. [...] Trabalhei um pouco, com sons, grafias, sintaxes, pontuação, ritmo etc. Se em função disso tudo cheguei às vezes a violentar a semântica de algumas palavras, por outro lado trabalhava também com aquelas coordenadas em função dos significados. Era um trânsito de duas mãos, uma relação dinâmica entre os dois níveis."*[53]

53. Raduan Nassar, autor de *Um Copo de Cólera* e *Lavoura Arcaica*, em entrevista concedida para a edição dos Cadernos de Literatura Brasileira dedicada à sua obra ao IMS – INSTITUTO MOREIRA SALES, em 1996. Para ler a entrevista na íntegra, acesse: https://bit.ly/2rKwCT1

E palavra tem casca? Tem gema? Para mim, a metáfora é precisa, irreprovável. À busca da palavra perfeita, há que se quebrar a casaca. Mas e a analogia do garimpo? Voltemos a ele. O que faz o garimpeiro? Da rocha retira o ouro. A rocha é a casca; o outro, a gema.

Isto posto, como de fato funciona o processo do garimpo textual?

Zeca Martins, em *Redação Publicitária – a prática na prática*[54], demonstra que conhecer a etimologia da palavra pode levar o texto (ou o escritor) a caminhos impensados. Para sua compreensão não se perder por aí, preste atenção ao exemplo do Zeca. Ele desmontou etimologicamente a frase: ALGUNS POLÍTICOS TÊM SIDO ACUSADOS DE CORRUPÇÃO. Vejamos:

> **Alguns**: *originado provavelmente do latim alicunus, que significa "entre dois ou mais".*
>
> **Políticos**: *do latim politicus, que vem do grego politikós (derivada, por sua vez, de polýs = muitos), que significa algo como "aquele que conduz muitas pessoas".*
>
> **Têm**: *conjunção do verbo ter, oriundo do latim tenere, que significa "estar na posse de algo".*
>
> **Acusados**: *do latim acusare, que significa "incriminar".*
>
> **De**: *do latim de, tem o mesmo significado do atual;*
>
> **Corrupção**: *do latim corumpere, que significa "decompor, estragar, perverter, depravar".*
>
> *Resultado:*
>
> *ENTRE DOIS OU MAIS DAQUELES QUE CONDUZEM MUITAS PESSOAS ESTÃO NA POSSE DE ALGO QUE OS INCRIMINA POR DEPRAVAÇÃO.*

Não fosse pela etimologia, este resultado encontrado pelo Zeca seria impossível.[55] Ao trabalhar com a origem das palavras, Zeca tirou a casca e encontrou a gema. Mas, ainda que o exemplo seja meritório de louros, será que o escritor de ficção, ao garimpar palavras, busca auxílio na etimologia?

54. MARTINS, Zeca. *Redação Publicitária*, Zeca Martins, 3ª ed., Rio de Janeiro: Elsevier, 2013, p.38 e 39.

55. No livro, Zeca Martins faz uma pequena observação quanto ao verbo ser. "Por se fundir com o verbo ter, a etimologia do verbo ser (sido) não foi incluída na frase resultante.

Não tenho condição de responder em nome de outros. Sei do meu processo de escrita, não mais. E minha resposta é *não*. Não me concentro na etimologia. Mesmo quando já estou na segunda ou terceira versão do livro, ou no processo de edição do meu texto, o uso da etimologia não me faz falta. Para mim, o sinônimo e a metáfora bastam. Na ausência de melhor justificativa, é provável que o tempo tenha apurado minha percepção sobre qual palavra funciona, qual não. Ou é possível que eu escreva "tocando de ouvido", igual a um músico. Também posso ser do tipo que trabalha palavras não apenas com o olhar de um artesão, mas de um artista. O que for, do jeito que faço, tem funcionado no decorrer dos anos.

À busca da palavra irretocável, vejamos, então, meu processo de escrita.

Certo dia, no centro da cidade, um centro de cidade como todos os outros, onde se vê de tudo, enxerguei um homem magro, desnutrido, mal vestido e sujo, andando com fraqueza pelas ruas. Fazia frio, e ele parecia caminhar por caminhar, sem ter, de fato, para onde ir. Pensando em uma simples descrição de cena, seria assim:

Descrição da cena, sem o garimpo das palavras:

O maltrapilho caminhava pela rua sem destino certo. Fazia frio. Havia uma blusa velha em seus ombros. Um pé estava calçado com tênis velho; o outro, com chinelo de dedos. As mãos ossudas tremiam. Os braços mexiam-se meio descoordenados dos passos, e a cabeça baixa impedia o homem de ver à sua frente.

Trabalhando o texto, acrescentando uma palavra aqui, outra ali, eliminando algumas e mudando umas tantas, eis o primeiro resultado:

Primeira versão reescrita/editada do texto:

Farrapo de gente, o homem depauperado caminhava pela rua à cata de qualquer destino. Nos ombros, o peso da vida era diminuído graças a um retalho de blusa a lhe proporcionar calor, ainda que aleijado.

As pernas finas e débeis moviam-se vagarosas. No pé direito, o tênis velho, achado sabe-se lá onde. No esquerdo, o chinelo de dedos a arrastar a vida mastigada e canhota. As mãos em forma de esqueleto debilitavam-se em desacordo com os passos. A cabeça tombada para o chão o impedia de ver além do asfalto.

Forçando a mente, é possível outra versão do mesmo texto? Sim. Sempre é. Um texto – justamente por conta das inúmeras possibilidades geradas pelo garimpo das palavras – termina apenas quando o autor lhe impõe o final. Do contrário, a escrita é infinita. Assim sendo, segue outra possibilidade oriunda do encontro, ordenação e justaposição de novas palavras.

Segunda versão trabalhada do texto:

Em um dos pés, tênis velho. No outro, chinelo de dedos a arrastar a vida tacanha, rota e frágil. Sem alimento, a incerteza do viver lhe pesa nos ombros, que, cobertos por uma blusa velha, tentam ao menos nutrir-se com resíduos de calor. As mãos com ausência de carne, delineadas por ossos que saltam, descompassam seu caminhar. Trêmulas – resultado da fome e do frio – não são capazes de acompanhar as passadas curtas deste que anda à esmo, com a cabeça em declive, cego de destinos.

Para que dúvidas não lhe sucumbam o pensar, observe as mudanças da descrição original para primeira versão reescrita:

O maltrapilho foi substituído por:

Farrapo de gente.

(Afinal, ***maltrapilho*** é isso mesmo, um ***farrapo de gente***).

Caminhava pela rua sem destino certo virou:

O homem depauperado caminhava pela rua à cata de qualquer destino.

A inclusão da palavra ***depauperado*** me pareceu intensificar a fragilidade do personagem. Quanto ao uso da frase ***à cata de qualquer destino***, achei que reforçava a questão de o homem não ter destino, ou não ter um aceitável, e buscar uma tábua de salvação na esperança de encontrar melhor rumo na vida. Além disso, é mais forte do que apenas ***não ter destino certo***, pois o ***não ter destino certo*** neste caso poderia ser simplesmente uma condição passageira.

Fazia frio. Havia uma blusa velha em seus ombros. Transformou-se em:

Nos ombros, o peso da vida era diminuído graças a um retalho de blusa a lhe proporcionar calor, ainda que aleijado.

A ***blusa velha*** nos ombros não traz a ideia de conforto. Para buscar essa ideia, descrevi que o peso da vida era diminuído pela blusa. E a palavra ***velha*** foi substituída por ***retalho***, pois potencializa o estado precário da vestimenta. E ***retalho*** tem ainda outra importância: se é ***retalho***, não cobre o suficiente, por isso mesmo o ***calor*** que o homem recebe ***é aleijado***, ou seja, pela metade.

Um pé estava calçado com tênis velho; o outro, com chinelo de dedos. Ficou assim:

No pé direito, o tênis velho, achado sabe-se lá onde. No esquerdo, o chinelo de dedos a arrastar a vida mastigada e canhota.

Nesta passagem, a intenção é trazer mais detalhes da vida dura do personagem. ***Tênis velho*** veio do lixo? De roubo? Certamente não veio da compra, pois o ***chinelo de dedos*** ao arrastar a vida já denota a falta de condições que, no caso, é ainda mais enfatizada pelas palavras ***mastigada*** e ***canhota***. E por que mastigada? O motivo: a vida do homem é um bagaço. Logo, mastigada, sofrida. E ***canhota*** por não ser direita, ser incerta e errada.

As mãos ossudas tremiam. Os braços mexiam-se meio descoordenados dos passos, e a cabeça baixa impedia o homem de ver à sua frente. Essa passagem se transformou em:

As mãos em forma de esqueleto debilitavam-se em desacordo com os passos. A cabeça tombada para o chão o impedia de ver além do asfalto.

Ao ressaltar a ***forma do esqueleto da mão***, a intenção foi trazer à tona a magreza extrema do personagem. O uso do termo ***debilitar*** surgiu para enfatizar ainda mais a falta de comida. Por fim, trocar a frase ***a cabeça baixa impedia o homem de ver à sua frente*** por ***a cabeça tombada para o chão o impedia de ver além do asfalto*** me possibilitou fortalecer o fato de o personagem não ter forças sequer para levantar o rosto, contemplar o horizonte e encarar a vida de frente.

Ainda que estética ou plasticidade façam parte de um texto narrativo de ficção, as mudanças empregadas não foram galgadas somente nesses aspectos. Não se trata de escolher esta ou aquela palavra mais bonita, tampouco a mais inteligente. Trata-se de garimpar palavras para conseguir uma descrição mais rica e profunda.

Com relação à técnica de se atingir o objetivo a partir deste trabalho de "esconde-esconde" das palavras, baterei nas mesmas teclas: ***Leitura*** e ***Escrita***. Ou seja, é por meio da leitura que se adquire mais vocabulário. Além disso, com a leitura, observa-se o estilo, a construção das frases, a maneira de um ou outro escritor contar a história. O conhecimento? Emerge com a leitura. Leitura. Leitura. Leitura. Depois dela, vem o trabalho. Nenhum garimpeiro encontra ouro sem o trabalho árduo. Não há diferença para quem deseja escrever um livro. Sempre se trata de: escrever, escrever, escrever. Se necessário, rever e começar tudo de novo. Essa é a melhor técnica.

O tempo e a prática possibilitarão ao escritor escrever uma, duas, três, quantas versões forem necessárias sobre o mesmo assunto. Mesmo assim, cabe ressaltar: ainda que o garimpo das palavras seja determinante, só encontra algo aquele que sabe o que está procurando. Até o final deste livro, ou do próximo capítulo, o meu desejo é que você saiba.

Raimundo Carrero também propõe um exercício de reconstrução de texto mudando uma e outra palavra. Como prática, apenas como prática, Raimundo ensina ao jovem escritor os caminhos dessa reconstrução. Salvo engano – Raimundo pode me corrigir –, funciona assim: escolhe-se um parágrafo do texto de outro autor. Pode ser o seu favorito. Após análise, o aspirante a escritor muda uma palavra. Depois outra. Não demora e está alterando uma frase inteira. Logo, o texto inteiro.

Agora é a sua vez.

Quer começar o exercício partindo de um outro texto meu? Por que não?

> *"Algemado, ele dava passos com pernas bambas e seguia titubeante arrastando o corpo dolorido de surra. Lá mesmo no quarto, socos e pontapés sobrepondo-se golpe a golpe lhe enegreceram a vista e o mundo. Achou que fosse morrer. Agora estava ali, subindo com dificuldade os degraus da escadaria do Palácio Iguaçu. Com a respiração entrecortada, seguia fraco. Empurrado, ia com vagar. Resistia o quanto possível. A caminho do incomum, observava, ao entrar no prédio, salas modificadas. Alguns seguranças. Estátuas de gente com armamentos em posse, preparadas para repressão. Também corredores, muitos, intercalando-se em direções desconhecidas, formando labirintos.*
>
> *Por onde estava sendo levado, corredor estreito. As paredes de metal. Quentes. E, a cada passo que dava, mais o corredor esquentava. Se pudesse comparar, um caldeirão sobre línguas de fogo fervendo o metal seria o mais adequado. Como aquela realidade não se igualava a nada já vivido por ele, não sabia o que esperar. Restava-lhe o pior? Sem dúvida, posto que o pior logo revelou-se em duas palavras acima da porta a ser aberta: Tratamento Especial".*

Esta passagem acima foi retirada do meu livro *Tratamento Especial*. Reescreva-a. Comece apenas trocando uma e outra palavra. Não se preocupe por modificar o que não é de sua autoria. É só um exercício. Vá em frente. Procure, por meio do exercício, encontrar a sua escrita. Depois que mudar as palavras, mude a frase. No fim, mude o texto todo.

Precisa de um empurrãozinho para fazer o exercício? Tudo bem.

Voltemos ao começo do texto original:

"Algemado, ele dava passos com pernas bambas e seguia titubeante arrastando o corpo dolorido de surra."

Modifique-o para:

"Preso, ele caminhava com pernas bambas. Seguia oscilante, arrastando o corpo castigado de surra."

O que foi feito? Troquei "algemado" por "preso", "dava passos" por "caminhava", "titubeante" por "oscilante" e "dolorido" por "castigado".

Como eu disse, após trocar palavras, você pode mudar a ordem da frase, mudar a frase inteira. Abaixo, leia o texto novamente e mãos à obra!

> *"Algemado, ele dava passos com pernas bambas e seguia titubeante, arrastando o corpo dolorido de surra. Lá mesmo no quarto, socos e pontapés sobrepondo-se golpe a golpe lhe enegreceram a vista e o mundo. Achou que fosse morrer. Agora estava ali, subindo com dificuldade os degraus da escadaria do Palácio Iguaçu. Com a respiração entrecortada, seguia fraco. Empurrado, ia com vagar. Resistia o quanto possível. A caminho do incomum, observava, ao entrar no prédio, salas modificadas. Alguns seguranças. Estátuas de gente com armamentos em posse, preparadas para repressão. Também corredores, muitos, intercalando-se em direções desconhecidas, formando labirintos.*
>
> *Por onde estava sendo levado, corredor estreito. As paredes de metal. Quentes. E, a cada passo que dava, mais o corredor esquentava. Se pudesse comparar, um caldeirão sobre línguas de fogo fervendo o metal seria o mais adequado. Como aquela realidade não se igualava a nada já vivido por ele, não sabia o que esperar. Restava-lhe o pior? Sem dúvida, posto que o pior logo revelou-se em duas palavras acima da porta a ser aberta: Tratamento Especial".*

Sua versão:

"As palavras são sons transfundidos de sombras que se entrecruzam desiguais, estalactites, renda, música transfigurada de órgão."

Clarice Lispector, *A Hora da Estrela.*

8. ESCREVER, ESCREVER E, DEPOIS DE TUDO, REESCREVER.

Matemática é ciência exata. Não há como driblar. Dois mais dois são e sempre serão quatro. Na ficção, porém, o escritor pode mandar a exatidão matemática às favas. Desde que haja verossimilhança, tudo é possível. As limitações, para o artista da palavra, ficam por conta da própria criatividade. E para o iniciante – ainda que a criatividade lhe escape pelos poros –, as limitações serão de ordem técnica. Se não técnica, no mínimo, prática.

Mas realmente é possível ensinar o ofício da escrita? Uns dizem sim, outros não. A escrita do dia a dia, esta que se usa para *e-mails*, comunicações pessoais, ofícios de trabalho, dissertações escolares, etc., sim. Manuais de redação, artigos e estudos sobre a técnica de como produzir textos melhores existem em exagerada quantidade. Estes beneficiam muitas pessoas, é verdade. Muitos escrevem bem. Mas escrever ficção?

> *"Alguns escrevem bem, muito bem, muitíssimo bem, mas não escrevem ficção. Não vão além. Confundem ensaio – comunicação, artigo, conferência – com ficção. Ficção é outra coisa. Não é bem, nem mal escrita. É ficção. Inventa regras."*[56]
>
> Raimundo Carrero

No instante em que invadimos a alçada do texto ficcional, as regras mudam. Raimundo está coberto de razão, pois ficção implica em atividade artística. Como tal, exige mais do que apenas técnica. Afinal, ensina-se o dom a um artista? Desse modo, o que escreveu Vicente Ataide também faz todo sentido:

56. CARRERO, Raimundo. *Os segredos da ficção: um guia da arte de escrever narrativas*, Rio de Janeiro: Agir, 2005, p. 21, ebook.

"Alguns escrevem com mais facilidade, outros com menos, embora treinamento a todos dê peritagem suficiente. O que não dá é para transformar um matuto qualquer em festejado escritor."[57]

Aquele que não é matuto, curto de ideias e palavras, mas que, ao contrário, tenha vocação artística para escrever ficção, que sossegue, pois o caminho a ser percorrido em busca de se transformar ou melhorar como escritor é mais curto, e dependerá essencialmente do hábito. Daí, a peritagem a que se refere Vicente. A prática forma o perito.

Cabe reforçar, porém, que, de acordo com o já explanado, não se escreve bem sem o alimento das leituras (texto e mundo). Leituras – baterei na mesma tecla, ainda que você tenha entendido – alargam as ideias, amplificam os argumentos, multiplicam as visões. O ato de escrever não é obra do acaso. O intelecto, a consciência do "fazer" e do "como" preponderam. Se houver desacordo entre o pensar e o escrever, o escritor não produzirá nada que tenha relevância. "Penso, logo escrevo". Eis, se não a melhor, uma das melhores definições para ressaltar que a qualidade de um escritor nunca aparece gratuitamente.

Vicente ainda defende que para o escritor produzir uma obra de qualidade é necessário estar amparado em três pontos: Pensar. Sentir. Exprimir.

Pensar. Quando se pensa bem, escreve-se bem.

Sentir. Ao se amar o que faz, o sentimento não pode ser outro senão o do bem-estar na escrita. O ato de escrever torna-se mais exultante quando a harmonia é a companheira das palavras. Letícia Wierzchowski, autora de renome nacional, usa outra excelente frase, emprestada de um poema de Wislawa Szymborska, prêmio Nobel de Literatura, para afirmar o mesmo. A frase é: "A alegria da escrita". Perfeita, a frase. Letícia, em coluna para o jornal *Zero Hora*, retrata, ainda, um outro lado da moeda de que todo escritor, experiente ou

57. ATAIDE, Vicente. *À Procura da Palavra*, Curitiba, livros HDV, 1981, p. 24.

não, deveria se afastar. "Existem autores que só escrevem sob pressão, autores que se arrastam até as suas mesas, extraindo as palavras da própria carne sem anestesia."[58]

Parece-me dolorido. E é. Há verdade na afirmação de extrair palavras da própria carne sem anestesia. Para livrar-se da dor, seria preferível, então, que o escritor ao se reconhecer "castigado" pela escrita, encarasse os momentos mais difíceis da sua criação literária como um simples e natural processo de trabalho? Sem dúvida. Sentir-se bem e alegre – fica evidente – é chave importantíssima para a escrita.

Outro comentário que vale a pena ser citado, pois enquadra-se no contexto, é o de Nelson de Oliveira, ao discorrer a respeito da relação social de um escritor para com outros: "[...] é importante que o escritor saiba rir dos outros e também de si mesmo. Não levar tão a sério nem mesmo a prática literária, esse é o caminho para o autoconhecimento."[59]

Desse relacionamento social mais aprazível surge o autoconhecimento e também o bem-estar. Não levar tão a sério nem mesmo a prática literária diminui a pressão. Não só isso. O autoconhecimento é um dos fatores que leva à coerência – do pensamento e da expressão.

Assim, vamos ao terceiro ponto abordado por Vicente. ***Exprimir***. De acordo com o autor, exprimir bem é ser convincente, usando de palavras singulares, resultantes de seu intelecto, conhecimento e imaginação.

Voltemos, pois, ao ponto da coerência. Não há boa expressão sem coerência. É necessário coerência de raciocínio e de escrita. Mas o que é ser coerente? É coerente aquele que tem lógica, diz ou escreve coisas com nexo, disso todos sabem. Mas este é um terreno arenoso, trata-se de uma definição movediça, haja vista que o coerente para um pode não o ser para outro. Ademais, iniciei o capítulo afirmando que a lógica é própria da matemática, não da literatura. E é verdade. Em seu livro *A Narrativa de Ficção*, Vicente Ataide esclarece:

58. https://bit.ly/2KuJwvy. Último acesso em 28/08/2017.

59. OLIVEIRA, Nelson. *A oficina do escritor: saber ler, escrever e publicar*, Cotia: Ateliê Editorial, 2008, p.31.

> *"A ficção não precisa acompanhar os passos do senso comum ou da lógica; nem sequer da moral. Um texto literário pode apresentar não só palavras exóticas e pouco usadas, como também situações estranhas, ilógicas, que causem pasmo e assombro."*[60]

Pois bem, ainda que a ficção não precise acompanhar a lógica, é necessário que o leitor aceite o impossível e o ilógico como verdades. (Citei a verossimilhança lá no início do capítulo, lembra-se?) Ou seja, mesmo em situações irracionais, absurdas, impróprias, incompatíveis com a vida real, a linguagem precisa seguir uma linha de raciocínio que leve o leitor a acreditar na ficção. Lógica e coerência se fazem presentes, então, nesse sentido. Palavras, metáforas, frases inteiras precisam ser entendidas dentro do contexto *nonsense* proposto pelo autor. Assim, há que se ter coerência e lógica de raciocínio na construção da sentença. "Se alguém quiser escrever com clareza", disse Goethe, "que o seja primeiro em seus pensamentos". E não nos esqueçamos, também, das palavras de Marguerite Yourcenar: "Escrever é esclarecer".

Em resumo, na abordagem até aqui, temos:

- Escrever não é ciência;
- Escrever depende de dom;
- Escrever é produzir arte;
- Escrever pode ser ensinado;
- Escrever bem depende de Pensar bem, Sentir bem, Exprimir bem;
- Ficção não depende de lógica e senso comum, ***escrever*** a ficção, sim;
- Escrever pode ser dolorido;
- Escrever também pode e deve ser alegre;

60. ATAIDE, Vicente. *A Narrativa de Ficção*, 1ª ed., Curitiba: Editora dos professores, 1978, p.28.

- Escrever depende de leitura; e
- Escrever, essencialmente escrever bem, depende de prática.

Escrever, escrever, escrever.

Quanto mais o escritor escreve, mais descobre. Primeiro ele escava, escava, escava e encontra a palavra. O garimpo de adjetivos, substantivos, verbos – já elucidado no capítulo anterior – é, contudo, somente o princípio do trabalho. Há que se cavoucar mais e ir mais fundo, pois é lá que se esconde a frase inteira. O parágrafo? Ah, este só será encontrado em terreno ainda mais profundo. E o texto inteiro vem do abismo. Não é um trabalho fácil, de jeito nenhum. Escrever – resguardado o prazer – é ato reservado, ação introvertida a vencer *rounds* sem plateia. E em que momento a vitória aparece? Quando o resultado é um livro bom. Quando uma página inteira, ou mesmo um capítulo, são descartados, o escritor vai à lona. O nocaute se dá quando todo um livro escrito termina na lixeira.

Avaliando esse combate, ou mistério da escrita, João Manuel Simões apontou: "A arte de escrever, a arte da criação literária, é uma atividade estranha: solitária, policiada. É necessário desconfiar sempre das palavras."[61]

E quando o escritor desconfia da palavra, outra coisa não faz senão procurar por uma melhor, que lhe dê confiança e, ao mesmo tempo, não cause dúvidas para o leitor. Essa procura é o garimpo, assunto já abordado. E essa procura, ao se firmar como prática diária, leva o escritor a atingir um estágio avançado interessante, ainda que não perfeito. Perito ele se torna, já foi dito. Um perito, como todos sabem, é um especialista. Mas existe diferença entre ser perito e ser perfeito.

No campo da arte, em especial, a perfeição é efêmera. Ao se produzir a obra perfeita, esta "perfeição" alcançada naquela trajetória do

61. SIMÕES, João M. *Clareza e mistério da criação literária*, Curitiba: ensaios, 1978, p.24.

fazer, logo morrerá dentro do artista. A inquietação, o desejo de se atingir um grau acima, fará com que este comece a produzir outra obra com qualidade ainda maior, nunca perfeito. Isto se dá porque o grau de perfeição se altera na medida em que os objetivos são alcançados. Ainda bem. Então, o escritor escreve, escreve e escreve; pratica o ofício da escrita, exercita a arte da criação para não ser perfeito? Isso mesmo. Apontou Stephen King:

> *"Como em todos os outros aspectos da arte narrativa, você vai melhorar com a prática, mas ela nunca vai levar à perfeição. E por que deveria? Qual seria a graça disso? E quanto mais se esforçar para ser claro e simples, mais você vai aprender sobre a complexidade do seu idioma."*[62]

Há, por agora, três lições – entre tantas – a serem seguidas:

1) Escrever é praticar.

2) Escrever é reescrever.

3) Escrever é desapegar.

Quando me proponho a escrever um livro, é certo que passarei por esses processos como se ainda fosse um novato. Ao me sentar em frente ao Word – tela em branco –, praticarei a arte de encher a folha com ideias, palavras, frases, parágrafos. No final de seis meses, um ano (cerca disso), estarei com o livro pronto. Minto, o livro não estará pronto. A primeira versão é que estará. Deixo-a lá. O descanso de uma semana, quinze dias, fará bem.

Volto a pegar no livro só depois desse período. Leio tudo o que escrevi. Anotações daqui, dali. Não demora e me obrigo a reescrever parágrafos, às vezes capítulos inteiros. Mais um mês ou dois de trabalho. O que estou fazendo? Editando, apurando o texto.

62. KING, Stephen. *Sobre a Escrita*, Rio de Janeiro: Editora Objetiva, 2015, p.155.

A versão reescrita da história sempre é melhor. Mas é perfeita? Não. Nunca será. Nem na terceira, nem na quarta. A versão "perfeita" da história acontecerá no instante em que o escritor desapegar. Há que se dizer para si: "Agora chega!" Nesse sentido, o livro só ficará pronto no momento em que o escritor puser um ponto final em todo o processo, não apenas no texto.

Mas e o que acontece se, mesmo depois de escrever, reescrever, reescrever e dar o livro como pronto, a perfeição desejada ainda estiver longe da obra produzida? Duas alternativas: primeira, guarde o livro – um dia você poderá, mais uma vez, reescrevê-lo –; segunda, jogue-o fora. Não, não. Estou brincando. Não faça isso. Não se escreve um livro para jogá-lo fora. Prefere jogar e começar tudo de novo? Ok, quem manda é você.

Escrever é bom exatamente por esta razão: o escritor pode fazer o que quiser. Pode experimentar. Escrever o que lhe parecer mais adequado. Se não for bom, sem problemas. Matar o livro, falei nesse instante, também é uma opção. De certo que não é a melhor, mas é uma opção. Eu não faria isso se fosse você, porque as coisas podem e irão melhorar, acredite.

Enquanto estiver escrevendo (e lendo), o crescimento do escritor estará em curso. Em razão de sua ficção, a realidade estará ganhando novos contornos. Dependendo da história, as fronteiras dessa vida imaginada poderão ser belas, dolorosas, heroicas, opressivas, oprimidas. Os perímetros podem ser definidos pelo sexo, pela conquista, pela aventura. Não importa. O rumo que a história irá tomar, dependerá do autor. Seja o que for, ao escrever, escrever, escrever e reescrever, o escritor não deve se afastar da verossimilhança, não deve deixar de considerar a premissa de que a ficção, como bem colocado por James Wood[63], "parece a vida real – de um modo belamente artificial".

63. WOOD, James. *Como funciona a ficção*, São Paulo: Cosac Naify, 2012.

9. CONTO, NOVELA, ROMANCE: QUAL CLASSIFICAÇÃO DE GÊNERO ESCOLHER?

Volto ao tempo. O passado em que me encontro expõe a minha ousadia. Dedos atrevidos batem nas teclas da máquina de escrever com misto de realidade, sonho, expectativas, empenho, desejo e, provavelmente, alguma insanidade. Ou muita. Ali, em frente à máquina criada para pressionar letras no papel, e que, sobre a mesa da cozinha, balançava e fazia um barulho dos diabos, nascia um escritor.

Naquela época, como já contei no capítulo 3, minha preocupação era apenas certificar-me do perfeito funcionamento da máquina e da quantidade de folhas sulfite. Tudo o mais foi acontecendo. À parte a leitura de mundo que eu possuía e outras miúdas leituras de livros – se eu não for pego pelo engano, deveria haver umas vinte obras na estante –, a imaginação foi minha maior condutora. A arte se sobrepôs ao conhecimento. Doutro modo – não fosse pela arte –, nem o livro nem o escritor teriam nascido naquele dia.

O que eu sabia? Meu conhecimento rasteiro sobre a literatura e a arte de escrever ficção residia em três coisas: poesia, prosa e conto. Poesia: texto em verso. Prosa: texto narrado. Conto: texto em prosa, só que mais curto. Errado ou superficial, este era o entendimento que eu tinha. Gêneros literários? Se em algum momento um abençoado professor explicara os tais gêneros, eu não os havia retido. Romance? Era tão somente uma história de amor. Novela? Ah, essas passavam na TV. Com o tempo, aprendi os significados dos gêneros literários.

Você, caro leitor-escritor, se não souber o que significam, logo também entenderá. Mas não se iluda, será um dos poucos. Quando disser para as pessoas que escreve ficção, pensarão que você é escritor de ficção científica. Se falar que escreve romances, acharão que escreve histórias de amor. E ao contar que escreve novelas, perguntarão em que canal elas já foram transmitidas! Tudo bem, o público de um escritor não precisa, de fato, saber teorias literárias. O papel dele é um só: ler. E o papel de um escritor? Grosso modo, escrever. Ponto. Pensando dessa maneira, isso facilita um pouco as coisas.

Resolvi, portanto, iniciar o capítulo confessando minha absoluta falta de conhecimento em teorias literárias no início da carreira justamente pela afirmação acima: o papel do escritor é escrever. Não saber o profundo significado dos gêneros literários e suas modalidades não é – e não pode ser – empecilho para quem deseja escrever um livro. Por outro lado, afirmar que não é bom o escritor conhecer os gêneros, não se preocupar com a diferença entre poesia, poema, prosa, crônica, conto, novela, etc. seria ingenuidade. Isto posto, uma breve descrição é mais do que bem-vinda.

Caso tenha oportunidade, ou curiosidade, de ler o livro *A Criação Literária*, de Massaud Moisés, descobrirá que o conceito de gênero passou por vicissitudes históricas e ideológicas desde há muito. Os primeiros traços de pensamento sobre o assunto vieram de Platão (*República*, livro III, 394), que dividiu a literatura em: tragédia e comédia; ou seja, o teatro – o ditirambo, que é poesia lírica –; e a poesia épica. Depois de Platão, Aristóteles, na *Poética* – obra de mais de dois mil anos –, foi reconhecido como o autor que deu origem à teoria da literatura do Ocidente. De Platão, passando por Aristóteles, até os dias de hoje, os estudiosos defendem duas teorias literárias com relação aos gêneros: a clássica e a moderna.

"A teoria clássica não só crê que um gênero difere de outro tanto em natureza como em hierarquia, como também que é preciso mantê-los separados. Tal é a famosa doutrina da 'pureza do gênero', do 'genre tranché'. Enquanto isso, 'a teoria moderna dos gêneros é manifestamente descritiva. Não limita o número de possíveis gêneros nem dita regras aos autores. Supõe que os gêneros tradicionais podem 'mesclar-se' e produzir um novo gênero (como a tragicomédia)."[64]

Entre as duas teorias, escolho a moderna. Mesmo porque, sendo a língua e a linguagem vivas, o surgimento de novos gêneros ou a mescla dos existentes me parecem naturais. Os gêneros se expandem e se modificam. Estudos e debates sobre os problemas dos gêneros e suas classificações, por isso mesmo, são constantes.

Não é o caso, aqui, de tratar o assunto a miúdo, correndo o risco de desvirtuar o papel deste livro e do futuro leitor-escritor. Que o aprofundamento e o debate fiquem para os estudiosos dos gêneros literários. Por hora, cabe dizer que: gênero literário acomoda famílias de obras que guardam em si atributos iguais ou de similaridade. E a distinção entre os gêneros divide-se em categorias.

Para Massaud Moisés, há apenas duas categorias: a poesia e a prosa. Cada uma delas com suas espécies e formas.

Gêneros literários	Espécie	Formas
Poesia	Lírica	Soneto, ode, etc.
	Épica	Poema, poemeto, epopéia
Prosa	–	Conto, novela, romance

Classificação sustentada por Massaud Moisés.

64. MOISÉS, Massaud. *A Criação Literária*, 4ª ed., São Paulo: Melhoramentos, 1971, p.35.

Atualmente, a organização dos textos literários se dá em três gêneros: narrativo (antigo épico), lírico e dramático. Ainda que os novos estudos apontem para essas três modalidades, a proposta de apenas dois gêneros feita por Massaud Moisés – deixando de lado o dramático[65] para o contexto deste livro, que não traz a pretensão de estudar e debater os gêneros – é, no meu entender, a de mais adequação para aquele que deseja se tornar escritor. O motivo? Simples: entendendo a diferença entre a poesia e a prosa, e sabendo que dentro da prosa existem as formas dos textos narrativos, isto lhe basta. Sendo assim, explico:

POESIA E PROSA

Do grego, a palavra poesia é *poíesis*, de *poien*, que tem como significado criar (no sentido da imaginação). "Os latinos chamam a poesia de *oratio vincta*: linguagem travada, ligada por regras de versificação, por oposição a *oratio porsa*: linguagem direta e livre. *Porsa* tornou-se, por metátese, prosa."[66]

Pois bem, a poesia tem uma linguagem travada, ligada por regras de versificação – pôr em versos. Prosa, linguagem direta e livre. A poesia, como descreveu Massaud Moisés, é simétrica. A prosa, assimétrica.

> *"[...] a distinção entre poesia e prosa é algo exterior, isto é, formal, e quem a toma externamente e, obedecendo livremente à impressão de seu ouvido ou de sua vista, qualifica de poesia as formas de falar de aparência simétrica, e de prosa as de aparência assimétrica..."*[67]

Essa breve definição, claro, não basta. Poesia não se define apenas nas formas de falar ou na produção de texto. Há poesia na música? Na pintura? Na arquitetura, coreografia, etc.? Ao passo que

65. Gênero dramático: Em Poética, Aristóteles define os textos dramáticos (verso e prosa) como sendo aqueles possíveis de serem representados em encenação teatral. Pertencem ao gênero dramático os seguintes textos: Auto; Comédia; Tragédia; Tragicomédia; Farsa.

66. SUBERVILLE, Jean. *Théorie de l'Art el des Genres Littéraires*, 7ª ed., Paris, Les Éditions de l'École (1964), p.227

67. MOISÉS, Massaud, *A Criação Literária*, 4ª ed., São Paulo: Melhoramentos, 1971, p. 44.

poesia está em toda manifestação artística – em grau de percepção maior ou menor, dependendo dos olhos de quem vê, sim –, a poesia é, por si mesma, intrínseca. A emoção, o lírico que está dentro do ser, portanto, é poesia. Poesia causa o sentimento do belo. Poesia encanta. O comportamento poético, diz Massaud, é vago, metafísico, anti-heroico, antidescritivo e antinarrativo. A prosa, ao contrário, traz o "eu" para fora e trabalha com o mundo descritivo, narrativo de maneira mais concreta e objetiva.

Há, porém, outra questão de importância: toda poesia é poema e todo poema é poesia? Mesmo que os latinos classifiquem a poesia como linguagem travada, ligada por regras de versificação, vale-nos uma reflexão. Pode o verso não trazer poesia? Se não despertar o belo ou o encantamento, pode. Valho-me da excelente definição de Nelson de Oliveira sobre essa questão.

> "• *Poesia é a qualidade presente em certos artefatos culturais, capazes de despertar o sentimento do belo e provocar o encantamento estético.*
>
> • *Poema é o texto composto em versos e estrofes.*
>
> • *Prosa é o texto composto em orações, períodos e parágrafos.*
>
> • *O poema é feito de linhas breves, a prosa é feita de linhas longas.*"[68]

Então, versos e estrofes não são poesia? Não. São poemas. E, como poemas, podem ou não trazer em seu conteúdo a poesia. Da mesma forma, o texto em prosa pode também ser carregado de poesia. Seria a poesia dentro da prosa. Usando da denominação já difundida na internet, é a *proesia*. Mais um termo caberia, lembrando Paulo Leminsk: *proema*, que é o poema dentro da prosa, e que pode ou não estar carregado de poesia.

68. OLIVEIRA, Nelson. *A oficina do escritor: sobre ler, escrever e publicar*, Cotia-SP: Ateliê Editorial, 2008, p.20.

PROEMA

Não há verso,
tudo é prosa,
passos de luz
num espelho,
verso, ilusão
de ótica,
verde,
o sinal vermelho.
Coisa
feita de brisa,
de mágoa
e de calmaria,
dentro
de um tal poema,
qual poesia
pousaria?

Toda Poesia, Paulo Leminski.[69]

Abaixo, um exercício de texto em prosa onde usei do poema para trabalhar a narrativa.

> *"O rei leão, que quando nasceu não era rei não, virou rei porque cuidar de tudo aprendeu. Cuidou sempre do irmão, dos amigos e do ancião. Também respeitou a natureza e a floresta ficou uma beleza. Como ele protegia as floradas, as árvores não foram cortadas e nem as flores foram arrancadas. Fez tudo com sabedoria. Viver ali era a maior alegria! Aquele leão foi o rei que todo mundo queria".*

69. LEMINSK, Paulo. *Toda Poesia*, 1ª edição, São Paulo: Companhia das Letras, 2013, p. 189.

O texto acima é uma narrativa. Se poema fosse, assim seria:

"O rei leão
que quando nasceu
não era rei, não
virou rei porque cuidar de tudo aprendeu
Cuidou sempre do irmão
dos amigos e do ancião
Também respeitou a natureza
e a floresta ficou uma beleza
Como ele protegia as floradas
as árvores não foram cortadas
e nem as flores foram arrancadas
Fez tudo com sabedoria
Viver ali era a maior alegria!
Aquele leão foi o rei que todo mundo queria"

É poesia na prosa?

Controle remoto

Cansado, rosto petrificado na mesmice de mais um dia duro de trabalho, o homem que tem um dos braços espichado – mão apertando o ferro de apoio – segue feito carga no ônibus que engole ruas aos solavancos no ato de vencer carros e semáforos. Todos os dias assim: a cabeça a equilibrar-se no chacoalhar do veículo fazendo-o igual a tantos – simples estátua de gente com o coração quase em pedra à espera de quebrar a frieza no calor do lar. Até o desembarcar na praça perto de onde mora, amargaria cerca de duas horas. Uma quadra de lenta caminhada depois, ele esticaria as pernas sobre a mesinha de centro, engoliria coisa qualquer da geladeira, ligaria a televisão e passaria o resto do tempo inerte, assistindo à vida dos outros. Só abandonaria o controle remoto, companheiro de tantas horas, para se deitar e dormir, isso, claro, se a tirania da insônia não lhe mantivesse os olhos abertos.

Essa rotina diária, porém, não se cumpriria. Não nesse dia. O coração, endurecido pelo estresse, se perderia do itinerário mecânico do viver e, surpreso, encontraria novo sentido em cada batimento.

Como o horário é de verão, a noite preguiçosa no ato de escurecer o céu fica presa no tempo. São quase 19 horas, e o dia segue claro, quente e bom, quando o operário desce e é surpreendido por uma beleza poucas vezes reparada. Por razões que só o extraordinário revela, o céu, com nuvens de fantasia – bichos de algodão –, lhe oferece inesperada paz. O sol mais parece uma fruta, boiando no céu alaranjado, descascado em camadas ora mais amarelas, ora mais vermelhas. O vento sopra ameno, tendo força apenas para balançar os galhos das árvores, permitindo às folhas se desmancharem no chão com suavidade, caindo e pousando em câmera lenta.

Admirado que está – olhos pregados na paisagem –, o trabalhador não tem dúvida: no lugar de ir para casa assistir à imoralidade política, essa realidade repulsiva, ou aterrar-se na trama novelesca dos outros, prefere sentar-se no banco da praça, tirar os sapatos e esticar os pés. Ao observar o espetáculo no horizonte – sorriso leve nos lábios –, pensa numa coisa só: "como seria bom se tivesse o controle remoto em mãos. Se o tivesse, manteria esse momento ligado para sempre".

Observe que até se chegar ao horário de verão, o texto tende mais para o descritivo. A partir do horário de verão, a poesia aparece dentro da prosa. A narrativa muda o tom, e, mesmo sendo uma descrição, o belo se sobrepõe – as metáforas, o clima. A descrição é interiorizada e coloca o homem como parte da natureza. Há poesia na prosa. E há poesia sem verso.

> *"Após uma corridinha ágil com as pernas finas em movimentos de tesoura, recortadas pelo sol, as duas ocuparam o fim da fila, no ponto lá na frente".*
>
> Rubens Figueiredo, *Passageiro do fim do dia.*

"Pernas finas em movimentos de tesoura recortadas pelo sol" é outro exemplo perfeito. Um trecho carregado de poesia. Rubens Figueiredo foi muito feliz, não apenas neste pedaço da narrativa, como em toda a obra. *Passageiro do fim do dia* é mesmo um grande livro.

Outro texto sublime é o de Thales Guaracy:

> *"O mar bate na cara das pedras, lavadas de água, sal e espuma; vem das profundezas, a água salta, respira, festeja o céu e volta em golfadas ao seu mistério interior, deixando pequenos lagos cristalinos entre os recifes. Do alto da colina, próxima à casa de seu exílio voluntário, pés imóveis sobre o granito, estátua dele mesmo, Giuseppe vê o mar lá embaixo."*[70]

70. GUARACY, Thales. *Anita*, 1ª ed., Rio de Janeiro: Record, 2017, p.7.

Se o texto de Thales não é prosa com poesia (sem verso), não sei, então, o que é essa tal de "proesia".

Assim, vejamos: poesia pode ter ou não verso, pois sua essência, no final das contas, reside na qualidade de despertar o belo. Pode ou não estar na prosa. Certeza é que se encontra presente nas mais diversas expressões artísticas.

E o poema, lembrando a explicação de Nelson, é constituído por versos e estrofes. A prosa – a essa altura, não resta dúvida ao leitor – é a narrativa longa, podendo ou não conter poesia. É essa narrativa composta de parágrafos, frases, períodos que, a partir de agora, lhe interessa. É nesse gênero literário que você, leitor-escritor, precisa se concentrar, pois é dentro da prosa que estão as modalidades conto, novela e romance.[71]

CONTO

Vou contar uma história. Pronto, aqui começa um conto! Que, se aumentar um ponto, pode virar uma novela. E, caso estique demais, um romance. Bem que a distinção entre conto, novela e romance poderia reter-se nesse breve entendimento, que está constituído na extensão. Debaixo dessa terra literária, porém, outros significados estão guardados.

É certo que as definições e diferenças entre o conto, a novela e o romance, hoje, já não são estabelecidas apenas pelas elucidações do passado. Bem provável, o significado de conto, em época de modernidade e transformação, não encontra forças no passado, mas entender parte disso me parece adequado. Por exemplo: o passado não tão longínquo (em 1972) esclareceu que conto não vira novela, nem tampouco romance, correndo-se o risco de prejudicar o caráter da obra. Se virar, não é conto. Quem disse isso naquela época foi Massaud Moisés.

71. As modalidades Épico; Fábula; Epopeia; Crônica e Ensaio também fazem parte do gênero prosa/narrativo.

> *"A narrativa passível de ampliar-se ou adaptar-se a esquema diverso daquele em que foi concebida não pode ser classificada como conto, ainda que o seu autor a considere, impropriamente, como tal."*[72]

O conto, embora guarde em sua essência a matriz da novela e do romance, é sempre conto. Caso possa ser ampliado, não é conto. Uma das características do conto é ser fechado. A história nem bem começa e o conflito, via de regra, está próximo da solução. Objetividade, portanto, é própria do conto. O conto, por isso mesmo, vai direto ao ponto sem se ater a pormenores. Não há mais do que um drama, uma célula de conflito importante a ser resolvido. O conto não aceita excessos, divagações, conflitos e dramas que se mesclam, gerando novos conflitos, ampliando os sujeitos e significados da história.

> *"Arma-se um conflito que deve ser único e o mais importante na trajetória do protagonista. Neste caso, temos um conto, pois o drama apresenta fim em si próprio, compondo uma unidade, de começo, meio e fim. Visto geralmente corresponder ao momento mais importante na vida da personagem, pouco interessa o que está antes e depois do drama."*[73]

O conto, portanto, abstrai-se de tudo aquilo que não interessa ao centro dramático da narrativa. Não por outra razão, o conto é curto. Daí, a defesa da teoria da extensão. Se for curto, é conto. Vimos, todavia, que o "curto" só não basta. É imperativo estar associado ao unívoco, ou seja, a um só significado. Existe a narrativa curta, unívoca, com uma só célula, fechada em um "ovo" dramático? Então, é conto.

Mas o que é uma narrativa curta? Uma página, duas, dez, cem? Nelson de Oliveira, na *Oficina do Escritor*, traz várias definições sobre o conto, entre elas, o conto-teorema, assim denominado porque, de acordo com a crença de alguns, o conto deve seguir um processo lógico, como no teorema, e ser dividido em três partes: exposição, desenvolvimento e desenlace.

72. MOISÉS, Massaud. *A Criação Literária*, 4ª ed., São Paulo: Melhoramentos, 1971, p.113.

73. Ibidem, p.114.

Um dos defensores desse pensamento era Edgar Allan Poe, que escrevia seus contos com o objetivo de despertar inquietação, medo, excitação, encantamento, perplexidade, etc.

> *"[...] Para o escritor norte-americano [...] o conto só produzirá esse efeito único e fulminante, essa impressão total, se for apreendido de uma só sentada e mantiver o leitor sempre em suspense. Por isso, para exercer o domínio sobre o leitor, o conto não deve exigir mais do que duas horas de leitura atenta..."*[74]

Duas horas? E isso lá é narrativa curta? Para esses nossos tempos, não. Nossa literatura atual já aceita minicontos e microcontos (com estruturas minimalistas). Não obstante, se uma narrativa de duas horas mantiver a sua célula dramática fechada em um só conflito, com poucos personagens, com princípio, meio e fim a compor a unidade, é conto. Nesse sentido, há contos que podem ter a extensão maior do que uma novela, ou mesmo romance.

Aprofundamento maior aqui deixemos para os estudiosos da teoria literária. Grosso modo, se mantivermos à margem a questão unívoca, entender o conto como uma narrativa curta que vá, digamos, de três a quinze páginas, está de bom tamanho. Dificilmente os contos atuais passam desse número de páginas.

Por outro lado, mesmo que você decida escrever um conto, não se prenda. Permita que a história aconteça naturalmente – ainda que toda escrita seja controlada, pois não se faz ficção em transe. Se a história te levar para outros caminhos que não a classificarão como conto, e daí? Então que seja uma novela. Mas até que a novela nasça, exercite a criatividade, e escreva um conto, ou miniconto.

74. OLIVEIRA, Nelson. *A Oficina do Escritor – sobre ler, escrever e publicar*, Cotia-SP, Ateliê Editorial, 2008, p.22

Exemplo de miniconto:

Centímetros

Não queria perder a cabeça. Perdeu. A educação e a compostura despedaçaram-se junto com os perdigotos assim que cuspiu palavras de ofensa. Não, não queria perder a cabeça. Perdeu. A vista escureceu, o corpo titubeou e a mão em desordem marcou o rosto da mulher que ele amava, ou, em razão do tapa – naquela hora –, odiava. Tivesse ele uma arma, teria atirado. Acabou por bater a porta e atirar-se escadas acima, pulando degraus de dois em dois. Ela, por um momento, instantezinho de dúvida, pensara em esquecer a dor para atirar-se nos braços violentos dele. Não seria a primeira vez. Ao invés, arriscou-se escadas abaixo. Também de dois em dois degraus, chegou rápido à portaria do prédio. Ali mesmo viu o amante, que àquela altura já deveria ter ido embora, e o abraçou. Envolvida pelo abraço, com o rosto ainda quente pelo tapa, estava decidida a nunca mais voltar para o apartamento, terceiro andar. A vida com o marido estava morta. Pronta para nascer de novo, ela abriu a porta do prédio e fechou o passado. De braços dados com o amante, deu os primeiros passos na calçada molhada pela chuva. Sem aviso, a água avermelhou e lhe inundou o corpo de sangue. Por centímetros, a massa disforme do marido, que se jogara do último andar, não lhe abreviou a vida para sempre. Por centímetros.

Exemplo de conto:

Plantão

Pontualmente, às 5 e meia da tarde, ela coloca a água para o chimarrão. A vida em São Paulo é regada a estresse, não a mate. Este hábito, porém, vindo doutros tempos, Regina não abandona. Está frio e a bebida quente é a única rotina que lhe abranda. O resto a esmaga, sufoca. O trabalho de faxineira de banheiros na rodoviária é necessário, mas, em alguns momentos, não deixa de ser humilhante. Não, ela não tem problemas quanto a trabalhar, não é isso. Preguiça – pecado que abomina – fica por conta do marido e dos filhos, que, de acordo com a sua avaliação, não prestam para nada, só fazem comer e aumentar as despesas. O problema dela é ficar limpando merda e mijo dos outros. Viver com o balde nas mãos e a cara na privada não é fácil, pensa Regina. É isso que a esmaga e lhe sufoca a alma. Ainda bem que viver não é preciso; o inesperado sempre espreita. E foi o inesperado que a fez outra. A imprecisão do viver a fez sorrir em horas duras. E a fez suspirar em momentos de lhe faltar o ar. Regina sabe disso. Saber é pouco. Tem certeza. Assim como dois mais dois são quatro, a imprecisão da vida, de certa forma, a libertou. E deu-lhe novas forças para a luta.

Enquanto observa a água levantar borbulhas e vapor, também quer que parte da vida carcomida de dona de casa e faxineira se evapore. Sentar-se e tomar o mate sozinha é um momento que troca apenas pelo sexo que faz duas vezes por semana. Há mais, sim. Tem semana que as duas vezes se estendem para cinco, mas aí já não é bom. É que o marido, quando bêbado, só pensa em uma coisa: trepar. Ela também gosta de intimidades. Não, não é falsa moralista. Não foi criada com pudores falsificados. É dada a dar mesmo! Sabe o quanto é bom entregar-se para um homem. Mas abrir as pernas com amor é muito diferente de abri-las com rancor. E o marido, bêbado, ao ir para casa nos dias ruins, nada traz de amor. Ao contrário, carrega a violência e o cheiro de pinga. Isso quando o perfume de alguma puta barata não lhe vem impregnado na pele. Para Regina, sobra o tal sexo forçado que, no limiar do estupro, é disfarçado de consentimento. Regina não é a única a passar por isso. Suportar traição, sexo forçado e bebida faz parte do dia a dia de muitas. Lá mesmo, na rodoviária, conhece a Clotilde e a Mirtes. Indignadas e vítimas frágeis, ainda estão na fase de reclamar a Deus, e a quem mais ouvir, sobre os seus distratos conjugais. A fase de Regina é outra.

Tomando o chimarrão, a água quente descendo gostosa, ela pensa no rumo que deu para a sua situação. Chega a sorrir. Agradece em silêncio à imprecisão da vida. Vinte minutos depois, esvazia a cunha, lava-a e olha os ponteiros do velho relógio que, preso à parede, avisa a hora de preparar o jantar. O marido está para chegar. Os filhos estão para chegar. E a paz está para ir. Não há de ser nada, ela conclui. Hoje tem plantão. Às 22 horas, voltará para a rodoviária e limpará os banheiros até às 6 da manhã.

Panelas no fogo, deixou-as lá. Foi para o quarto tomar banho, secar o cabelo e passar um perfume, desses baratos. Ao escolher a roupa, demorou-se na calcinha. Em mãos, um modelo novo. Antecipou em sua mente o momento em que a outra pessoa – não o marido – elogiasse a peça. E depois a tirasse, lá mesmo, no banheiro da rodoviária, entre o limpar de uma privada e outra. Era assim: o inesperado. A imprecisão. O motivo de suportar a vida difícil com o marido iria encontrar-se com Regina no silêncio e segredo da madrugada. E Regina lhe acariciaria o rosto, tocaria em seus cabelos, beijaria sua boca e lhe abriria as pernas sem rancor e cheia de amor. Sempre que tinha plantão – duas vezes por semana – era assim. Regina suspirava e dizia bem baixinho: "Marlene, homem nenhum nessa terra é capaz de me dar prazer como você dá".

Os exemplos dos contos que escrevi trazem um propósito claro, a célula dramática única. É importante que você, caro leitor-escritor, observe que tanto no miniconto como no conto, há um número reduzido de personagens, existe um só núcleo dramático. O problema, o desenrolar dos fatos e a conclusão fecham a narrativa de maneira a não lhe permitir continuidade. Temos, portanto, a narrativa curta e unívoca. Conto é isso. Mais do que isso é novela, ou romance, assuntos que tratarei a seguir. Antes, porém, é a sua vez de escrever.

Escreva um miniconto. Para facilitar, não inicie o processo escrevendo. Não se concentre na palavra. Antes, em sua mente, pense na história ou na cena. Imagine um só personagem onde o drama esteja focado nele. Problema, desenvolvimento e conclusão. Parta para a escrita apenas depois disso. E se acaso logo na primeira linha o processo da escrita travar, não se preocupe. Uma saída é narrar a história oralmente, como se a estivesse contando para um amigo. Grave-a. Use o gravador de voz do seu celular e grave a história. Em seguida, transcreva a gravação. Vá lapidando o texto, garimpando palavras – se necessário volte ao capítulo 7 e releia sobre o ato de garimpar palavras – e ordenando as frases, cortando ou incluindo aquilo que achar necessário. No momento em que der o texto por encerrado, leia-o em voz alta. Se lhe parecer bom, é provável que esteja mesmo!

Seu miniconto:

....

....

....

....

....

....

....

....

....

....

....

....

....

....

....

....

....

....

....

....

....

....

....

....

Chegou a hora da novela.

NOVELA

Os dramalhões que imitam a vida na tela da TV, que permanecem no ar por quatro a seis meses (às vezes pode ser mais), e que detêm o poder de grudar pessoas no sofá, aprisionando-as aos capítulos, todos sabemos qual é a sua denominação. Novela. Esta *novela televisiva*, porém, não é a mesma da literatura. Melhor mesmo chamá-la apenas de *telenovela*. Igualmente, trata-se de ficção, é verdade. Há um ou mais autores que a escrevem, e o número de páginas pode passar de mil. E não é só em extensão que esta novela se difere. A novela da TV é escrita – via de regra – em formato de roteiro. Na literatura, a prosa é outra.

É provável que a palavra novela traga suas origens do italiano: *novella*, que tem o significado de notícia ou relato novelesco. *Novella*, do italiano, teria vindo do latim, *novellus*. "[...] adjetivo diminutivo originário de *novus* [...]. Do sentido de 'novo', 'incipiente', a palavra derivou para 'embaraçado', 'enredado'. Substantivada e adquirindo denotação especial, durante a Idade Média acabou significando 'enredo', 'entrecho', e daí 'narrativa enovelada', 'trançada'. [...] Só no Romantismo, mercê da profunda metamorfose cultural desencadeada em toda parte, é que a palavra *novela* ganhou a significação literária que possui atualmente."[75]

A novela literária caracteriza-se por sua extensão (normalmente mais curta que o romance e mais longa que o conto), multiplicidade e polivalência. Diferentemente do conto, possui mais do que uma célula dramática. É estruturada, portanto, com base na pluralidade dramática. Assim é porque as células dramáticas, embora tenham um fim em si mesmas, são dependentes das demais. Dispostas em linha

75. MOISÉS, Massaud. *A Criação Literária*, 4ª ed, São Paulo: Melhoramentos, 1971, p.137.

reta (às vezes, lado a lado, como diz Nelson de Oliveira), seguem um desenrolar cronológico. Há uma continuidade pela permanência de uma ou mais personagens na disposição "linear" das células. Por isso, se uma célula, por exemplo, é retirada do contexto, a estrutura da novela fica comprometida e a narrativa multívoca, ou seja, múltipla, polissêmica, deixa de fazer sentido.

O exemplo da telenovela é bem-vindo aqui. Retirar uma célula dramática da novela literária é como perder um capítulo de uma novela televisiva. Sem o anterior, o próximo é prejudicado. A palavra usada na definição de Massaud Moisés citada acima também é perfeita: 'trançada'. Narrativa trançada é exatamente aquela onde os acontecimentos se justapõem, se completam e se unem para dar e revelar significados. Igual a uma trança de cabelo, onde um pedaço depende de outro, na narrativa trançada (que é a novela), uma unidade ou uma célula dramática – cronologicamente interligada – depende de outra.

> *"[...] O que diferencia a novela do romance são basicamente o número e a disposição das unidades dramáticas: na novela há a sucessão cronológica, em linha reta, de várias unidades dramáticas, sucessão que pode ser prolongada indefinidamente (grosso modo, é como se a narrativa fosse feita de vários contos ligados pela permanência das mesmas personagens). No romance, há menor número de unidades dramáticas e todas estão interligadas, ou seja, as células dramáticas não surgem dispostas lado a lado, em linha reta, mas simultaneamente, como em certos móbiles em que cada esfera está ligada a todas as outras."*[76]

Diz-se que a novela pode ter entre 20 a 40 mil palavras, daí sua característica curta. Absorvendo as definições modernas que defendem a extensão, tudo bem ter um parâmetro, mas esqueça a matemática. Na hora de escrever, não pense nisso. Existem novelas bem mais longas que romance.

76. OLIVEIRA, Nelson. *A Oficina do Escritor*, Cotia-SP: Ateliê Editoria, 2008, p.25.

> *"[...] É natural que o espaço físico (número de páginas) da novela possa crescer desmesuradamente, pois sua estrutura não admite um fim, correspondente ao termo derradeiro de todas as coisas. A própria pluralidade de ação exige uma perspectiva sempre aberta, em que novas aventuras podem ter início e depois gerar outras, sucessiva e interminavelmente."*[77]

Em linhas gerais, novela é rápida. Descompromissada. Normalmente, aventureira e até pitoresca. Presa pelo entretenimento. Há liberdade de tempo e espaço em sua narrativa. Sua estrutura é menos dramática e densa do que um romance, ou mesmo um conto. É tão objetiva e horizontal quanto o conto, sim, mas sua trama pode ser mais complicada, e o número de personagem indefinido. Vale dizer, porém, que mesmo que a trama da novela seja mais complicada que a do conto, ela vai direto ao ponto – em razão da sua estrutura horizontal –, sem exigir grande esforço de compreensão do leitor.

Outra observação importante: ainda que exista o encadeamento de ações individualizadas, que podem ter um fim em si mesmas, elas trazem conflitos que vão se justapor e apontarão para um desfecho. Tal desfecho irá sugerir o encerramento. A última ação ou célula dramática será o desenrolar de toda a história, dando-lhe um sentido. O livro acaba. Imagina-se, nessa hora, não haver possibilidade de continuação. Todavia, em se tratando de novela, a verdade não é bem essa. Conforme descreveu Massaud Moisés, "[...] o novelista pode continuar indefinidamente sua narrativa, pois alguma semente dramática deve ter ficado à espera de germinação."[78]

Eis a novela. A narrativa onde os acontecimentos podem se expandir feito o universo. No conto, tampouco no romance, isso não é possível. Para o aprofundamento da sua compreensão, a leitura de algumas novelas seria bem-vinda. Sugiro, entre tantas possíveis:

Vidas Secas, de Graciliano Ramos;

77. MOISÉS, Massaud. *A Criação Literária*, 4ª ed, São Paulo: Melhoramentos, 1971, p.145.

78. Idem.

O Tempo e o Vento, de Erico Veríssimo;

A Morte é de Matar, de Newton Cesar;

Memórias de um Sargento de Milícias, de Manuel Antônio de Almeida;

Em resumo, para que a compreensão a respeito do significado da novela seja mais efetiva, teríamos o seguinte:

- A novela possui células dramáticas horizontais (ou lado a lado) que demandam continuidade, as tramas são sucessivas;
- O número de personagens pode ser infinito;
- Na novela está presente a pluralidade dramática;
- A novela é direta, descritiva e narrativa;
- A novela permite a liberdade de tempo e de espaço;

Dito isto, é hora do romance.

ROMANCE

Envolver-se com alguém de forma amorosa e íntima é o mesmo que viver um romance. Em razão desse significado impresso nos dicionários – há outros tantos –, as pessoas associam romance ao amor. É correta a associação, sabemos. Mas o romance enquanto forma do gênero literário prosa não está necessariamente ligado apenas a esta simples definição. Dentre os vários tipos de romance, o romântico é somente um. Temos o romance de terror; ficção científica; aventura; erótico; policial. Romance psicológico; histórico; analítico. Romance de costumes, etc. O romance está em todo contexto que você, leitor-escritor, escolher para a sua criação literária. O que faz a prosa se enquadrar em romance, só para reforçar, não é o amor; são as particularidades e a estrutura que diferem do conto e da novela.

Conto, vale lembrar, contém uma única célula dramática. Na novela, existe mais do que uma célula, as quais estão ligadas por uma sucessão linear. No romance, as células dramáticas – que normalmente são em números menores do que na novela – seguem uma sucessão circular ou em espiral. Reforçando as palavras de Nelson de Oliveira, no romance as células surgem "simultaneamente, como em certos móbiles em que cada esfera está ligada a todas as outras."[79]

Observando as diferenças da disposição das células dramáticas entre o conto, a novela e o romance, num esquema gráfico, seria assim:

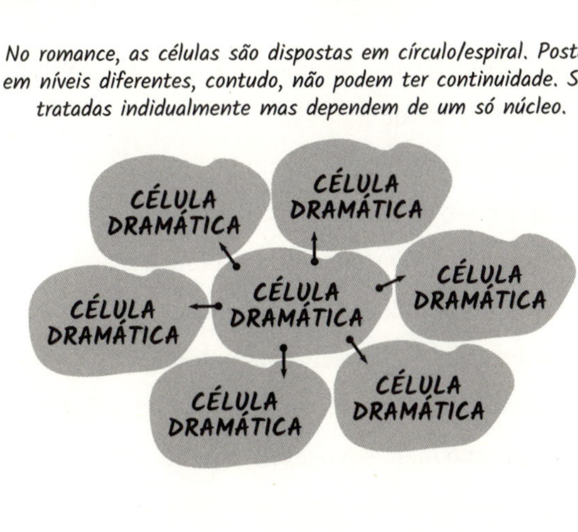

79. OLIVEIRA, Nelson. *A Oficina do Escritor*, Cotia: Ateliê Editorial, 2008, p.25.

Vicente Ataide não pensa diferente. A disposição circular/espiral das células dramáticas, disse-me ele certa vez, é a definição capital para a forma romance. Desse ângulo, portanto, a diferenciação levando em conta a extensão não significa nada.

Via de regra, o romance é mais substancial do que a novela. A visão macro é o que predomina. "[...] o grande romance não vive de minúcias, de pequenos nadas individuais ou coletivos, mas dessa visão integral, macroscópica"[80], disse Massaud Moisés. Em outras palavras, o romance aborda aspectos sociais e psicológicos presentes no universo de qualquer pessoa de maneira muito mais profunda do que na novela. A novela minimiza. O romance amplia. Os personagens de um romance podem trazer inquietudes espirituais e conflitos psicológicos que sempre estarão ligados com o todo. O que está em volta do personagem tem relevância. As células dramáticas em sucessão circular ou em espiral fazem com que tudo no romance seja profundo. Temas como anorexia, bulimia, múltiplas personalidades, flagelo, negação, sexualidade, atrocidades (só para citar alguns exemplos) podem compor as células dramáticas de um só romance com a mesma importância e densidade. Tanto aspectos interiores quanto exteriores estão unidos no universo ficcional do romance. O caos, a diversidade, o contraponto, as angústias, a vida como ela é fazem parte desta narrativa ficcional.

Em razão desta característica amplificadora do eu e do mundo é que o romance pode ter um número maior de páginas em comparação com a novela, pois o romancista explora mais, descreve mais. Ao abordar com profundidade as células dramáticas, naturalmente o autor acaba escrevendo um número maior de páginas. Outra explicação para o romance ter em sua defesa a característica da extensão não há. Não conheço, pelo menos. Você leu, porém, que o número maior de páginas não é regra, já que algumas novelas podem extrapolar o

80. MOISÉS, Massaud. *A Criação Literária*, 4ª ed, São Paulo: Edições melhoramentos, 1971, p. 172. *Leia-se Fôrma.

romance. Não esqueça que o importante é a disposição "em móbile" das células dramáticas.

Enredo, espaço e tempo, personagens, ponto de vista, diálogo. Verdade seja dita, alguns desses aspectos são igualmente importantes no conto ou na novela. No romance, contudo, todos ganham amplitude. O romancista há que tratá-los com a magnitude que merecem. Não há consonância de todos os escritores, tampouco dos estudiosos, quanto a esses tópicos. Stephen King, em *Sobre a Escrita*, defende apenas três pontos para uma boa ficção: narração, descrição e diálogo.

> *"[...] histórias e romances se dividem em três partes: narração, que leva a história do ponto A para o ponto B e, por fim, até o ponto Z; descrição, que cria uma realidade sensorial para o leitor; e diálogo, que dá vida aos personagens através do discurso."*[81]

King, aliás, é absolutamente contra o enredo, posto que a vida real não é feita de enredo. Ao menos, não de um enredo planejado. E se o papel do escritor é transformar a vida em ficção, então melhor seria prezar pela espontaneidade dos acontecimentos, não seria? Calma. A espontaneidade, de fato, domina o escritor em vários momentos do processo criativo. King já vendeu mais de 350 milhões de livros em todo o mundo. Não acredito que valha a pena discordar de seu ponto de vista.

Contudo, olhá-lo por outro ângulo não seria nada mal. Vejamos: enredo é uma sucessão de acontecimentos. É, portanto, história. Não há história sem ação, sem um desenrolar de fatos (enredo). Pouco importa se a história acontece dentro ou fora do personagem. Pode ser psicológica ou não. Dessa óptica, enredo e história são a mesma coisa. Então, quando Stephen King diz ser contra o enredo, quer dizer que está sendo contra a história? Não. Apenas quer dizer que é

81. KING, Stephen. *Sobre a Escrita*, Tradução Michel Teixeira, 1ª ed., Rio de Janeiro: Objetiva, 2015. p.141.

contra o enredo planejado, engessado, frio. Aquele que, ao invés de libertar o escritor, o amarra.

Superficialmente parece haver uma contradição nessa linha de pensamento, haja vista que o escritor precisa saber o que está fazendo pois, como tal, é o senhor de sua criação, o único "Deus" onipresente, onisciente de sua ficção. Contradição não há. Ainda que o escritor não trabalhe em transe, como eu já disse, e precise ter o domínio do seu ofício, a criação (e também a criação literária) expande a lógica. Há momentos em que, mesmo que o escritor tenha partido de um enredo planejado, este o domina. A história ganha contornos novos, a sucessão de fatos faz surgir novas possibilidades e caminhos não antes imaginados. É nesse aspecto, de acordo com a afirmação de Stephen King, que o enredo "planejado" não importa. Importa a naturalidade como a história acontece.

Portanto, sendo bem econômico na avaliação, ao fim de tudo, um bom livro para o leitor comum (não para o crítico, não para aquele que tem a literatura como estudo) é aquele que tem uma boa história. Ponto. Se a história foi criada com planejamento ou não, não cabe ao leitor avaliar. Não obstante, ainda que a espontaneidade faça parte do processo criativo – e sempre tenha que fazer –, conhecer os caminhos para se construir uma boa história é de vultosa importância. Para a maioria dos escritores, os caminhos passam pelo enredo, espaço e tempo, personagens, ponto de vista, diálogo. No próximo capítulo, tratarei desses temas.

O primeiro grande romance da história é *Dom Quixote*, de Miguel de Cervantes. Há argumentos que definem *Dom Quixote* como uma grande novela de cavalaria. Dizer quem está certo ou errado não cabe a mim. O que sei é que romance é plural, a análise da história e de seus personagens é sempre múltipla. E todo o significado da obra, todas as células dramáticas que mapeiam a narrativa convergem para uma célula dramática central. Para mim, *Dom Quixote* se enquadra nisso.

Também para Thomas C. Foster, que ouviu do romancista mexicano Carlos Fuentes a seguinte descrição: "Toda a literatura latino-americana nasceu de Dom Quixote. Não a ficção ou romances. A literatura. Toda ela. O mundo espanhol reivindica Miguel de Cervantes e sua obra-prima, claro, mas tem que compartilhá-la com o resto de nós. O livro é simplesmente grandioso demais para ser apenas de um grupo. É engraçado e sério, divertido e triste, satírico e original. E o primeiro. Ok, ok, existem muitos 'primeiros' romances. Mas este é um grande primeiro."[82]

E por que, afinal, você precisa saber disso? Porque Cervantes ignorou convenções. Ninguém havia se deparado com algo parecido antes. Claro, futuro leitor-escritor, o seu romance também será único, sem qualquer comparação com o feito de Miguel de Cervantes. E a comparação, aliás, não seria nada adequada. Você é você. Diz-se que escritor nenhum, obra nenhuma se compara a *Dom Quixote*. Diz-se. Não sei. A questão fundamental, porém, não é esta. A questão é: seu romance também será único – um romance sempre é. O que não será novidade? O tema e o gênero literário. O ineditismo do seu romance estará, portanto, no modo de contar a história e na maneira de tratar os elementos que constituem a ficção: enredo, espaço e tempo, personagens, ponto de vista, diálogo.

Isto posto, tenha em mente o seguinte: romances vão além do texto. Pelo menos, os bons vão. Nas palavras de Erica Wagner, romancista e editora literária do *The Times*, de Londres: "Os bons romances [...] deixam seus autores e entram nas mentes dos leitores, que farão perguntas, farão exigências e às vezes ficarão insatisfeitos, justamente como fazem com as criaturas de carne e sangue que habitam o mundo fora das páginas de um livro".[83]

82. FOSTER, Thomas C. *Para ler romances como um especialista*, São Paulo: Lua de Papel, 2011, p. 97.

83. Ibidem, p. 277.

Embora a afirmação refira-se ao romance, podemos estendê-la para contos ou novelas. Envolver o leitor, permanecer em sua mente e marcar seu momento pós-leitura, ou mesmo marcar sua vida, é mérito, na verdade, da boa literatura. E boa literatura, a essa altura, você já entendeu, só pode ser feita com bons leitores-escritores.

10. DEFININDO A NARRATIVA: ENREDO, ESPAÇO E TEMPO, PERSONAGENS, DIÁLOGO, PONTO DE VISTA.

Como escrever um livro em 10 passos. Oito dicas para escrever um romance. Escrevendo um livro de 200 páginas em 30 dias. Como escrever ficção: 34 passos. Cinco dicas para escrever um livro de ficção. E por aí vai. Artigos a respeito de como escrever um livro podem ser encontrados em grande número na internet, ou fora dela. Determinadas publicações têm seu valor; outras, nem tanto. Há aquelas em que passar longe seria a sua melhor opção.

O motivo para que você, leitor-escritor, fique longe é evidente (ou deveria ser): um bom livro não pode ser escrito com base em receitas rápidas e superficiais. Escrever um bom livro leva tempo. Ainda que o tempo inventado pelo homem seja relativo, não acredito ser possível escrever um bom livro, desses mais curtos – algo em torno de 120 páginas do Word – em menos de 90 dias. E isso se a dedicação for um de seus principais ingredientes de trabalho. Novelas curtas são mais rápidas, não resta dúvida.

Para sua curiosidade, o autor mineiro Wilson Mello escreveu um livro em uma hora e seis minutos, tudo cronometrado e com recorde homologado.[84] Não está em questionamento aqui a qualidade da obra – não a li para tecer opinião. O que vale ressaltar é que Wilson – com cerca de duzentas obras publicadas – é professor de língua portuguesa, jornalista, e, portanto, conhecimento não lhe falta.

Outro autor que impressiona pela quantidade de obras publicadas é o paulista Ryoki Inoue. Mais de 1.100 livros. O autor,

84. Wilson Mello é jornalista, professor de Língua Portuguesa e de idiomas, editor, revisor profissional e produz roteiros de cinema e TV. A matéria sobre o recorde pode ser lida em https://bit.ly/2GmiDra. Último acesso: 23/06/2016.

reconhecido pelo *Guiness Book*, para atingir tal feito aos 27 anos de carreira, completados em 2013, teria que ter publicado um livro a cada nove dias![85] Para se publicar um livro a cada nove dias, é preciso escrever rápido, muito rápido.

Não sei bem se tais autores são gênios ou loucos. Seja o que for, não importa, pois inicio o capítulo abordando a questão da superficialidade e do tempo apenas para alertá-lo: tenha calma! Você não está em uma competição, não pretende quebrar recordes, tampouco possui o dom, a experiência, o conhecimento, a loucura (ou o nome que queira dar) desses autores. Ou possui, sei lá. Fato importante é: se ainda não descobriu, você descobrirá o seu tempo de escrita. O tempo, porém, é detalhe. Ele não é predominante para quem deseja escrever ficção.

Ao passo que um autor pode, comprovadamente, escrever um livro em uma hora e seis minutos, outro pode levar semanas, meses ou anos. A predominância para que você, leitor-escritor, seja capaz de dar vida à ficção, registrando-a em páginas (não importa quantas), deve passar por etapas já elucidadas neste livro. São elas: a) o motivo de escrever um livro; b) a importância da leitura; c) a ideia e o processo criativo; d) a importância da imitação; e) o garimpo das palavras; f) o ato de escrever, escrever e reescrever; g) a escolha e a definição do gênero literário.

Etapas traçadas, lidas, exercitadas e revisadas, lhe restará, então, conhecer sobre enredo, espaço e tempo (não confundir este tempo com o tempo que se leva para escrever), personagens, ponto de vista, diálogo. Vamos a eles!

85. https://bit.ly/2IktIP7. Último acesso em 28/08/2017.

ENREDO

Por onde começar um livro? Alguns escritores, estudiosos ou editores diriam: comece pelo final. Não preocupado em ser um autor de elite, Wilson Mello também concorda. Disse: "Ao meu ver, elaborar a história a partir do último capítulo é muito mais simples do que pelo método convencional."

Provavelmente o apontamento acima se dá porque o escritor de ficção, ao começar uma história – mesmo que a tenha alinhavada na mente –, não possui o domínio completo do desenrolar dos fatos. A imaginação é mais poderosa que a lógica. Durante a elaboração da obra, o escritor será tomado pela imaginação, e o final do livro, vislumbrado com antecedência, pode sofrer alterações não previstas por conta do acaso e do poder imaginativo. Nesse sentido, começar um livro pelo método tradicional, ou seja, pelo primeiro capítulo e depois continuar o processo em ordem cronológica de capítulos, pode, no final da história, surpreender o próprio autor.

Outra razão para que a sugestão de começar uma história de ficção pelo fim tenha ganhado força é que alguns escritores têm problemas com finais. É angustiante para alguns escritores, pois do epílogo todo o resto depende. Os acontecimentos e argumentos de uma história podem ganhar força ou se enfraquecerem em razão do final. Assim, escritores que são acometidos pelo medo do fim, optam por escrevê-lo antes, para se livrarem logo do problema.

A linha de pensamento levantada por Massaud Moisés está correta. Todavia, há o outro lado que também vale ressaltar: para alguns escritores, trabalhar a obra capítulo a capítulo para chegar ao último, que já estará pronto, é tarefa menos problemática. Noutras palavras, trabalhar na história em que o final já tenha sido escrito, confere ao escritor maior segurança no processo, pois há um porto seguro, um farol, uma luz que o guiará.

Aos que fazem a opção de escrever o último capítulo antes de tudo, no auge da empolgação, pode ser que consiga produzir um final mais arrebatador. Ou vários. Sim, há escritores que deixam dois, três e até mais finais prontos para escolher o que mais couber à sua criação. Nunca trabalhei assim. Escrever o final antes, nunca o fiz. Prefiro me deixar levar. Sendo assim, ainda que a premissa de escrever primeiro o fim seja defendida por muitos, não posso deixar de citar um argumento de Stephen King.

> *"...nunca pedi a um grupo de personagens que fizessem as coisas do meu jeito. Pelo contrário, quero que façam as coisas do jeito deles. Algumas vezes, o final é o que visualizei. Na maioria dos casos, porém, é algo que eu jamais esperava. Para um autor de suspense, isso é algo fantástico."*[86]

Também acho fantástico. E fantástico para qualquer autor, não apenas para o autor de suspense.

Mas o que dizer do início do livro? Não há que ser, igualmente, arrebatador?

Há alguns anos defendia-se que o início de um livro podia se desenrolar com mais calma e, aos poucos, ir agarrando o leitor.

> *" [...] as primeiras páginas dum romance, inclusive de grande qualidade (como Guerra e Paz, À Procura do Tempo Perdido, Ulisses...), podem correr num andamento lento, 'frio', demasiado pausado. Dir-se-ia que o escritor 'procura' o caminho ou sonda as possibilidades que se lhe antolham."*[87]

86. KING, Stephen. *Sobre a Escrita*, Tradução Michel Teixeira, 1ª ed., Rio de Janeiro: Objetiva, 2015, p.142.

87. MOISÉS, Massaud. *A Criação Literária*, 4ª ed, São Paulo: Melhoramentos, 1971, p.257.

O leitor acostumado aos livros, que não é aquele invadido pela obsolescência do mundo atual e não se deixa imergir neste mundo líquido repleto de estresse, onde a velocidade sufoca a calma, não há que se incomodar com o andamento mais lento de um romance. Esses leitores, porém, são poucos. O leitor de hoje é mais difícil de ser fisgado. Ser arrebatador logo no primeiro capítulo, portanto, faz diferença.

Arrebatar é arrancar, levar de súbito. Não significa, contudo, revelar o segredo, entregar a solução do conflito no início da história. Significa, tão somente, tirar o leitor do lugar comum, prender-lhe a atenção, instigá-lo de tal maneira que seja impossível (ou quase) ele não partir para o capítulo 2.

Por isso defendo não haver capítulo mais importante que outro. Sim, uns serão mais reveladores, outros guardarão o suspense. Mas, do primeiro ao último, todos precisam ser tratados com importância ímpar pelo escritor. Assim sendo, se lhe parecer mais confortável escrever o último capítulo primeiro, faça-o. Se o acaso, ou o poder imaginativo for mais forte que a lógica, e você, leitor-escritor, preferir conduzir a história do início para o fim, mesmo que o fim seja outro que o vislumbrando anteriormente, faça-o. O que for, não importa. Importa que, para tomar a decisão sobre começar pelo início ou pelo fim, é preciso levar em conta um fator preponderante: o enredo. É a partir dele que tudo acontece.

O enredo, como já explanado no capítulo anterior, é a história em si, onde uma série de fatos é organizada conforme o desenrolar da obra. Como escreveu Vicente Ataide:

> *"A existência do enredo depende da fábula e da ação. A fábula existe de dois modos: a) na realidade; b) na obra.*

O objeto, cena, episódio, lembrança, fato, que existe na realidade e que serviu de modelo para o artista criar, é que constitui a 'fábula na realidade'. Tem existência ontológica e nenhum valor artístico. A fábula na obra é a transformação desses elementos diversos num todo organizado e causado. Consiste na estória, na soma de fatos, acontecimentos ou episódios que o artista narra ao leitor através de um ou vários narradores."[88]

A história que compõe a narrativa é, portanto, a fábula. Mas, ensinou Vicente, fábula não é todo o enredo. Há o enredo que se processa em razão da fábula. Este é o enredo linear, estático, dependente da ação. E existe o enredo vertical (ou dinâmico), no qual o desenrolar não depende da ação e, sim, dos personagens, pois, intrínsecos nesse tipo de enredo estão os problemas humanos de natureza psicológica.

Todavia, o escritor não precisa necessariamente optar entre um tipo ou outro. Na maioria das vezes, caso ele não fique amarrado, engessado no enredo preestabelecido – do tipo condenável por Stephen King –, acabará desenvolvendo sua obra de tal forma que os dois tipos de enredo se integrem.

O importante no enredo é manter as coisas no trilho. Do começo da história até o último capítulo, uma linha condutora precisa fazer sentido. Coerência e verossimilhança são as palavras de ordem para que o enredo (ou trama) não fique aleijado, sem pé nem cabeça. Da linha inicial até o ponto final haverá uma série de acontecimentos e episódios que caberá ao escritor organizar. Escrever uma cena que não se enquadra no "todo" é perda de tempo. Um bom enredo traz problemas, dúvidas, conflitos, clímax, soluções. As importâncias não serão iguais. Personagens, acontecimentos, episódios terão pesos diferentes no decorrer da história.

Não obstante, tanto os acontecimentos maiores quanto os menores precisam ter tratamentos e desenrolar dramático que façam sentido

88. ATAIDE, Vicente. *A Narrativa de Ficção*, Curitiba, Editora dos Professores, 1972, p.21.

e tenham importância na linha condutora de toda a obra. Um escritor pode, inclusive, optar por apresentar uma situação pequena que, aos poucos, conforme o desenrolar dos fatos, se transforme em encadeamentos importantíssimos para a solução da trama. O ponto máximo, o grande final, contudo, pode vir de qualquer parte. Especialmente em livros policiais, pode resultar inclusive de um simples detalhe que, aos olhos do leitor, passou à margem, pois o final desse tipo de ficção está amarrado a fatos que, propositadamente, são inseridos pelo autor de maneira que o leitor não os perceba como importantes.

E fique atento, caro leitor-escritor: esse instante máximo, esse momento chamado de clímax deve ser perceptível, do contrário o enredo poderá parecer sem solução. Como um bom enredo sempre precisa estar subordinado à totalidade dos acontecimentos (ação/personagens), um final que deixa uma lacuna não é dos mais aceitáveis.

Não estão em questão aqui os finais que fazem o leitor pensar, projetando-o para novos questionamentos "e se? será?", mas que, não obstante isso, estão solucionados. A lacuna a que me refiro é comparável aos filmes que, ao final da última cena, dão a sensação de "acabar de repente", deixando o espectador no vazio. Os livros que terminam dessa maneira são também frustrantes.

Ao escrever uma história, pense nisso. Não exija tanto, mas tanto, do leitor ao ponto de imputar a ele a solução do enredo. Não o faça pensar que você, escritor, terminou o livro só por terminar. Melhor é agarrá-lo no final, com todos os elementos-surpresa que sua trama permitir. Assim, com todas as pontas amarradas, desde o início até o final do livro, você terá um bom enredo.

Em tempo: leitor não é escritor. Não complique a vida do gajo.

Voltando aos dois tipos de enredo.

Expus acima sobre o enredo linear (dependente da ação) e o dinâmico (dependente do personagem). Mas é possível escrever uma história sem personagem? Uma ação isolada é possível. Pode-se, por exemplo, escrever sobre a fúria do mar e a destruição resultante no caso de um tsunami. Um livro inteiro, novela ou romance, não existe sem personagem. E ainda que lá ele esteja, será mesmo possível desenvolver um enredo linear (com base na ação) excluindo dele a linha condutora *personagem*? Sim. Voltemos ao tsunami. Ao invadir a costa, inundar ruas, destruir cidade, quantas não seriam as vidas modificadas em razão desse fato? Um acontecimento assim pode ser a linha condutora de uma história. O personagem, nesse caso, vai se moldando com o desenrolar das ações, e, por conta delas, se transforma.

E o exemplo do enredo dinâmico (dependente do personagem)? Certo. Aí vai: um homem perturbado transforma-se em um *serial killer*. Toda a trama pode partir do conflito psicológico vivido por ele. O livro *O Silêncio dos Inocentes*, de Thomas Harris, tem o enredo totalmente alicerçado pelo personagem. O personagem é quem determina a ação.

Exemplos não faltam. Uma lista enorme poderia preencher páginas para exemplificar os dois tipos de enredo. Por hora, tendo absorvido as premissas aqui expostas, cabe levar em conta a distinção de enredo no conto, novela e romance.

No conto, o enredo necessariamente é mais objetivo, direto. Não há tempo para um enredo entremeado, cheio de pontos secundários e reviravoltas. Tanto faz se influenciado pela ação ou pelo personagem, o enredo, no conto, já diz, de cara, ao que veio. O final é próximo demais para que pormenores influenciem a trama.

Na novela, a ação, via de regra, predomina. Não que o personagem não possa influenciar, não se trata disso. Mas na novela, como já explanado em capítulo anterior, a predominância está na ação. O enredo, portanto, prende-se mais à ação do que ao personagem.

No romance, o enredo pode ser vertical, linear, ou ambos – você já leu. Na literatura moderna, ambos é o mais comum. Sondagens mais profundas dos personagens podem ser exploradas num romance, e, ao mesmo tempo, como as ações nem sempre são dependentes de personagens, a obra pode ganhar corpo por meio dos acontecimentos.

E o *plot*? – pode você, leitor-escritor, se perguntar. Eis aqui um pormenor movediço. Grosso modo, *plot* nada mais é do que a palavra inglesa para enredo. Como descreveu Massaud Moisés: "'Enredo', 'intriga' e 'trama' podem ser considerados sinônimos, e empregados no sentido de 'história', de 'plot'".[89]

Todavia, o *plot* pode ou não estar inserido na história. Então, é possível história sem *plot*? Como abordou Massaud Moisés, *plot* é uma sucessão casual de acontecimentos que implicam que o leitor se questione, implica mistério, suspense, intervalo. Se isto não estiver presente, não é *plot*. Esclarecendo, portanto, a indagação acima: sim, é possível história sem *plot*. Todavia, é o *plot* que a fortalece e dá sentido. Podemos dizer que o *plot* são as cervicais da narrativa. É a situação – ou situações – dramática no enredo, e, como tal, traz pontos relevantes: o conflito, o ponto da virada, o clímax, o desfecho.

Gosto da explicação da escritora e crítica literária Ronize Aline.[90] Diz ela: "Digamos que a **história** é O QUE acontece, enquanto que o ***plot*** é COMO e POR QUE acontece." Vicente Ataide, em *A Narrativa da Ficção*, traz um ótimo exemplo para separar o joio do trigo (história e *plot*). "O rei morreu e depois a rainha" – isto é uma história. "Morreu o rei, e depois a rainha morreu de pensar" é um enredo (*plot*).[91]

Mas como estruturar um *plot*? Existem alguns métodos: método de 5 pontos; método dos 8 pontos; estrutura de três atos.

89. MOISÉS, Massaud. *A Criação Literária*, 4ª ed, São Paulo: Melhoramentos, 1971, p.238.

90. https://bit.ly/2lnFpAD. Último acesso em 24/04/2017.

91. Curitiba, Editora dos Professores, 1972, p. 34.

O método de 5 pontos se divide em:

- Exposição;
- Ação crescente;
- Clímax;
- Ação decrescente;
- Resolução.

O método dos 8 pontos:

- Êxtase;
- Incidente instigante;
- A missão;
- Surpresa;
- Escolha crítica;
- Clímax;
- Reversão
- Resolução.

Estrutura de três atos:

- Ato I - *set up*;
- Ato II - Confrontação;
- Ato III - Resolução.

O mais usado desses métodos é o de 5 pontos. De todo modo, qualquer um deles, em linhas gerais, traz os mesmos fundamentos: apresentar o personagem; apresentar o espaço (lugar onde a história se passa); tempo (tempo em que a história se passa); a história e seu desenrolar – o conflito; o clímax (momento áureo da narrativa); e a resolução.

Enfim, as explanações acima sobre o "enredo" estarão presentes no *plot*. Afinal, como você leu, eles são sinônimos. Todavia, meu conselho é: não se prenda às normas para desenvolver um enredo/ *plot* realmente poderoso. Os teóricos vão me matar, sei disso. Mas como escritor que sou, confesso que ficar preocupado demais com a parte didática, ao menos num primeiro momento, pode dificultar o seu trabalho, especialmente se for um escritor iniciante. Se algo soar muito estranho no modo como você definir seu enredo, será perceptível. Não será difícil encontrar um furo na estrutura de sua história. Se for realmente problemática, não somente você perceberá, como o leitor também. Isso significa que, ao menos na primeira versão do livro, permitir que as coisas fluam com mais naturalidade é o melhor a fazer. Deixe para corrigir os problemas na segunda leitura, na hora de começar a reescrever.

E mais: se for pertinente na construção de seu *plot* inverter a ordem das coisas, qual o problema? No método de 5 pontos, por exemplo, a tal ação decrescente, que é o momento em que as coisas começam a entrar nos eixos, quando você começa a amarrar os fatos, fechar buracos, será que só existe mesmo antes da resolução final? E se sua história exigir que, desde o princípio, os fatos venham sendo amarrados? E se a resolução (o final do livro) for o maior clímax da história? Tudo o que estou tentando dizer é: escrever ficção não é somar dois mais dois. A lógica preestabelecida que funciona para um escritor pode não funcionar para outro. Aquilo que funciona para uma história pode não funcionar para outra. Histórias, meu caro leitor-escritor, possuem vida própria, e, como tais, merecem tratamentos individualizados em suas construções.

Uma confissão: quando escrevi meu primeiro livro... Minto, não foi somente no primeiro livro. Até que eu escrevesse meu terceiro, quarto romance, eu sequer tinha lido a palavra *plot*!

ESPAÇO E TEMPO

Ao indicar áreas geográficas (como paisagens), descrever uma rua, cidade, um novo planeta, o interior de uma nave espacial, etc., o escritor está trabalhando o espaço. Nesse caso, em definição objetiva, espaço nada mais é do que o cenário onde a história acontecerá. O meio ambiente onde os personagens se movem. Simples assim.

Porém, o espaço da narrativa não pode ser definido apenas em razão do cenário físico (que pode ser realista ou não). O ambiente realista (social/geofísico) onde a história se passa é apenas uma das vertentes. O escritor, com base naquilo que vê, no ambiente em que vive, descreve o espaço. No momento em que a realidade torna-se ficção, contudo, o espaço se expande e pode, não raro, distanciar-se da realidade. Nas histórias de ficção científica isto é muito comum. Ambientes surrealistas, nunca antes vistos por nós, por exemplo, nada mais são do que a expansão do espaço. O ambiente real, nesta vertente, dá lugar ao fantástico. Daí, até onde este espaço pode ser explorado, não há limites. Quem os determina é o autor.

Isaac Asimov escreveu uma famosa narrativa, publicada em 1966, cujo espaço é o corpo. Personagens em miniatura, num veículo idem, viajavam pelas entranhas dos órgãos humanos. Trata-se da obra *Viagem Fantástica*. Depois viria o *Viagem Fantástica II, destino: cérebro*.

Não obstante, a (trans)formação do espaço extrapolando os limites do real não ocorre apenas na ficção científica, vale ressaltar. Ian McEwan, em *Enclausurado*, leva o espaço narrativo para dentro da barriga de uma mulher grávida. A premissa do livro se baseia na vida de um feto que não demorará a nascer. Dentro da barriga da mãe (seu espaço interno), ele vive a vida observando, escutando, questionando e sofrendo com os acontecimentos externos. O bebê precisa lidar com o possível assassinato do pai e, entre outras coisas, sofre com a relação extraconjugal da mãe.

No filme *Enterrado Vivo* (2010), dirigido por Rodrigo Cortés, o espaço ficcional, na maior parte do tempo, como não poderia deixar de ser, ocorre dentro do caixão. Mas será que apenas o caixão conta como espaço narrativo? Este é um excelente exemplo para que você, leitor-escritor, leve em consideração o fato de que o espaço tem ligação direta com todos os outros ingredientes ficcionais. Por exemplo: ao narrar a história sobre uma pessoa enclausurada dentro de um caixão, o espaço físico será evidente, claro, mas além dele, o ambiente psicológico (que é quando a narrativa ganha vida dentro da mente do personagem) fará parte e terá influência direta na percepção do espaço físico. Este espaço anímico, ou seja, o espaço que vem do interior do personagem – da alma – é parte integrante do espaço. Como Vicente Ataíde bem lembrou: "Proust cria cidades e regiões que mais não são que projeções da reserva da memória, mas que cumprem a missão de refletir o estado emocional do momento narrativo."[92]

Está claro, portanto, que o espaço não se limita apenas ao físico-visual. Como bem escreveu Osman Lins: "Não deve o estudioso do espaço, na obra de ficção, ater-se apenas à sua visualidade, mas observar em que proporção os demais sentidos interferem." Vale ressaltar que o espaço puro e simples (praça, rua, quarto, casa, prédio, carro, etc.) também sofre alterações de significado à medida que incide sobre ele a ambientação. Uma cadeira em uma cozinha que não receba luz desenhando suas sombras no piso ou parede tem significado completamente diferente daquela onde a luz tem papel

92. ATAIDE, Vicente. *A Narrativa de Ficção*, Curitiba, Editora dos Professores, 1972, p. 50.

predominante no ambiente. Assim, espaço, ambiente (que dará significado conotativo ao espaço) e atmosfera (que dará um tom emocional) andam juntos.

Outro fator que se justapõe ao espaço é o tempo. Neste caso, não o tempo do romance, tampouco o tempo psicológico, subjetivo, mas o tempo cronológico, que se mede por uma sucessão de dias e noites, contados no calendário e nos ponteiros do relógio. E como, afinal, este tempo cronológico interfere no espaço? Grosso modo é simples. Por exemplo, num romance de época, o espaço geográfico precisa ser da época em que se passa a história. Não sendo, a verossimilhança será prejudicada. E o escritor nem precisa mergulhar tanto no passado. Bastam poucos anos na cronologia para os deslizes no espaço/ambiente acontecerem.

Outro exemplo? Imagine uma narrativa tendo como data de seus acontecimentos quinze anos passados. O cenário dessa ficção é um cenário onde a realidade é importante para garantir a verossimilhança. Ou seja, imagine a cidade em que você vive. Nela, você resolveu desenvolver uma história que se passou há quinze anos. Naquele tempo, as ruas, as casas, o lugar por onde os acontecimentos transitarão ainda eram iguais ao que você está acostumado a ver todos os dias? Uma casa que você vê numa esquina hoje poderia não estar ali há quinze anos. O celular último modelo, a que tanto você está acostumado, naquela época não existia. Seria grande deslize, por exemplo, incluí-lo no cenário. Se você fosse descrever a vitrine de uma loja de telefones naquela época, o modelo de hoje não poderia estar lá. Bem, poderia, se o romance estivesse fantasiando, antecipando uma ação do futuro! Mas não é disso que estou falando. Se o propósito não for apenas a imaginação, e sim a representação da realidade inserida na ficção, há que se tomar cuidado. E se o romance se passar nos anos de 1.800? Pesquisar como era o espaço geográfico onde a história se passará é indispensável, ainda que o espaço seja uma cidade inventada.

Claro que você leitor-escritor não deve ficar neurótico a ponto de se concentrar tanto no espaço e esquecer os personagens e a história. Mas ficar atento à influência que esse tempo cronológico tem no espaço é importante para não fazer bobagem. Ao menos, sua história não terá furos nesse sentido. E, como escreveu Stephen King, no final sempre se trata da história. "[...] não se trata do cenário, mas da história – sempre se trata da história. Não cabe a mim (ou a você) ficar perdido em minúcias de descrição só porque seria mais fácil."[93]

Explorando mais o tempo na narrativa, importante é ressaltar que existe o tempo cronológico – que é este marcado pelos ponteiros do relógio, dias e noites, datas do calendário, etc. –, e o tempo psicológico – que é medido não pela cronologia, mas sim pelo tempo interior dos personagens, sendo que cada um possui o seu próprio tempo. O que pode ser rápido demais para alguns será lento demais para outros. Este tempo psicológico, portanto, é um tempo subjetivo. "Pela experiência de cada ser humano sabe-se que os momentos alegres e bons parecem ter duração muito menor do que os momentos de dor e sofrimento."[94] Outra constatação simples: a percepção do tempo de uma criança é diferente se comparada à de um adulto.

E o tempo também pode ser a velocidade com que a narrativa se movimenta? Pode. Mas este é um tempo determinado pelo autor, que nada tem a ver com descrições cronológicas ou psicológicas. Assim, melhor seria classificar esse tempo como ritmo.

E entre os tempos cronológico e psicológico, qual o grau de importância de cada um? Ainda que a literatura considere que o tempo psicológico seja mais profundo na obra (o cronológico tem aspecto mais superficial), ao escrever uma história o que irá predominar dependerá da criação do autor. Mas, de fato, é incomum um romance

93. KING, Stephen. *Sobre a Escrita*, Tradução Michel Teixeira, 1ª ed., Rio de Janeiro: Objetiva, 2015, p. 152.

94. ATAIDE, Vicente. *A Narrativa de Ficção*, Curitiba, Editora dos Professores,1972, p. 47.

basear-se no tempo cronológico. Uma história, qualquer uma, é baseada em seus personagens (ou na ação, no caso do enredo linear). O resto, é pano de fundo. Se baseada no personagem, o tempo psicológico tem mais peso. Não significa, porém, que o tempo cronológico deva ter menor atenção.

Escrevi um romance chamado *Um Minuto*. O tempo psicológico é o que mais peso ocupa na obra, é verdade. Mas o cronológico tem importância tal que, se fosse tratado como segundo plano, a obra não existiria. *Um minuto*, que é o título, já determina a importância do tempo cronológico. Um minuto determina a duração da história. Um minuto é a divisão cronológica do livro, ou seja, ele é dividido em sessenta capítulos, como se cada capítulo representasse um segundo da vida do personagem. E esse tempo cronológico só não ofuscou, não se tornou mais importante do que o psicológico, porque o minuto cronológico foi vivido pelo personagem quase que como uma eternidade. Toda a vida do personagem se passa em um minuto. E mais, outras vidas passadas também são vividas neste um minuto. Logo, o tempo psicológico – o tempo do personagem – é uma eternidade.

> *"Por instantes, frações de segundo, o tempo pareceu parar. Perdi-me numa estranha e nebulosa vida. Impalpável. Irreconhecível. Seria esta a minha nova realidade? Não houve possibilidade de resposta. O tempo, que se prendeu na inércia, voltou a correr. Tique-taque, tique-taque. Os sons dos ponteiros fundiram-se com o fraco som do meu coração."*

Acima, um fragmento de texto do *Um minuto*. Fácil perceber o tempo psicológico e o tiquetaquear do cronológico. Difícil para o leitor, tenho que confessar, foi acostumar-se com a maneira que construí a história, de trás para frente e de baixo para cima. Sim, o leitor lê o livro de trás para frente e de baixo para cima. No trecho descrito, a leitura foi da maneira tradicional. Mas o original mesmo é assim:

ponteiros fundiram-se com o fraco som do meu coração.
inércia,voltou a correr. **Tique-taque, tique-taque.** Os sons dos
possibilidade de resposta. **O tempo**, que **prendeu-se na**
Irreconhecível. Seria esta a **minha nova realidade**? Não houve
Prendi-me numa estranha e nebulosa vida. Impalpável.
Por instantes, frações de segundos, o tempo pareceu parar.

00:00 **00:00**

02 197

SENTIDO DA LEITURA:
DA ESQUERDA PARA A DIREITA
E DEBAIXO PARA CIMA.

Um Minuto. Um livro que vale muito a pena você conhecer – propaganda à parte! Mas se *Um Minuto* é um bom exemplo do tempo, qual outro poderia ser para espaço e tempo?

Vamos lá. Escrevi este conto especialmente pensando nisso:

Ana

Ouço as badaladas. Apuro a vista fechando um pouquinho os olhos a fim de encontrar melhor foco, e alcanço o relógio ao longe. São seis da tarde. A torre da igreja onde esta máquina de contar o tempo repousa há trinta anos apresenta-se a mim como se fosse a primeira vez que eu a visse, embora eu frequente aquela casa do Senhor há uns bons dezoito anos. Estou com vinte e dois. Nossa! Como o tempo voou. Parece que foi ontem que entrei na igreja em companhia da minha mãe, que Deus a tenha.

Tudo mudou. E quase nada mudou. A arquitetura da igreja não se alterou. Não houve restauração, reforma.

A mesma cor bege predomina, suja. A torre alta abrigando o sino, o relógio mais abaixo, a entrada em arco à busca de conferir certo glamour à velha edificação continuam intactos – novidade alguma.

À direita, o prédio da prefeitura. Defronte à igreja, a praça com o chafariz. O coreto. Ah, o coreto. Que coisa antiga! Ele resiste ao tempo. Ainda tem sua importância ao abrigar alguma banda local aos domingos.

Donde estou também vejo aquele prédio novo – edificado há uns três anos, não mais – na esquina da avenida principal. Foi lá que tudo começou. Tivesse ao menos uns quinze andares a mais, seria lá que tudo acabaria. Lá, sequer faz um ano, encontrei Ana. Lá, faz um dia, eu a perdi.

A perdi para o outro.

Até ontem pela manhã, tudo parecia bem. Uma sexta feira como qualquer outra. Quando apareci de surpresa na hora do almoço, me deparei com a cena indigesta. Ana estava lá, na frente do prédio, de braços dados e aos beijos com um cara que nunca vi na vida. Os pombinhos iam almoçar. Eu, mesmo sem nada no estômago, tive ânsia. Vomitei. Reação incontida, resultado da surpresa, indignação e nojo. Depois veio a raiva. Eu a vi. Os dois me viram. Tudo à minha volta parou. Não ouvi mais nada. Os sons, os carros, as pessoas, tudo sumiu. Só os dois me fitando com os olhos arregalados pareciam existir no mundo. O passado, o futuro, tudo o que tínhamos vivido, e que eu imaginara viver no futuro ao lado dela, se desfez. O instante em que ficamos a olhar um ao outro, aquele segundo, durou um século. Um século de dor.

Corri.

Tropecei em pessoas. Atropelei carros. Cheguei estropiado em casa. Ao trancar-me no apartamento, estava decidido a não abrir a porta para ninguém. Nunca mais. Mas, às sete em ponto, a campainha soou e eu abri.

Ana.

Ex-Ana.

Muita conversa não houve. Desculpas todas, ignorei. Falsidades, arrependimentos, juras de correção e palavras lançadas junto com perdigotos perderam qualquer sentido. Não deu vinte minutos de monólogo para esta Ana entender que a minha Ana não mais existia. Tudo estava acabado.

Eu.

Ela.

Tudo.

Ela, principalmente.

O tiro foi pelas costas. Atirar, olho no olho, não seria possível, covarde que sou. Quando ela segurou a maçaneta, de costas para mim, eu segurei a arma. Assim que ela abriu a porta para sair, eu atirei.

Isso foi ontem. Hoje, vou terminar o serviço. Daqui onde me encontro, décimo nono andar do prédio, contemplo a cidade pela última vez. Também passo os olhos pela minha sala. Por um segundo, tenho a sensação de que ela é menor do que sempre foi. As paredes que pintei de azul, porque azul acalma, não se assemelhavam mais ao infinito do céu. O azul sobre tijolos e massa corrida levou-me, na verdade, para o infinito de mim mesmo. Sei que em cinco, no máximo dez segundos, alcançarei este infinito. E o meu tapete bege no centro da sala, manchando-se de vermelho, modificará o ambiente para sempre.

Sua vez. Escreva um pequeno texto explorando o espaço e tempo.

PERSONAGENS

O autor de ficção, você já entendeu, transforma a realidade em arte. Se a arte traz amor, humor ou terror, pouco importa. O importante – sempre – não é se a invenção seguiu esta ou aquela vertente, mas, sim, o que de fato a história significou para o leitor. Como já evidenciado, existem elementos estruturais na obra literária – alguns você já descobriu; outros, descobrirá no decorrer da sua leitura –, mas ao fim de tudo, no *The End*, o importante será a história e a força que esta exerceu sobre o leitor. As estruturas narrativas passarão à margem do leitor, que não faz ideia (tampouco precisa fazer) de como o autor chegou lá.

Dentre todas as estruturas narrativas, no entanto, existe um elemento que o leitor, por mais leigo que seja, percebe com absoluta clareza: o personagem. Qualquer um sabe o que é um personagem, esta figura ativa que dá vida à ficção. Encontrar leitor que não saiba o que significa o personagem principal ou um coadjuvante numa obra é quase impossível. Mas há um protagonista que o leitor quase sempre desconsidera: o escritor.

O escritor, protagonista da obra de ficção, existe antes mesmo de os personagens nascerem. Claro que o leitor não pode perceber isso. Se o leitor perceber que o autor dá a mesma voz, o mesmo tom pessoal para todos os personagens em seus livros, algo está errado, mas é fato que todos os personagens trazem em seu DNA a mão de seu criador.

> *"[...] todos os personagens têm um pouco do autor. Ao se perguntar o que determinado personagem vai fazer em vista de certas circunstâncias, a decisão será tomada com base no que você faria (ou não faria, no caso de um vilão). Além das versões de você, entram as características boas e ruins do personagem, observadas em outras pessoas..."*[95]

95. KING, Stephen. *Sobre a Escrita*, Tradução Michel Teixeira, 1ª ed., Rio de Janeiro: Objetiva, 2015, p.164.

Assim, personagem ficcional é o autor no exercício de múltiplas personalidades. Trabalho feito com base no mundo à sua volta, nas pessoas e situações que observa, nos livros que lê, filmes a que assiste e situações que imagina.

Personagem pode ser tudo o que o autor é – ou queria ser – ou jamais seria. Por isso, leitor-escritor, tomar o cuidado para que todos os personagens criados não sejam iguais (ainda que tenham sexos diferentes) é a primeira lição.

A segunda: o personagem sempre será o maior protagonista da criação literária. Sempre. Ainda que exista o enredo linear; ou seja, mesmo que os acontecimentos determinem as ações dos personagens – e eles o fazem –, o que ficará no coração do leitor é o personagem, não a ação. Nalguns casos, o enredo se mostrará protagonista, brilhará feito o Sol, mas, aos olhos do leitor, as histórias só tem poder em razão de seus personagens. Por mais que haja qualidade literária; que o garimpo das palavras tenha sido exaustivo; por mais que as descrições de cenário e o enredo sejam perfeitos; o personagem sempre será o protagonista maior para o leitor.

Vicente Ataide descreve, em *A Narrativa de Ficção*, que "a personagem não é o primeiro, nem o mais importante elemento da estrutura da obra literária".[96] Considerando todos os aspectos que envolvem a criação literária, ele está certo. Numa estrutura de obra literária, tudo se justapõe, os elementos são coerentes e codependentes. Gosto do exemplo que Vicente nos dá ao descrever que a obra literária é como se fosse um sistema solar, onde o enredo é o Sol, e os planetas são personagens, tempo e espaço, ponto de vista e situação-ambiente.

Nem sempre é o personagem que manda no enredo, a esta altura você já sabe disso. Às vezes, o enredo é que domina o personagem, ou, se não o domina, o guia. Isto acontece porque, para que o escritor comunique sua visão de mundo – as complexidades, signos e

96. ATAIDE, Vicente. *A Narrativa de Ficção*, Curitiba, Editora dos Professores, 1972, p.37.

significados de sua criação – é necessário que lance mão de todos os elementos que irão compor sua obra literária, pois, como explicou Vicente Ataide, o personagem sozinho não é capaz de transmitir essa visão tão ampla de mundo proposta pelo autor.

Em outras palavras, todas as variantes que irão se justapor à vida do personagem (enredo, espaço, tempo, ambiente, linguagem, etc.) serão encarregadas de cumprir o papel de transmitir a visão de mundo proposta na obra. Isto, contudo, não muda a importância do personagem aos olhos do leitor. E é nessa tecla que bato. Leitor não é escritor. A estrutura da obra literária não lhe salta aos olhos com a mesma evidência do profissional que a escreve, ou analisa. Desse ângulo, não há como o personagem não ocupar o lugar mais importante, pois o elo de ligação do leitor com a história se dá por meio dele. Em razão dos personagens é que o leitor se identifica e literalmente vive outra vida.

> *"[...] Encontramos a realidade em personagens que nunca existiram, encontramos motivação interna e emoção nas coisas que eles trazem, construímos pessoas inteiras a partir de esboços e desenhos."*[97]

Conforme já dito, o elo que ligará o leitor à história é o personagem. A identificação, contudo, dependerá da afetividade. Explicando melhor: existem personagens na ficção desprovidos de bondade. Loucos; pedófilos; monstros; Diabo; Deus. Personagens bons e personagens maus estarão ligados ao leitor. Mas, entre Deus e Diabo, por exemplo, o leitor se identificará com quem? Deus. Ninguém quer ser o Diabo. (Bom, talvez alguns queiram!) Outro exemplo: Entre o Batman e o Coringa, muitos preferem o Coringa, mas é óbvio que não seriam o Coringa. Ou seriam?

97. Ibidem, p.122

Enfim, cada leitor identifica-se com o personagem que bem entender. Importante é você, leitor-escritor, entender que a ficção, por meio dos personagens, permite ao leitor viver o inimaginável, ser herói ou ser bandido. A ação por si só, caso os personagens fossem excluídos, não teriam esse poder. Noutras palavras, num enredo linear, onde os personagens dependem da ação, se eles forem trabalhados de maneira frágil, a história não resistirá. Uma boa história tem personagens fortes. São eles que colocam o leitor dentro da narrativa.

> *"A ficção nos põe na ação [...] Podemos, se quisermos, passar pelo terror de ser uma criança que bate carteira [...], pela exaltação da velha ultraviolência, da excitação de quebrar todas as regras da sociedade civilizada [...] tudo isso enquanto estamos instalados em segurança em nossas confortáveis poltronas."*[98]

Por isso mesmo, na ficção contemporânea, os fenômenos interiores do personagem tem força tal que, não raro, o enredo perde seu lugar de estrela maior. Nestes casos em que o autor descontrói a fórmula e subverte o sistema solar da estrutura ficcional, o personagem acaba tomando o lugar do Sol. E conforme escreveu Raimundo Carrero, "o autor do romance moderno sai de cena para conceder prioridade ao personagem".[99] Isso porque, também destacou Raimundo, quem escreve é o escritor, mas quem conta a história é o narrador. E narrador mais não é do que um personagem usando a voz do autor.

Melhor, talvez, seja colocar da seguinte forma: maior condutor da emoção? Personagem. E, para ser o condutor emotivo, ele não precisa ser um ser humano. Só para lembrar, são muitos os cachorros, gatos e outros animais que já emocionaram os leitores. A série de filmes *Carros*, da Disney/Pixar, é a alegria de crianças e adultos. A literatura infantil tem um sem-número de personagens nascidos da fantasia. De bate-pronto, me lembro do Homem de lata, que sonhava

98. FOSTER, Thomas C. *Para ler romances como um especialista*, São Paulo: Lua de Papel, 2011, p.70.

99. CARRERO, Raimundo. *Os segredos da ficção: um guia da arte de escrever narrativas*, Rio de Janeiro: Agir, 2005, p.18, e-book.

em ter um coração, e do Espantalho, que desejava possuir um cérebro, ambos da obra *O Mágico de Oz*, de L. Frank Baum. Monteiro Lobado nos presenteou com personagens memoráveis no *Sítio do Pica-pau Amarelo*. No *hall* dos personagens não humanos temos, por exemplo: a boneca falante Emília e o Visconde de Sabugosa, boneco feito do sabugo do milho (que depois virou gente).

Essa expansão do lúdico na literatura infantil é fantástica. Aliás, escrever para criança é um tema merecedor de outro livro. Como esta obra trata da ficção em geral, destaco que o importante ao escrever para criança é fazer parte do mundo dos pequenos, conhecer o que está sendo ou já foi produzido no país. Escrever para criança exige contato com a literatura infantil. Portanto, leia livros infantis, se quer escrever para esse público.

Voltando ao personagem. Em resumo, quem definirá o que pode ou não pode virar um personagem é o escritor. No que depender da imaginação, tudo pode. Pessoas, animais, insetos, plantas, construções, objetos, qualquer coisa pode ser o protagonista da história. Há que se considerar, porém, fator importantíssimo ao criar um personagem: a verossimilhança. Ainda que ele nasça da fantasia, ainda que seja, por exemplo, um prego, precisa ser crível no mundo em que está e crível para quem o lê. Trabalhar bem as características do personagem ajudará, e muito, na verossimilhança.

Existem dois tipos de características: a física (seja humano ou não) e a psicológica. Se for pertinente à obra, contar alguns detalhes da figura retratada para o leitor auxiliará para que este visualize a pessoa ou a coisa. Se é alto, baixo, gordo, deformado, se tem algum tique, jeito diferente de falar, andar, e por aí vai. A importância do quanto será descrito a respeito da estrutura física dependerá da história. Defendo que a caracterização física, embora tenha seu papel, não é mais importante do que a definição psicológica. Um bigode, afinal, será sempre um bigode. A mente, ao contrário, é um universo de possiblidades. Assim, saber o que o personagem nos oferece e o que ele quer sobrepõe-se ao desenho físico.

No que diz respeito à esta estrutura psicológica, são inúmeras as variantes. O quanto deixar claro ao leitor, igualmente, dependerá do objetivo do autor. Se o personagem tiver características psicológicas humanas, na hora de definir seu perfil o ideal é o autor se fazer algumas perguntas. Por exemplo: o personagem é inteligente? Ansioso? Honesto ou desonesto? Mentiroso? Bissexual? Psicopata? Drogado? Possui múltiplas personalidades? Qual será o seu caráter? Qual será o seu comportamento?

Seja o que for, a coerência, a verossimilhança e a universalidade precisam de atenção especial. Estes três fatores são os que farão o leitor se identificar. São eles que farão o personagem parecer um ser vivo. No espaço ficcional, portanto, o personagem deve ser apresentado com coerência no ***ser*** e coerência na ***história***. "Até na incoerência deve haver coerência".[100] Se a incoerência fizer parte do personagem, deve esta ser descrita com coerência. Há que se ter o cuidado para ser coerentemente incoerente. A verossimilhança do personagem estará clara para o leitor quando o seu comportamento puder ser absorvido como verdade, levando-se em consideração a posição deste personagem da história. À medida que o leitor enxergar nos personagens as qualidades, defeitos, virtudes, vícios, fraquezas, coragem, etc., mais eles se parecerão com um ser vivo – não necessariamente de carne e osso.

Personagens, caro leitor-escritor, farão parte do leitor por todos os aspectos já comentados, mas também por eles terem lacunas. Isto mesmo: personagens – mesmo os heróis – não são perfeitos. Como nós, possuem espaços vazios a serem preenchidos. São justamente estes espaços que farão o leitor adotar este ou aquele personagem. Daí a concordância ou discordância do leitor quanto à figura criada.

100. ATAIDE, Vicente. *A Narrativa de Ficção*, Curitiba, Editora dos Professores, 1972, p. 38.

É nessa hora que o leitor também vira autor, pois, em sua mente, ele pode estender a vida do personagem, preenchendo suas lacunas, imaginando o que o personagem se tornou – ou poderia vir a ser – sob o seu ponto de vista, não mais o do escritor.

Que os personagens têm importância ímpar é evidente. O personagem, entretanto, estará presente na história de acordo com a importância que o autor determinar. Pode ser mais intenso, menos intenso. Profundo, raso. Pode ser principal, secundário, irrelevante. Embora você deva saber bem a distinção entre essas importâncias, reforçar a hierarquia cai bem.

Principal: é o principal, oras! O que estará sob o foco de todos os acontecimentos. O que terá maior ênfase. Que ocupará maior espaço na obra. Estará em primeiro plano. É, portanto, o protagonista.

Secundário: terá menor peso. Porém, terá importância por dar suporte ao personagem principal, sendo, por assim dizer, um coadjuvante na história.

Irrelevante: é o personagem que aparece pouco, que não tem papel de decisão importante. Por aparecer de modo esporádico, é comum que desapareça sem necessidade de explicação minuciosa, sem dano à obra, posto que não interfere na conclusão da história. Mas se é irrelevante, por que existir? Por tratar-se de irrelevância-relevante. O mesmo que incoerência-coerente. Este tipo de personagem pode ser um elo de ligação, por exemplo. Também pode ser o responsável por iniciar um acontecimento, um drama, uma dor que o personagem principal viverá. Um assaltante que, após abordar a vítima (neste exemplo, o nosso personagem principal), some da história, mas deixa o trauma. Se a intensão do autor for desenvolver a ficção sob o aspecto do trauma, o assaltante sumir não causará dano à obra, pois o fato importante estará em o personagem principal conviver e superar (ou não) o trauma.

Agora, cuidado! Se o enredo levar o personagem à vingança, e esse ato tiver que recair sobre o assaltante, daí o mesmo não pode simplesmente desaparecer da história. Neste caso, o assaltante já não ocupará o papel irrelevante.

Outro exemplo? Certo. Um assassinato. O antagonista resolve matar a mulher do protagonista. Para tal, contrata um assassino de aluguel. Nesse exemplo, o personagem do assassino aparece apenas no momento da negociação e execução do ato, depois some da trama, haja vista que o objetivo principal do autor será mostrar – ou esconder – do leitor os motivos do assassinato. Por que o antagonista chegou a tal ponto? Será que era amante da mulher?

Enfim, como podemos ver, o papel que o personagem vai ocupar em uma história dependerá dos objetivos do autor.

Em tempo: antagonista é o personagem que se opõe ao protagonista. Aquele que luta contra. Exemplo: o mocinho, quase sempre, é protagonista. Bandido, antagonista. E se o bandido tiver importância maior que o mocinho? E se ele, no final, matar o mocinho? E se ele tiver mais peso na história? Bem, acho que você já sabe a resposta.

Evidente que um livro inteiro poderia ser dedicado apenas à construção de personagens. Há personagens que ocupam um papel de Confidente – aquele que ouve o personagem principal, ou que também pode contar a história deste. Há o personagem de Contraste – aquele que ajuda a esclarecer e iluminar as condutas do personagem principal, podendo ser secundário ou quase secundário. Existem personagens que possuem caráter próprio, que impõem sua personalidade – são os classificados como Indivíduo. Tem aquele que se iguala em qualidades, defeitos, vícios, virtudes, modo de agir e de pensar parecidos com a média – este é classificado como Tipo. Exemplo: um personagem tipo bêbado. Uma moça tipo interiorana.

Há, ainda, o Caricato – que possui uma forma estereotipada; às vezes pode até ser ridículo.

E como se dá o trabalho da construção de personagens ficcionais? "O trabalho se resume em duas coisas: prestar atenção ao comportamento das pessoas reais à sua volta e dizer a verdade sobre o que vê."[101] Esta afirmação de Stephen King está absolutamente correta. Personagens nascem da vida. Da sua compreensão sobre o viver; da observação. Para um escritor, a vida alheia interessa, e muito. Notícias de jornais. Programas de TV. Os personagens estão por toda parte. O gesto de um, a mania do outro, a forma de pensar deste ou daquele, tudo importa. E se não está na vida, está na ficção; noutros livros, filmes. Se vai criar uma prostituta, ainda que você esteja há anos-luz de ser uma, saber como se vestem, falam, pensam e, especialmente, fazem sexo é indispensável.

Ainda que a criação de um personagem seja o reflexo, a imitação de outro ser humano, não está baseado somente nisso. Observação faz parte (uma parte importantíssima), mas a memória também conta. Aquilo que o escritor tem guardado sobre os diferentes tipos de pessoas desde que se entende por gente não deve ser desconsiderado.

Algumas obras discorrem sobre o personagem plano e o redondo. Personagens planos, via de regra, são os menores, os secundários. E são considerados planos porque não são completamente desenvolvidos. As lacunas destes são muito maiores do que as dos personagens principais. Os personagens principais são mais completos, complexos, repletos de possibilidades. São mais acabados. Por oferecerem mais ao leitor, são mais "cheios", ou seja, redondos. Tridimensionais. Mas, de fato, mesmo se considerarmos o personagem redondo, esse mais desenvolvido, seria este um personagem idêntico à realidade? Não. Claro que não. A ficção usa da realidade para transformá-la. Assim, o personagem de ficção é o personagem de ficção. Personagens

101. KING, Stephen. *Sobre a Escrita*, Tradução Michel Teixeira, 1ª ed., Rio de Janeiro: Objetiva, 2015, p. 162.

reais, de carne e osso, gente que você talvez conheça, só em biografias. De todo modo, a imaginação do autor, na maioria dos casos, é capaz de construir um personagem melhor do que a vida real.

Imaginação sempre.

No livro *Laranja Mecânica*, de Anthony Burgess, o protagonista Alex é um personagem que foge aos padrões. Não é óbvio. Não se explica completamente. A personalidade doentia é um traço fortíssimo, que o impulsiona e impulsiona o romance. A mente de Burgess foi longe ao criar Alex.

Entre outras coisas, o personagem tem um dialeto próprio, a linguagem *nadsat*. Por meio dessa forma única de falar, Burgess decidiu provocar uma sensação de completo estranhamento ao fazer o leitor mergulhar no mundo violento e incompreensível de Alex.

O diálogo é indissociável do personagem – mesmo que ele seja mudo, posto que diálogo não se dá apenas com a fala; mudos falam com as mãos, com os gestos, com o corpo inteiro.

Enfim, ao criar um personagem, leitor-escritor, lembre-se: leve em conta que o que e como o personagem fala dirá muito sobre ele.

> *"Cinco imagens diferentes da mesma pessoa. Se fosse possível, tentaria descrever uma personagem assim, através de uma espécie de visão prismática. Por que será que não podemos ver mais de um perfil de uma só vez?"*
>
> Lawrence Durrell

DIÁLOGO

Como já ficou claro, um sem-número de pessoas existem. Do tipo comum ao mais estranho, qualquer deles pode povoar um romance. E, da mesma maneira que as particularidades de cada um precisam ser levadas em consideração na hora de se construir um personagem, as particularidades do diálogo idem. Explicando melhor: um escritor pode, por exemplo, criar um personagem interiorano, tendo em suas características o ponto forte do caipira. Modo de vestir, de olhar, gestos, traços de timidez, e por aí vai. Acrescentar sotaque, dependendo da região do interior, é praticamente indispensável para a formação deste **ser** ficcional.

Contudo, sotaque apenas não basta. A fala precisa ser verdadeira. Afora o sotaque, os dialetos, as gírias do local estão de acordo? O modo de vida do personagem está em consonância com sua maneira de falar e de agir? A não ser que o escritor tenha uma razão para, por exemplo, colocar palavras de um adulto na boca de uma criança, não deve fazê-lo. Caso um personagem seja comedido, recatado, do tipo que detesta palavrões, o certo seria não lhe atribuir linguajar chulo, salvo a intencionalidade da história.

Assim, um personagem freira, com sotaque mineiro, conversar como se fosse um garimpeiro mal-educado, com sotaque nordestino, não seria de bom tom. Outro exemplo: um empresário culto, acostumado a negociar com pessoas importantes, ao ser apresentado a um novo cliente não vai chegar e dizer: "E aí, firmeza? Tamo junto nessa parada, mano. Tá ligado nesse produto? Pô, aí, é sinistro. Da hora mesmo, truta!". Em condições normais, um empresário usaria tal linguajar? Não conheço.

Sabemos, a esta altura, que a ficção tudo permite. Apesar disso, se o escritor traçar o perfil psicológico e social de um personagem, garantindo-lhe total veracidade em seu modo de agir e viver, e, ao escrever o diálogo, diferir daquilo que o personagem é, a obra poderá ser comprometida. Reforçando: o diálogo, além de dar voz ao personagem, tem o poder de demonstrar o que ele é. Se o personagem é uma pessoa analfabeta, humilde, o diálogo tem a capacidade de contar isso ao leitor de maneira bem mais poderosa do que uma simples descrição dos fatos. Vejamos:

> *– O senhor pode, por gentileza, ler e assinar nesta linha? Ah, e não se esqueça de colocar sua rubrica em todas as páginas – disse o atendente do banco ao esticar o contrato de empréstimo financeiro.*
>
> *O olhar de um estagnou-se no olhar do outro. Por um minuto, silêncio e espera; até que o sujeito do outro lado do balcão, em tom quase inaudível, revela:*
>
> *– Moço, o que é rubrica?*
>
> *– É um visto, uma assinatura breve – responde o atendente, educado.*
>
> *– Sei assinar, não moço! Juntá as letra, sabê o que elas significa, sei também não. Só sei mesmo é plantá e colhê. Se vem chuva, eu sei. Se o tempo fô de seca, eu sei. Outra coisa que eu sei é que se eu saí daqui sem o dinheiro, não tem mais jeito, não, moço. De modo que se o moço tivé aquela almofadinha pra eu colocá o dedo, eu aceito!*

Neste exemplo, o diálogo disse tudo (ou boa parte) sobre o personagem. O que faz, se é da cidade ou do campo, se estudou ou não, se é inteligente ou burro.

Diálogos verdadeiros e bem construídos são um elo com o leitor. Leitores se veem não apenas na psique e no físico do personagem, mas também na fala. É certo que não conhecemos as pessoas completamente. Saber de fato o que estão pensando ou sentindo não é possível, tão vasta é a diversidade humana. A ficção, porém, permite que o escritor mergulhe em cada personagem, sempre complexos, repletos de significados múltiplos, e os retrate para o leitor como desejaria que o leitor os visse.

De acordo com o que você já leu, o escritor cria uma realidade ilusória-ficcional única, alcançando patamares que a realidade por si só não conseguiria. O uso correto do diálogo, nesse sentido, é o fio condutor – ou um dos fios – dessa realidade inventada. Há, por isso mesmo, que se tomar cuidado. O tom verdadeiro dentro da criação literária – como já dito em explanação anterior – precisa estar presente.

Como escreveu Stephen King: "O problema seria querer ser escritor sem querer ser sincero. A fala, seja feia ou bonita, é um índice de caráter." [102] Em outras palavras: se o personagem for um padre, é preciso que fale como tal. Se for uma mulher, idem. Se for um desequilibrado, dá-se o mesmo. Acho que você entendeu isso. De qualquer modo, bater nesta tecla do jeito do personagem falar não é insistência infundada. Saiba que é muito comum o escritor – às vezes sem nem se dar conta – fazer com que os personagens tenham a mesma maneira de falar.

Escrever diálogos não é fácil. Bem, pode ser fácil para uns, difícil para outros. Em ambos os casos, treinar a escrita de diálogos fará com que resultados melhores apareçam. Trabalhar a observação constantemente é imperativo. Ou seja, observe como as pessoas falam, seja na vida real, seja na ficção. Mais uma dica importante: após escrever um diálogo, leia-o em voz alta. Caso alguma parte não soe verdadeira, será perceptível. Ao menos para mim, isso funciona.

Outro detalhe: não se preocupe em usar todos os vícios de linguagem no diálogo à busca de fazê-lo parecer real. Só o faça se o seu personagem

102. KING, Stephen. *Sobre a Escrita*, Tradução Michel Teixeira, 1ª ed., Rio de Janeiro: Objetiva, 2015, p. 162.

tiver necessidade disso. De modo geral, como ensinou Charles Kiefer[103], vacilações, repetições, titubeios, erros que cometemos falando não são bem-vindos na arte literária. Nesse sentido, a arte não deve imitar a vida. O papel do escritor, reforço, é construir outras vidas.

Massaud Moisés, em uníssono, argumenta:

> *"certamente o diálogo dos romances não é conversa de todos os dias. O escritor realiza sua tarefa substituindo palavras e frases inexatas, removendo repetições, e estabelecendo-lhe as características sem prolixidade ou os recuos e depressões observáveis em quase tôda conversa real [sic]."*[104]

Na ficção, portanto, a maneira habitual de falar precisa estar melhorada, mantendo, é claro, a naturalidade. Um diálogo mais cuidadoso – o que não significa ser formal, rebuscado, preocupado com normas cultas da língua – resultará numa obra com qualidade.

Demais aspectos são importantes ao se construir um diálogo. Entre eles, eu diria que diálogos longos, com explicações exageradas, além de correr o risco de se tornarem enfadonhos, poderão não parecer verdadeiros. O diálogo completa a ação. Se para o leitor a ação está óbvia, qual o sentido de descrevê-la de novo no diálogo? Em ficção, tudo tem um porquê. Não tendo motivo de fazer, não faça! É bem comum o escritor exagerar nos "ele disse", "ela disse", ou "respondeu ele", etc. Já fiz muito isso e, não vou mentir, às vezes ainda faço. Numa primeira versão da história esse tipo de exagero passa despercebido, é normal. Cabe ao escritor, portanto, ir lapidando. Na segunda e terceira versões, os excessos devem ser eliminados.

Outro fator importante a ser considerado: se o ato de escrever é cortar palavras, diálogos devem ser cortados. "[...] o drama real da vida está no que não é dito, o significado por trás de nossas conversas."[105] Vale o mesmo para o diálogo.

103. KIEFER, Charles. *Para Ser Escritor*, São Paulo: Leya, 2010.

104. MOISÉS, Massaud. *A Criação Literária*, 4ª ed, São Paulo: Melhoramentos, 1971, p.222.

105. FOSTER, Thomas C. *Para ler romances como um especialista*, São Paulo: Lua de Papel, 2011, p.127.

Dito isso, que tal um diálogo na prática? Vamos lá.

– Não faz isso. Não me bate não! Sei que é o seu trabalho, mas será que não dá pra gente negociar?

– Negociar? Você é cabeça dura mesmo! Onde já se viu negociar! Aqui não tem conversa, aqui é porrada, tá me entendendo?

– Espera, espera! Olha o meu tamanho. Ainda vou crescer muito, tenho uma vida pela frente. Se me bater, ficarei enterrado neste lugar para sempre, sem conseguir me mexer. E sempre, é sempre. É tipo... pra vida toda, sacou?

– Você não vai crescer, sabe muito bem. Não me venha com essa. Cada um tem o tamanho que merece. Além do mais, você será corroído. É isso, na verdade, que vai acabar com a sua vida, não eu. E vamos parar com essa conversa mole porque aqui o negócio é dureza. Ou seja, caso não tenha entendido ainda, eu tou aqui para te bater.

– Mas...

– Não tem mais, nem menos. Meu destino é bater. O seu, apanhar. Aceita que é melhor.

O pequeno, encostado na madeira, fixou o olhar no grandalhão à sua frente. Por um segundo, quase dois, pensou em novos argumentos. Porém, antes de tentar palavras novas, foi calado pelo outro.

Duas pancadas.

Certeiras.

Bastaram duas pancadas para o seu agressor, aquele martelo desalmado, fixá-lo na estrutura. Agora, restava-lhe ficar imóvel, segurando uma tábua na outra até a ferrugem aparecer e consumir sua alma.

Um prego e um martelo conversando. Impossível, mas crível. Tem a ver com o contexto. Daria uma boa história infantil. O martelo e o prego. É, acho que escreverei uma história com esses dois.

Agora é com você. Escreva um diálogo inusitado entre um botão, uma camisa e uma agulha com linha.

Vai, deixa de bobagem, você consegue!

PONTO DE VISTA

O lugar onde se encontra o observador-narrador, de que ângulo ele vê e conta uma história, grosso modo, é o que se denomina ponto de vista. Ponto de vista, já escreveu Carrero, é a essência do narrador.[106]

Alguns roteiristas e escritores usam a sigla POV - *point of view* - para se referirem ao tema. Foco narrativo também, outro termo empregado, é a perspectiva da qual o narrador conta os fatos. O narrador fará parte da história? Será apenas um observador? Seu ponto de vista será interno ou externo? Quem vê, ou quem conta a história? Ponto de vista político, ponto de vista econômico, social, cultural, etc., são dados da cosmovisão. Ao estruturar a narrativa, o escritor precisa definir sob qual ângulo a contará.

Saber quem conta, quem faz a exposição dos acontecimentos, escreveu Vicente, é de extrema importância pois

> *"Se o narrador é o protagonista, por exemplo, o leitor terá uma visão das coisas segundo o protagonista e tudo passa a girar em torno dele; ao passo que se a involução narrativa se processa de acordo com o ponto de vista de uma personagem secundária, que soube dos fatos por terceiros, diversa será a narrativa, implicará noutra cosmovisão, noutras soluções perante os seres que vivem os fatos."*[107]

Fica evidente que a compreensão do enredo e dos personagens, a interpretação e conclusão que o leitor terá sobre a história dependerá do ponto de vista.

Nos anos 1940, salvo engano, Cleanth Brooks e Robert Penn Warren, classificaram o ponto de vista. De lá para cá, as bases definidas por eles continuam a ser utilizadas pelos escritores. E que classificação é esta?

106. CARRERO, Raimundo. *A Preparação do Escritor*, São Paulo: Iluminuras, 2009, p. 23, e-book.

107. ATAIDE, Vicente. *A Narrativa de Ficção*, Curitiba, Editora dos Professores, 1972, p.55.

- Ponto de vista de primeira pessoa;
- Ponto de vista de personagem secundária;
- Ponto de vista do narrador onisciente;
- Ponto de vista do narrador observador dos fatos.

Outro estudioso, o crítico Laurence Perrine, dividiu assim:

- Onisciente;
- Onisciente limitado;
- Primeira pessoa;
- Objetivo.

A teoria pode nos levar por muitos caminhos. Ao escrever uma história, porém, não é preciso seguir por todos eles. Seria, aliás, impraticável. Na prática, o escritor opta por, no máximo, três pontos de vista. Minto. Na maioria dos casos, ele opta por um. O que de fato vale saber é que, ao escrever uma obra, a opção recairá em adotar o ponto de vista externo ou interno. Opa! Isso não é regra. Logo você entenderá.

Como o próprio nome diz, externo é o ponto de vista do narrador que está fora dos fatos. Ele os conhece, mas não os vive diretamente, apenas relata-os. O interno é quando a narrativa discorre a partir de dentro, de alguém que vive ou convive com os fatos narrados. Em ambos os casos, as bases relacionadas acima estarão presentes. E, embora a arte de escrever ficção obedeça algumas normas, não deve nelas aprisionar-se. Diante disso, é possível o escritor usar um, dois, ou mais pontos de vista? Se for pertinente à obra, tudo bem. Não há, no final das contas, ponto de vista certo ou errado. O importante sempre é a história e seus personagens. E o ponto de vista correto (ou os pontos) é aquele que convença o leitor, tanto faz ser externo, interno ou os dois ao mesmo tempo.

De modo geral, os autores optam por escrever em primeira pessoa (quando o autor-personagem narra a história), ou terceira pessoa (quando o narrador não participa ativamente da história), sendo que na terceira pessoa o narrador pode ser onisciente ou não. E o que é o narrador onisciente? Aquele que está de fora e conhece tudo sobre a história e os personagens. Sabe, inclusive, o que o personagem está pensando, quais seus conflitos, etc.

Aprofundando um pouquinho mais os pontos de vista interno e externo, destaco a explicação do Vicente:

> *"Há diversos modos de realização do ponto de vista interno: de primeira pessoa (quando o protagonista narra a estória, o herói fala de si mesmo); de personagem secundária (normalmente é o confidente do protagonista ou alguém que conviveu a estória); ponto de vista composto (quando diversas personagens narram a estória que conviveram – técnica do contraponto; ponto de vista epistolar (quando a narração se faz através de cartas trocadas entre as personagens principais)."*[108]

A vantagem do ponto de vista interno é que a história ganha ares de confidência, o personagem (ou personagens), por viver e conviver com a história, dela é mais íntimo, e tal intimidade é percebida pelo leitor. Há que se tomar cuidado, porém, em não escrever em causa própria. Ou seja, o autor, ao narrar em primeira pessoa, deve obedecer o personagem, e não lotar a história com suas opiniões próprias.

Conforme o dito, no caso do ponto de vista externo, o narrador age com onisciência (ou não). Ao optar pela terceira pessoa onisciente, apresentará a história em todas as suas nuances, com detalhes sobre os personagens, a situação ambiente, tempo-espaço. Como observador maior – sendo onisciente-onipresente –, dominará o

108. ATAIDE, Vicente. *A Narrativa de Ficção*, Curitiba, Editora dos Professores, 1972, p. 56.

enredo e as cenas de maneira ampla, podendo explorar o universo externo e, até, o interno, já que conhece o interior dos personagens.

Pode parecer, à primeira vista, que ao controlar tudo e todos, o foco narrativo externo (onisciente-onipresente) perca em verossimilhança, se comparado ao interno (primeira pessoa), onde a intimidade e a proximidade da personagem com o leitor são maiores. Não obstante, defendo que a verossimilhança se dá na maneira como os fatos são narrados, nas palavras usadas, na construção das frases, que, se bem empregadas, resultarão em veracidade, independente do ponto de vista adotado.

Claro que cada enfoque narrativo terá vantagens e desvantagens se analisados detalhadamente à luz dos estudiosos. Não é o caso aqui. Há, porém, uma passagem sobre vantagens e desvantagens da narração na primeira pessoa que vale a pena ser reproduzida.

Desvantagens:

"a) o narrador não pode saber o que as outras pessoas pensam;

b) o narrador não pode ir aonde as outras pessoas vão quando ele não está presente;

c) com frequência ele está enganado sobre as outras pessoas;

d) com frequência ele está enganado sobre si mesmo;

e) ele só pode ter uma compreensão parcial sobre a verdade objetiva;

f) ele pode estar escondendo alguma coisa."[109]

Vantagens:

"a) o narrador não pode saber o que as outras pessoas pensam;

b) o narrador não pode ir aonde as outras pessoas vão quando ele não está presente;

c) com frequência ele está enganado sobre as outras pessoas;

d) com frequência ele está enganado sobre si mesmo;

e) ele só pode ter uma compreensão parcial sobre a verdade objetiva;

f) ele pode estar escondendo alguma coisa."[110]

109. FOSTER, Thomas C. *Para ler romances como um especialista*, São Paulo: Lua de Papel, 2011, p. 38.

110. Idem, ibidem.

Como assim? Então as vantagens e desvantagens são as mesmas? Isso mesmo. Na primeira pessoa, na terceira, seja qual for o ponto de vista que o escritor escolher para narrar, essa história de vantagem e desvantagem não será competitiva, será sempre a mesma por uma razão simples: no fundo, o único capaz de enxergar vantagem e desvantagem no ponto de vista narrativo que escolheu é o autor. Regras não são bem-vindas aqui. Além do mais, normas à parte, sempre existirá a limitação ou preferência do autor. Há os que preferem escrever em primeira pessoa; outros há que só escrevem em terceira. No fundo, não importa. O que sempre terá importância é a história, seja qual for o ponto de vista adotado pelo escritor.

Desse modo, caso você não queira se tornar um estudioso das teorias ficcionais, e queira – conforme imagino – transformar-se apenas num leitor-escritor, vai por mim, distinguir os pontos de vista e saber utilizá-los na prática lhe basta. Os anos de leitura e escrita se encarregarão de aprimorar seu ofício. E, inclusive, de subvertê-los.

Assim sendo, preste atenção nos exemplos abaixo. Optei em exemplificar os três mais utilizados.

Narrador-personagem em primeira pessoa:

O chumbo reluz na vermelhidão. Os tiros ecoam. Sou envolvido por uma turbulência aguda. Rá, tá, tá, tá, tá, tá. Bum! Em meio às explosões e balas que não posso ver, sou lançado para o alto e meu corpo tomba no vermelho. O vermelho – cor que dá vida à morte – é o meu sangue. Sou um soldado forte, muito forte. Ao ser atingido pela granada, um grunhido indecifrável saiu de minha boca. Porém, nem a dor, nem este sangue me incomodam. Minha perna esquerda foi destroçada. A adrenalina, ou provavelmente

Deus é o que me mantém em movimento, só pode ser. Com a vista turva, vejo que o inimigo está por todos os lados. Mesmo assim, forçando a perna boa que me resta, andando aos pedaços e tropeços, me arrasto à frente do pelotão.

Narrador em terceira pessoa:

O chumbo opaco reluziu na vermelhidão. Os tiros ecoaram e o soldado foi envolvido pela turbulência aguda. Em meio às explosões e balas invisíveis, ele foi lançado para o alto e o seu corpo tombou no vermelho. O vermelho – cor que dá vida à morte – é o seu sangue. Ele é forte, pois apenas grunhiu um som indecifrável ao ser atingido pela granada e ter uma de suas pernas destroçada.

O inimigo estava por todos os lados. Dominado pela adrenalina, ou pela vontade divina, ele não parou. Mesmo assim, forçando a perna boa que lhe restou, andando aos pedaços e tropeços, ele se arrastou à frente do pelotão.

Narrador onisciente-onipresente em terceira pessoa:

O chumbo opaco reluz na vermelhidão. Os tiros ecoam e o soldado é envolvido pela turbulência aguda. Rá, tá, tá, tá, tá, tá, tá. Bum! Em meio às explosões e balas que não se vê, ele é lançado para o alto e seu corpo tomba no vermelho. O vermelho – cor que dá vida à morte – é o sangue que não incomoda. Pelo menos, não a ele, pois é um soldado forte. Muito forte. Tão forte que apenas grunhe um som indecifrável ao ser atingido pela granada e ter uma de suas pernas destroçada.

Dominado pela adrenalina e ainda de pé pela vontade de Deus, ele não para. Com a vista turva, percebe o inimigo por todos os lados. Uns descerão o morro, à sua esquerda. Outros permanecerão camuflados nas trincheiras, atirando. Mais granadas serão lançadas e outra cairá a poucos metros dele. Mesmo assim, usando a perna boa que lhe resta, ele anda aos pedaços e tropeços, e se arrasta à frente do pelotão.

Observe que na narração onisciente-onipresente foi possível acrescentar fatos dos quais somente o narrador, que está de fora (que tudo vê e tudo sabe), pode ter conhecimento. "Uns descerão o morro, à sua esquerda. Outros permanecerão camuflados nas trincheiras, atirando. Mais granadas serão lançadas e outra cairá a poucos metros dele."

A diferença entre o narrador em terceira pessoa e terceira pessoa onisciente (também onipresente, acrescentado por minha conta e risco) é justamente lançar mão dessa possibilidade.

Em tempo: até onde, as possibilidades? Até que ponto todas as normas-regras devem ser obedecidas? As definições, de fato, estão corretas?

A língua é viva. A escrita idem. Tudo muda. Se não mudou, pode mudar. As definições, os apontamentos dos estudiosos são, sim, importantes; dúvida não há. Servem como guia, uma maneira de organizar a narrativa, o caos da escrita. Por outro lado, as regras servem para serem quebradas.

Você leu que o narrador em primeira pessoa não é onisciente-onipresente, não pode estar em dois lugares ao mesmo tempo, não pode saber onde os outros estão. Caso ele não esteja ou tenha estado junto, não pode saber o que fazem, tampouco o que pensam. Pois bem, e que tal isso?

> *"Nós dançamos e dançamos.*
>
> *A fita tocou. Ficamos suados, hipnotizados e nos jogamos na música que jorrava por todos os lados sobre nós.*
>
> *Eu disse:*
>
> *– Amo você, Shann. Amo você, Robby.*
>
> *O que eu ia fazer?*
>
> *Shann e Robby sorriram para mim.*
>
> *Shann passou os dedos pelo meu cabelo molhado. Robby tocou na minha mão.*
>
> *Nós dançamos e dançamos.*
>
> *E enquanto eu dançava com Robby e Shann embaixo da terra, coisas aconteciam na superfície:*
>
> *Ingrid, minha golden retriever, que não conseguia latir, estava exausta de ficar do lado de fora [...] Ela estava encolhida embaixo da minha mesa, dormindo satisfeita, me esperando voltar para casa.*
>
> *Ah Wong Sing e Connie Brees estavam deitados nus na cama. Eles tinham feito sexo três vezes em uma hora.*
>
> *Ah Wong Sing era um verdadeiro dínamo para um cara tão quieto.*
>
> *O cozinheiro da Casa da Panqueca e Connie Brees fumaram um cigarro de maconha que Ah Wong Sing tinha apertado antes de chegar ao Del Vista Arms.[...]"*[111]

Neste texto citado, o narrador é o personagem principal, Austin. Todo o livro é narrado em primeira pessoa. O autor encontrou sua maneira de fazer com que a primeira pessoa fosse

111. SMITH, Andrew. *Selva de Gafanhotos*, Tradução: Edmundo Barreiros, 1ª ed., Rio de Janeiro: Intrínseca, 2015, ps.174-5.

onisciente-onipresente. Austin, o personagem, o narrador em primeira pessoa, tem saber infinito sobre tudo e também está em todos os lugares ao mesmo tempo.

Andrew Smith, o autor, estudou, entre outras coisas, literatura. É premiado. Possui vários romances publicados e traduzidos. *Selva de Gafanhotos*, de onde extraí o fragmento do texto, é o seu sétimo romance. Andrew subverteu os padrões preestabelecidos ao encontrar sua maneira de trabalhar o ponto de vista, não encontrou?

Experimente. Faça. Desconstrua. Construa de novo. Não fique amarrado para escrever ficção. Não é possível produzir ficção preso a regras. Eu não consigo. Primeiro faça. Deixe acontecer. Caso deseje encontrar sua maneira de tratar o ponto de vista, ótimo. O que pode, no fim das contas, acontecer? Duas coisas: podem dizer que você fez tudo errado ou podem dizer que você é um gênio.

E, então, vamos à prática? O texto abaixo é parte do meu livro *Bendito Maldito*. O ponto de vista é do narrador-personagem em primeira pessoa. Reescreva o texto em terceira pessoa e terceira pessoa onisciente-onipresente.

> *Tenho 33 anos, idade de Cristo. Mas Cristo, agora, significa pouco para mim. Não vou à igreja há tempos. E Jesus virou somente uma figura crucificada na parede. Se tanto, um belo enfeite no altar de uma e outra igreja. Sei que não é bom dizer coisas assim. Só que minha mãezinha querida me ensinou que não devemos mentir. Então, não minto. E até reforço, para que fique bem claro: Cristo virou só um personagem. Deus? Já não tenho muitas palavras para ele. A Bíblia que ganhei de uma tia ainda garoto está em algum lugar em meu quarto. Se não no quarto, na sala. Onde for,*

a poeira pesa sobre a capa nesse momento. E deve ter algumas traças por entre as páginas – bichos a consumir as palavras do Senhor. Eu, nos últimos meses, não tenho sido lá muito católico.

11. EDITANDO O TEXTO

"Não consigo escrever cinco palavras sem que modifique sete."

Dorothy Parker[112]

Escrever, afora aspectos já abordados neste livro, é o ato de cortar palavras. Está dito lá no capítulo 7. Também já foi dito por outros escritores. No entanto, escrever também é o ato de organizar e reorganizar palavras. Escrever, escrever e reescrever. Daí, a edição. Ou parte dela. Este capítulo, de certa forma, se justapõe aos 7 e 8. O que o difere de *O processo da escrita: garimpando palavras*, e *Escrever, escrever e, depois de tudo, reescrever* é que aqui você, leitor-escritor, não avaliará apenas palavras e construções e reconstruções de frases, mas o fará pensando na história como um todo, além de tentar pensar como editor e entender, ao menos em parte, o que ele faz.

No ato de escrever, o ficcionista elimina palavras, uma frase ou um parágrafo. Acrescenta-se outro. A ordem do texto pode ser alterada. Um diálogo não escapa de ser suprimido. Tudo isso é normal, faz parte do processo. No desespero, o escritor pode, inclusive, concluir que nada do que fez está bom e jogar o livro todo no lixo! Conforme também já dito, não é bom que se faça isso. Caso alguma vez tenha se aventurado em escrever ficção, e a opção para deletar tudo lhe tenha ocorrido, saiba que escritores não escrevem livros para jogá-los fora.

Vez ou outra jogamos fora um capítulo, uma página. Mas o livro todo? Não dê cabo de sua criação antes de editá-la. Afinal, não é o lixo que deixará o seu texto bom, é você. E, depois de você, o seu editor. Isso significa que, enquanto o texto não passar pelo processo de edição, ele não estará pronto. Sim, o escritor pena ao finalizar

112. Escritora, poetisa, dramaturga e crítica estadunidense.

a primeira versão da história, sofre mais um pouco para ajustar as coisas na segunda versão, e continua sofrendo ao mudar frases e cortar palavras para deixar a terceira versão perfeita (ao menos perfeita em sua avaliação), para, depois de tudo, o editor surgir e pedir para mudar algumas coisinhas que, dependendo da aceitação do autor, podem ser uma afronta! "Elimine todo este parágrafo, está sobrando. Não acrescenta nada à história! E este personagem parece gratuito na trama. Ou ele cresce, ou jogue-o fora!"

É, o editor pode chegar ao ponto de sugerir que o autor mexa, entre outras coisas, num personagem. Não é uma imposição, claro que não. Editores não são tiranos. A parte boa é que ele não estará ultrajando o autor e sua obra. Apenas estará vendo a obra com outros olhos.

Na verdade, a maioria esmagadora dos editores é muito bacana, está ali para melhorar o seu livro – é bom que se diga. Enquanto o escritor tudo pode ao criar (incluir ideias, informações, sentimentos, bagunçar tudo, ordenar, alinhavar, etc.), cabe ao editor criticar, organizar, arrumar e refinar a obra. Pode-se dizer que o papel do editor de texto é o mesmo que o do lapidário. O lapidário faz a lapidação de pedras preciosas. O editor, tal qual o escritor, porém em nível diferente, lapida textos. Noutra avaliação da mesma metáfora: o texto é a pedra bruta. O editor lapida-o, transformando o livro em joia. Uma das boas lições para o escritor iniciante, e mesmo para alguns velhos de guerra, é: editores, na maioria dos casos, são a salvação. Possuem o conhecimento para enxergar pontos fortes e pontos frágeis. Dessa forma, os pontos fortes são evidenciados, e os fracos, corrigidos. Editores organizam o caos!

Embora alguns autores sintam medo de perder a *autoria* do livro quando este sofre intervenção do editor, no fundo isso não acontece. "[...] melhorar a qualidade dos livros, ou alterar o detalhe que faz a diferença entre o livro que vende bem e o que fica esquecido no fundo da loja, é a tarefa principal dos editores", disse Pedro Almeida.[113]

Outras palavras de Pedro são muito bem-vindas para que você, leitor-escritor, entenda o papel do editor: "[...] mesmo com alguém já consagrado, foi um editor que pescou seu texto numa pilha de obras ruins, ou convidou determinado autor para determinado tema, deu direcionamento específico, fez críticas, contribuições, retirou personalismos, temas desfocados do propósito central, visão unilateral ou frágil, refletiu sobre o título, escolheu capa, projeto, textos de quarta capa e orelhas, convidou um prefaciador, intermediou marketing, imprensa, brifou o comercial sobre o diferencial daquela obra no mercado. É um trabalho amplo, que exige experiência, visão estratégica, inúmeras habilidades e um conhecimento básico sobre uma infinidade de temas, mas que raramente é percebido num livro."[114] Completo: raramente é percebido pelo autor.

Nos dias de hoje, com a autopublicação ganhando força, o autor tem por princípio imaginar que a figura do editor é dispensável. Não é. Tanto o *publisher*, esse editor que faz a gestão de todo o processo que descreveu Pedro, quanto o editor apenas de texto, ou os editores de conteúdo e arte são indispensáveis. Não entendeu esses diferentes personagens da edição de livros? Vamos lá:

Publisher – o responsável por todo o processo, conforme ressaltou Pedro. Só para reforçar, o *publisher* avalia contratações de autores, enxerga se a obra tem ou não mercado, torna o livro acessível, lança-o, trabalha junto ao *marketing* para fazer a divulgação, estreita o relacionamento com os meios de venda e os distribuidores a fim de buscar a melhor exposição do livro. Não raro, também coordena a equipe, incluindo a coordenação do editor de texto, editor de conteúdo, editor de arte, revisores, etc. Em estruturas menores, ainda acumula a função do editor de texto.

113. Pedro Almeida é jornalista e professor de literatura, com curso de Marketing pela Universidade de Berkeley. Autor de diversos livros, dentre eles alguns ligados aos animais, uma de suas paixões; trabalha no mercado editorial há 20 anos. Foi publisher em editoras como Ediouro, Novo Conceito, Leya e Lafonte. Lançou sua própria editora: Faro Editorial. Sua afirmação está no site https://bit.ly/2In4A6A, último acesso em 01/06/2017.

114. Idem.

Editor de texto – o profissional que trabalha exclusivamente no original do autor, normatizando, corrigindo, sugerindo, interferindo na obra para deixá-la coerente e adequada em todos os aspectos que envolvem a construção do texto literário. O que ele faz com o texto do autor também é conhecido como *copy desk*.

Editor de conteúdo – muito comum na área de livros didáticos. Este é o profissional que avaliará conteúdo. Ou seja, é ele que apontará enganos e problemas do manuscrito.

Editor de arte – o responsável que atuará com a equipe no que diz respeito à parte gráfica do livro, desde a produção da capa, diagramação, ilustração, escolha de fotos (se for o caso), até impressão.

Por ora, o caso aqui é distinguir o *publisher* do *editor de texto*. O primeiro publica; o segundo edita. Simples assim.

O trabalho do editor de texto é complexo. Para não mergulharmos em tal complexidade, pois não é o caso deste livro, destaco dois pontos: a) a preparação do original, que ordenará e melhorará o texto do autor; b) as normatizações, incluindo as da editora, das notas de rodapé, da bibliografia, do índice, dos capítulos, da ortografia, da linguagem, etc.

Nesse processo de edição, o editor lerá a obra, fará críticas e intervenções que podem ajudar o autor. Alterar a sintaxe de frases, substituindo palavras, pontuações, ordens e, até, reescrevendo ou pedindo para que o escritor reescreva parágrafos ou páginas. Tudo para deixar o texto claro, objetivo, sem equívocos, à busca de garantir ao leitor a compreensão daquilo que o escritor quis transmitir. Nada, porém, segue em frente sem que os argumentos sejam expostos. O editor, se cuidadoso, não enfraquecerá o estilo do autor, não mudará sua voz; ao contrário, trabalhará para fortalecê-la. O fundamental – que é preservar e transmitir os propósitos da mensagem do autor – sempre será respeitado.

É claro que o livro, quando nas mãos do editor, pode estar quase sem problemas ortográficos; com sintaxe bem trabalhada, linguagem desenvolvida corretamente, estilo proeminente. Contudo, isso não significa que não precise de edição. "Toda obra literária precisa ter unidade, como um edifício do qual não se pode retirar nenhuma pedra sem afetar o conjunto", apontou Frei Betto.[115] Assim sendo, o propósito do editor é garantir que o edifício seja forte e que nada afete o conjunto.

Cabe ao editor de texto deixar a obra bem estruturada em todos os aspectos. Em resumo, seu papel é adequar o livro ao mercado e ao público, cortando o cordão umbilical do criador (autor) com sua criatura (livro). Isso é possível porque o editor vê a obra de fora, seu ponto de vista quanto ao que foi criado é o de quem está vendo de cima e olhando o todo. E só é possível enxergar o continente quando os olhos não estão voltados para a ilha. Aceite você ou não, por mais que o escritor se alimente do mundo, quando ele escreve, o faz na ilha, nunca no continente. Por mais que tente ser onisciente-onipresente, seus traços, peculiaridades e visões próprias estarão presentes na obra em maior ou menor grau, e estes só podem ser expandidos, ou reestruturados, quando visto pela figura que, doutro ponto, vislumbra o continente.

Não é comum o escritor também pensar como editor:

> *"Embora me considere ainda um aprendiz de escritor, também tenho o hábito de ler e reler inúmeras vezes o que escrevi. Procuro cortar verbos auxiliares em expressões como "estava pensando", "ficou imaginando", e "era feliz". Prefiro "pensava", "imaginava", "feliz" (João, feliz, exclamou... Feliz, Maria partiu...). Caço literalmente todos os gerúndios do texto, tudo que termina em ando, endo, indo, etc., pois acredito que isso "amolece" a escrita. E dou preferência ao verbo no infinitivo, quando ele guarda toda a sua força semântica: olhar, amanhecer, falar, agir, etc."*[116]

115. BETTO, Frei. *Ofício de Escrever*, 1ª ed., Rio de janeiro: Anfiteatro, 2017, p.30.

116. Idem, ibidem.

Se Frei Betto, nessa descrição acima, não está pensando, além de escritor, como um editor de texto, então, não entendo nada de livros!

A intenção não é fazer você, leitor-escritor, trocar de lado, transformando-se em um editor – que fique claro. Não há como negar, todavia, que pensar como editor fará com que o seu original fique ainda melhor. E você facilitará a vida do editor, o que não é nada mal.

Antes de tudo, porém, um alerta: não seja seu próprio editor logo na primeira versão da história. Sim, você fará o garimpo das palavras, alterará frases, mas seu pensamento ainda tem que estar com o foco na história. É bom o escritor pensar como editor, mas não na primeira versão. Primeira versão não é para isso. Como disse Shawn: "O escritor precisa ser livre; (...) precisa estar aberto para poder fluir com o que quer que saia do seu subconsciente. (...) Então, quando você está escrevendo seu primeiro rascunho, não edite. Não comece o seu dia examinando o que escreveu ontem. Nem olhe para ele. (...) o objetivo do seu primeiro rascunho é chegar ao fim. Trabalhe o mais rápido possível; deixe esse cérebro ir a qualquer lugar que quiser."[117]

Considerando que você, de fato, seguiu o conselho e só pensará como editor a partir da segunda versão, a próxima pergunta é: como o editor pensa? Coisas que, provavelmente, passarão pela cabeça do editor, além das questões práticas do texto:

- De que trata o livro?
- Se enquadra no gênero proposto?
- O ponto de vista e o tom usado na história estão adequados?
- O ritmo é bom?
- Qual o andamento da narrativa? Flui ou é enfadonha?

117. https://bit.ly/2L4tQAg. Último acesso em 31/05/2017.

- Qual o propósito da história?
- Como a história está construída?
- A trama/enredo está bem amarrada ou há pontas soltas?
- E os personagens? São críveis?
- Há conexão com o "todo", ou fatos e personagens estão desconexos?
- O tempo e o espaço estão corretos?
- A linguagem condiz com o romance? E mais: condiz com o público?
- Os diálogos estão bem construídos?
- O que há de novo nessa ficção?
- Por que este livro tem mercado?

Certo, este último pensamento não é próprio do editor de texto e, sim, do *publisher*. Porém, imaginar de antemão os motivos que fariam de sua história um produto comercial não seria ruim.

Outra óbvia constatação: não estou na mente de todos os editores. Além disso, os itens acima são uma pequena lista. De qualquer forma, se você, leitor-escritor, depois de ter escrito sua primeira versão da história, for capaz de responder a tais perguntas, terá percorrido metade do caminho, ou mais.

Isso posto, como fazer a edição do texto? Darei a minha versão dos fatos, única e exclusivamente minha. Se editores e autores trabalham de um jeito diferente, caberá a eles responder. No que diz respeito à minha maneira de fazer edição, tudo começou assim:

Primeiro, veio a ideia. E, então, Deus disse: "Coloque-a no papel." E eu a coloquei. E achei que ficou bom. E o texto bonito, limpinho, já me pareceu pronto. E, então, Deus voltou a dizer: "Leu o que você fez?" "Li", respondi. E Deus, sábio, insistiu: "Leia outra vez!" Então eu li. Foi aí que a coisa desandou, pois comecei a rabiscar tudo!

Brincadeiras à parte, é isso mesmo. Conforme afirmou Shawn, o primeiro rascunho é o primeiro rascunho, não é para ser editado. A preocupação nessa fase é apenas colocar a história no papel – começo, meio, fim. Ao concluir a primeira versão, um peso enorme sai de cima dos ombros. Reler o livro, aliviado por tê-lo terminado, possibilita olhar o todo com mais tranquilidade. E a coisa desanda (voltando à brincadeira), porque é nessa releitura que os rabiscos começam de verdade. Os cortes, as intromissões, os enxertos, as trocas – sejam de palavras, frases ou parágrafos inteiros – dominam a ação. É algo muito, muito parecido com o garimpo das palavras ou o ato de escrever e reescrever, com a vantagem de a história já estar pronta, o que possibilitará ao escritor fazer-se novos questionamentos para encontrar novas respostas.

Um exemplo? Tudo bem.

Falando outra língua, achei que fosse me dar bem. Procurei ~~emprego em escolas~~ de inglês. Tanto menti lá fora que, aqui dentro, não acreditavam no inglês que eu falava, tão ruim. Engraçado, achei que fosse bom. Será que mentiram prá mim? Entrei bem. Ainda assim, aproveitei o inglês para virar zelador de prédio de bacana. ~~E foi aí~~ que toda a minha vida mudou. Conheci o Cunegundes.

Delegado, homem de ~~quase sessenta~~ anos, parecia mesmo os personagens das séries de televisão. Gordo. Bigode disfarçando o nariz grande. Dentes amarelos pelo cigarro. Uma figura, o Cunegundes. Sujeito simpático. E verdadeiro. Nós nos tornamos amigos.

O exemplo rabiscado na página anterior é uma passagem do meu livro *A Morte é de Matar*, que, por sinal, na primeira versão ia se chamar *O sumiço da morta* ou *O zelador que falava inglês*. Ainda bem que encontrei o título correto!

Algumas das alterações já tinham sido feitas na primeira leitura; palavras ou frases já tinham sido vítimas da minha escrita. O que está no exemplo apresentado foi apontado na segunda e na terceira leituras. Quanto ao texto, nada muito grave. Incluí a frase "Até fazer o que planejei, voltando dos Estados Unidos", porque percebi a necessidade de despertar a atenção do leitor para importante ação do personagem no futuro. Dessa forma, comecei a criar certo suspense. Na cabeça do leitor, talvez a pergunta surgisse: o que o personagem planejou?

Troquei "emprego em escolas" por "ministrar aulas" por uma razão simples: o inglês dele era ruim! Dar aula particular me pareceu mais fácil do que arrumar emprego. Além do que, é mais vago, sem laços. O único emprego importante seria o de zelador. Esse pensamento nem tinha me ocorrido na primeira versão.

Incluí o nome da personagem Dasdores. Ela e o delegado Cunegundes têm papel importantíssimo na trama. Apresentá-los ao leitor de uma só vez criava uma ligação entre eles. Achei isso, na época. Incluí o sobrenome do Cunegundes, Trancoso, a fim de enaltecer o humor – brinco muito com os nomes dos personagens no livro –, além de ligar o nome à pessoa. Delegados trancafiam bandidos; portanto, Trancoso, de trancafiar.

A passagem "Nos Estados Unidos pensei muito nisso, ser zelador. E foi exercendo essa função" achei por bem incluir porque, além do personagem ter conhecido a Dasdores e o Cunegundes, tudo foi antecipadamente planejado por ele. Seu desejo, a base do seu plano, era ser zelador para se dar bem e mudar a vida.

E uma das coisas mais importantes, o título: *A Morte é de Matar*. Existem duas razões para esta escolha: 1) Matar é o nome do personagem principal: Inocêncio Matar. É um assassino confesso. Assim, de inocente não tem nada. Portanto, a morte lhe pertence. 2) *A Morte é de Matar* também carrega o sentido da brincadeira. É igual quando falamos "isso é de matar; aquilo é de matar". E decidi puxar pelo lado mais despojado, porque o livro é, antes de tudo, uma grande comédia!

Abaixo, o texto limpo, tal como foi publicado:

Percebeu? Tudo tem uma razão de ser quando se escreve ficção. Igualmente, quando se faz a edição do texto. No meu ponto de vista como escritor, a edição sempre, sempre e sempre irá melhorar o livro.

> Falando outra língua, achei que fosse me dar bem. Até fazer o que planejei, voltando dos Estados Unidos, procurei ministrar aulas particulares de inglês. Tanto menti lá fora que, aqui dentro, não acreditavam no inglês que eu falava, tão ruim. Engraçado, achei que fosse bom. Será que mentiram para mim? Entrei bem. Ainda assim, aproveitei o inglês para virar zelador de prédio de bacana. Nos Estados Unidos pensei muito nesse emprego, zelador. E foi exercendo essa função que toda a minha vida mudou. Conheci a Dasdores e o Cunegundes.
>
> Cunegundes Trancoso, delegado, homem de quase cinqüenta anos, parecia mesmo os personagens das séries de televisão. Gordo. Bigode disfarçando o nariz grande. Dentes amarelos pelo cigarro. Uma figura, o Cunegundes. Sujeito simpático. E verdadeiro. Nós nos tornamos amigos.

Se já estava bom, ficará ótimo. Se ótimo, ficará excelente. Então, o conselho é: nunca despreze a edição.

Em tempo: Shawn Coyne, que durante sua carreira publicou e editou livros que deram uma receita bruta acima de US$150 milhões, só na América do Norte, criou um método de edição que, além de facilitar o trabalho, serve de guia para muitos escritores. Trata-se do *The Story Grid*. (Shawn também lançou o livro do método).

Em linhas gerais, o *Story Grid* (você também pode chamar de guia narrativo, se quiser), é uma ferramenta criada para o editor analisar e comentar a história, cercando-a de tal maneira que ver o que funciona, o que não funciona e o que precisa ser corrigido fica muito mais claro. De acordo com Shawn, "identificar os problemas em uma história é quase tão difícil como a escrita da própria história" (talvez ainda mais difícil). O *Story Grid* facilita tudo. Na explicação de Shawn, a ferramenta é como uma tomografia computadorizada, que tira uma foto da história global e traça os caminhos para a solução dos problemas.

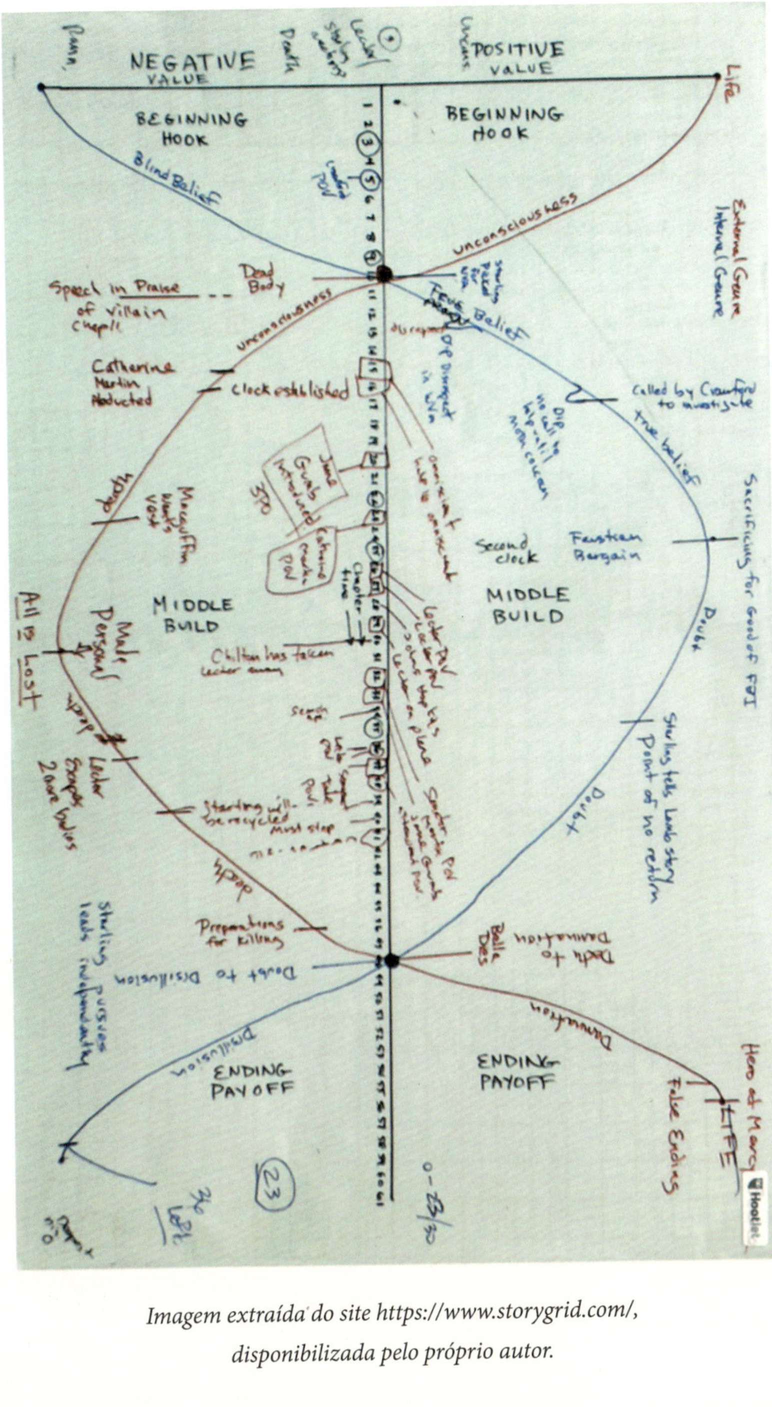

Imagem extraída do site https://www.storygrid.com/,
disponibilizada pelo próprio autor.

A imagem é um dos exemplos dessa "tomografia". Confesso que nunca a usei. Escrevo há mais de vinte anos e o meu modo de trabalhar tem sido este que aqui venho descrevendo. Não existe nada, porém, que o impeça de conhecer o *Story Grid*. Visite o site de Shawn[118], adquira o livro, caso seja capaz de ler bem em inglês, e aproveite.

118. https://www.storygrid.com/. Último acesso em 02/06/2017.

12. IMPONDO LIMITES

"A palavra (...) foi inventada para ser calada."[119]

Adélia Prado

É incontestável o poder que a palavra exerce. Não a palavra corriqueira; sim, como Adélia Prado sugeriu em seu poema, a palavra que é fruto da linguagem, da sintaxe trabalhada, das descobertas, do "Verbo".

No princípio, era o Verbo, e o Verbo estava com Deus, e o Verbo era Deus. De fato, no que diz respeito à criação, o "Verbo" é infinito. No que tange à palavra, todavia, há o momento de falar e o momento de calar. O mesmo cabe à ficção. O livro precisa, nalgum momento, ser abandonado. O cordão umbilical do autor com a sua criação há que ser cortado. O ponto final inserido após a última palavra do conto, novela ou romance deve ser estendido para a criação em si.

Limites.

Se não houver limites, a ficção nunca terminará.

Frei Betto, sobre o texto que o autor escreve e reescreve inúmeras vezes, apontou: "Em se tratando de ficção, ele nunca está definitivamente pronto. Como dizia Paul Valéry, não se termina um romance, apenas o abandona..."[120]

Iris Murdoch, bem lembrou Thomas Foster, escreveu apenas um romance em toda a sua vida. Agora, pasme, ele o fez vinte e seis vezes![121] Escrever o mesmo romance vinte e seis vezes?! Não faça isso. Ou faça, a escolha será sua. Sempre será. O escritor pode demorar seis meses, um ano ou vinte para escrever o livro a que se propôs. O autor de *Laranja Mecânica*, Anthony Burgess escreveu quase mil livros.[122] E sabe por quê? Porque nunca escreveu o mesmo livro duas vezes.

119. Fragmento do poema Antes do Nome.

120. BETTO, Frei. *Ofício de Escrever*, 1ª ed., Rio de janeiro: Anfiteatro, 2017, p.36.

121. FOSTER, Thomas C. *Para ler romances como um especialista*, São Paulo: Lua de Papel, 2011, p. 95.

122. Idem, ibidem.

Tudo, no final das contas, dependerá do objetivo do escritor. Quer demorar vinte anos e escrever um único livro na vida? Tudo bem. Quer escrever mil? Faça-o. Reforço, de todo modo, que por mais que a experiência de escrever ficção o prenda, por mais que o prazer de fazê-lo seja viciante, coloque o ponto final na terceira, no máximo, na quarta versão. Caso você seja o próprio editor da obra, o fará mais vezes, é óbvio. Como escritor, porém, imponha limites. Apenas impondo limites será possível dar o livro como pronto.

Normalmente dou o meu original como pronto na terceira versão. O que não significa que eu tenha escrito todo o livro três vezes, apenas que, até chegar na terceira versão, mexi aqui, acolá. Troquei palavras, frases. Reescrevi partes. Corrigi falhas. Nunca senti a necessidade de reescrever toda a história. Se você seguir o que foi dito neste livro até aqui, talvez aja da mesma maneira que eu, ou não, sabe-se lá. O que importa, na verdade, é impor a você mesmo o limite. Não espere a perfeição para que o momento de parar aconteça. Não há. Se tanto, o que será possível atingir é a "perfeita-imperfeição".

Vamos recapitular a trajetória da escrita:

1) Você teve a pretensão de escrever um livro;

2) A ideia surgiu;

3) Você pesquisou;

4) Leu;

5) Você fez um planejamento (ainda que com esboços simples) da história a ser contada, traçando o começo, meio e fim.

6) Encontrou a melhor maneira de colocar toda a imaginação no papel, definindo o ponto de vista, personagens, tempo-espaço, e todo o resto já apontado neste livro;

7) Terminou a primeira versão;

8) Garimpou palavras, frases. Reescreveu, alterou, corrigiu tudo – ou quase tudo – que foi possível perceber nas segunda e terceira versões;

9) Em sua última avaliação, pensou como editor.

O que mais é necessário? Seguir em frente. O original pronto é somente parte da batalha vencida para quem tem em mente começar a escrever e ver sua história publicada. Em outras palavras, para o livro virar livro (*Do livro ao livro*), é preciso vencer etapas. A escrita é uma delas. E, para terminá-la, diga para você mesmo: "Está pronto."

E se pronto está, siga adiante. Eis tudo.

Em tempo: antes de enviar seu livro para uma editora, ou de trabalhar em todo o processo do livro você mesmo, revise-o. Não havendo competência técnica para revisar a ortografia como ela merece, passe para um revisor fazer isso. É normal escritores pedirem que alguém revise seu texto. Ainda que alguns escritores dominem a gramática a ponto de dispensar um revisor, não é o caso da maioria. E não há problema algum com tal fato, antes que você se pergunte. Escritores, afinal, são escritores. Seu trabalho é escrever, contar a história. Se o escritor é mais acurado gramaticalmente falando, tanto melhor. Do contrário, revisores estão aí para isso.

Antes de partir para a segunda parte deste livro, que tal escrever a primeira página da sua novela, ou romance? Só a primeira página. Nem é pedir tanto. Vá lá, escreva.

Certo, você precisa de uma ideia, caso não a tenha. Já sabe como funciona, não é? Nada de mais se tiver que voltar a ler sobre isto no capítulo *A ideia e o processo criativo*. Ideia descoberta, o que é bom você levar em conta logo na primeira página?

13. PESCANDO O LEITOR

Primeira página, ou mesmo primeiro parágrafo funciona como isca. A afirmação está no capítulo 11. Acaso não se recorde, tudo bem, reforço: agarra-se o leitor nesse início. O que o fará ir para o segundo parágrafo e, consequentemente, para a segunda página, dependerá do que foi escrito nesse começo.

Não se pode entregar o jogo logo de cara, sei que você sabe disso. O importante mesmo é despertar o interesse, lançar um fato, fazer algo acontecer, ou, ainda, usar apenas uma frase que instigue o leitor a continuar.

Uma frase. Simples assim.

Mais uma vez cito o capítulo 11: "Há alguns anos defendia-se que o início de um livro podia se desenrolar com mais calma e, aos poucos, ir agarrando o leitor". Também digo lá mesmo que no mundo em que vivemos, no estresse do dia a dia, isso não é mais possível. Falta calma para o leitor. A minoria se entrega ao prazer de envolver-se pouco a pouco. Não fosse apenas pela infinidade de coisas e conexões tecnodigitais, não se fazem mais leitores como antigamente. Se for o caso de o leitor precisar ler trinta ou cinquenta páginas para entrar de vez na história, a possibilidade de o livro ser abandonado chega a quase 100%.

É provável que esta não seja a opinião de todos, mas a minha, insisto, é a seguinte: seja rápido. Um parágrafo. Uma frase. Rápido. Quase instantâneo, se possível.

Enquanto estou escrevendo este texto, veio-me à mente um romance que li, *Selvagens,* de Don Winslow.[123] O primeiro capítulo do livro traz apenas uma única frase.

"Vai se foder."

123. WINSLOW, Don. *Selvagens*, tradução: Alexandre Martins, Rio de Janeiro: Intrínseca, 2012, p.9.

Sim, este é o primeiro capítulo. Apenas a frase "Vai se foder". Fui obrigado a ir... para a segunda página. Eu sabia, de antemão, que se o autor não trabalhasse direito o começo do segundo capítulo, estragaria completamente o propósito do *Vai se foder*. Mas ele conseguiu. Usando de linguem solta e direta, começou o segundo capítulo assim:

> *"Meio demais o comportamento de Chon naqueles dias.*
>
> *Ophelia diz que ele não se comporta, se 'malporta.'"*[124]

Pronto, em duas linhas, o autor justificou o palavrão do início e, de quebra, mostrou ao leitor que o personagem Chon não é muito tolerante. Foi um bom começo.

Ative sua imaginação, e verá que bons começos podem surgir aos montes. Abaixo, um que inventei neste instante.

> *"Estou morto.*
>
> *Se você está lendo isso, é porque morri ontem, entre 2 e 3 da madrugada, quando saí para encontrá-la.*
>
> *Não sei quem me matou, mas é por isso que lhe deixei escrito o que já investiguei. As anotações, assim espero, poderão ajudá-la a encontrar o meu assassino. Mais do que isso. Poderão salvar a sua vida."*

Não planejei, não pesquisei; sequer pensei em qualquer estrutura. Apenas escrevi este começo. A partir dele, um livro todo poderia surgir. Ao lê-lo, logo nos perguntamos: Quem é o morto? Quem ele interceptou? Quem o matou, e por quê? Quem é ela? Por que ela também pode morrer? Se começarmos a buscar as respostas, a história aparece.

124. Ibidem, p.11.

Isso leva-nos a uma conclusão: para fisgar o leitor, além de surpreendê-lo, há que se plantar perguntas em sua mente. Se ele for instigado, irá buscar as respostas, uma página após a outra.

Outro início que acho interessante está em meu livro *Minha Vida dos Outros*, ainda não publicado.

> *"Disperso pensamentos, atropelo palavras. Minhas frases ficam inacabadas em uma conversa. Penso mais rápido do que falo, deve ser isso. Uso gírias, palavrões. Com toda certeza minha boca é mais suja do que as teclas do meu computador, o que não é normal para uma moça. Por isso, prefiro escrever. Ao escrever, sou mais contida, inteligente e quase sempre educada. Tento não escrever besteiras, palavrões, nem usar demais as gírias comuns à minha idade. Nem sempre consigo. Afinal, sou muito jovem e, por vezes, volúvel. Digo o que a vida me dita e pronto. Ponto. Ora posso falar bonito. Ora estragar tudo. Não há como mudar. Minto, dependendo da vida que vivo; tudo pode mudar, inclusive meu corpo."*

O que temos aqui? Bem, de imediato, eu já apresento o lado psicológico do personagem, desbocada na maneira de falar e contida ao escrever. Em seguida, a frase que justifica o título do livro *Minha vida dos outros*: "dependendo da vida que vivo; tudo pode mudar, inclusive meu corpo." E, no final do capítulo, que é curto – somente três páginas –, completo o raciocínio:

> *"Comer é uma merda. Descobri que chegaria mais perto da realização se não comesse. Só que não comer é apenas uma pequena parte do que preciso fazer para atingir*

a realização. Outra parte, as roupas. Bem, na verdade, há muito, muito mais. Buscar o que quero exige esforço e algumas doses de anormalidade, confesso. Se eu quis muito na vida? Eu quis várias coisas, acredite. O que eu nunca quis – e isso sim é o mais importante – foi a minha própria vida."

Noutro livro de minha autoria, *O Mar e a Escuridão*, publicado faz algum tempo, o primeiro capítulo diz ao que veio, e tem o tamanho suficiente para o leitor ler em poucos minutos (dois minutos), e pular logo para o segundo.

"Samuel incomodava-se com a escuridão. Ainda que encontrasse os peixes nas madrugadas, sessenta e dois anos de vida – rosto moreno, pele marcada pelo sol –, poucas vezes desrespeitara o mar depois que o dia se fora. À noite, dizia, o mar era traiçoeiro demais. Mas traiçoeira mesmo era a vida, agora achava isso. Ao descobrir que a tragédia, desta vez, fora bem maior do que as que já havia passado, desconfiou da existência de Deus. E, como o que lhe aconteceu não tinha possibilidade de ser corrigido, apenas abandonou tudo e foi para o mar.

No balanço das ondas, o mar ainda calmo, Samuel permaneceu sentado. Mudo, olhou para a escuridão e para a lua, que parecia tímida. Com olhos parados, observou-a sumir e aparecer entre nuvens. Quando o primeiro trovão explodiu no horizonte gigantesco, ele deu um sorriso discreto, sem vontade. No meio do fluxo e refluxo, pensou nos homens que faziam da vida, assim como ele, uma extensão com os peixes. Agora, porém, peixe, vida e mar já não faziam sentido. Por isso, esse pensamento perdeu-se no balouço e foi embora junto com as águas.

A lua desapareceu. Os primeiros pingos começaram a cair. Explodiu mais um trovão. A atitude de qualquer outro pescador frente à possibilidade de um mar revolto, tendo um pequeno barco como o que ele tinha, seria recolher as velas. Quando o vento começou a soprar descompassado e forte, aumentando o balanço das águas, o velho Samuel fez questão de manter a vela esticada no mastro. Mãos enrugadas, marcadas por cicatrizes que tantas vezes lutaram contra o mau tempo, ficaram inertes. Como se esperasse por um enorme peixe, Samuel olhou a água bater.

Pela primeira vez, escutou as batidas contra o casco de forma diferente. Bruscas. Ainda assim, também lembravam uma valsa ao balançar seu barco no mar. Chegou a se levantar para fazer parte da dança. De pé na proa, voltou a sorrir e olhar para a imensidão negra entre céu e água. Ao contemplar o temporal por vir, achava-se insano. Fracas gotas deram lugar à chuva forte. Misturada ao vento, a chuva rapidamente virou uma tempestade. E o barco prendeu-se aos caprichos das ondas. Com o rosto molhado, os olhos azuis também se inundaram. Samuel, exaurido, um tanto descontrolado, cercado pelas águas, repassou a vida e se esvaiu em lágrimas."

Basicamente, caro leitor-escritor, a busca reside nisso, segurar o leitor logo de início. Seja na primeira frase, no primeiro parágrafo, na primeira página ou no primeiro capítulo.

E sobre os capítulos?

Um livro sem capítulos é como a vida sem pausa, disse Thomas Foster. Capítulos são minilivros dentro de um grande livro. Demais? Ok, então capítulos são pequenas estruturas narrativas dentro de uma grande estrutura narrativa.

> *"Um capítulo tradicional tem um princípio, um meio e um fim. Oferece ao leitor alguma coisa: [...] uma cena que desenvolve um tema ou ideia, uma mudança na direção da trama atribuída a um único evento ou acidente [...]. Cada capítulo tem seus negócios a cumprir, e cumpre. Começo-meio-fim. Mininarrativas. Giros na trama. Finais eficazes."*[125]

Durante o Modernismo, a importância dos capítulos chegou a ser questionada. Em razão do desprezo de tudo o que era vitoriano[126], modernistas como Joyce, Woolf e Faulkner mostraram seu desdém quanto aos capítulos.[127] Ainda bem que os capítulos resistiram. Os capítulos, justamente por pontuar intervalos narrativos, mostram ao leitor tudo o que é importante no momento certo.

Sempre divida sua história por capítulos. Além de os capítulos separarem os momentos narrativos, funcionam como recurso de suspense. Ao terminar um capítulo, o leitor se pergunta: "O que vem agora?"

Outra coisa: tenha predileção por produzir capítulos curtos. Capítulos curtos, psicologicamente, ajudam muito o leitor. Ao deparar-se com um de três páginas, por exemplo, o estímulo em continuar a leitura será bem diferente se o leitor se vir diante de dez páginas. E caso o leitor seja daqueles que leem antes de dormir, isso faz uma diferença danada!

Bem, é sua vez. Escreva sua primeira página. Caso tenha vontade de escrever o primeiro capítulo inteiro, faça-o. Ah, prefere arriscar-se e escrever o livro todo? Ótimo, afinal você adquiriu este livro para isto: ajudá-lo, de alguma maneira, a escrever o seu.

125. FOSTER, Thomas C. *Para ler romances como um especialista*, São Paulo: Lua de Papel, 2011, p.83.

126. A era vitoriana ocorreu de junho de 1837 a janeiro de 1901, em meados do século XIX, portanto. Esta era deu-se no Reino Unido no período do reinado da rainha Vitória.

127. FOSTER, Thomas C. *Para ler romances como um especialista*, São Paulo: Lua de Papel, 2011, p.80.

Escreva sua primeira página aqui. Óbvio que se optar por escrever todo o livro, terá que ir para o seu computador...

PARTE II

O VISUAL

“Mas já que se há de escrever, que ao menos não se esmaguem com palavras as entrelinhas.”

Clarice Lispector,
Para Não Esquecer.

14. O *DESIGN* DO LIVRO

Design é forma. Em qualquer coisa/objeto que você observar à sua volta, existe *design*. Um carro tem *design*. Arquitetura tem *design*. O seu celular. Uma cadeira, ou qualquer outro tipo de móvel. A garrafa tradicional da Coca-Cola? *Design* tão poderoso que sequer precisa do nome do produto para que saibamos tratar-se do refrigerante. O fusca? Qual o ser humano, mesmo as crianças desta nova geração, a geração Alpha, que não seria capaz de identificar esse lendário veículo pela sua forma?

> *"Design é uma palavra inglesa que significa projeto. Grosso modo, criar algum objeto, projetar sua funcionalidade, sua utilidade, e dar a esse objeto uma forma para que ele faça parte da sociedade, especialmente a de consumo, é fazer design. [...] O design está em tudo. [...] não importa se bonito ou feio. [...] eletrodomésticos, aviões, barcos, máquinas, brinquedos, roupas [...]"*[128]

Está claro, portanto, que a identificação de um tipo de produto (coisa/objeto) é feita por meio de sua forma, o seu *design*. Outros atributos estão envolvidos na construção de um produto; todavia, para nós, a forma vem em primeiro lugar. Exemplo: sabemos que uma roda é uma roda em razão de seu formato. Um garfo, ou uma colher, só é possível de ser percebido como tal porque aprendemos, desde criancinhas, que a forma o identifica.

Alguns objetos, por já fazerem parte de nossas vidas, nem nos damos conta de que possuem *design*. Os talheres, como já citado; o lápis; o parafuso, a chave de casa, e por aí vai. Essas coisas que nos rodeiam e à cuja forma nunca damos atenção possuem o que alguns classificam de "*design* invisível". "Quanto mais mundano o objeto (um lápis, um livro), menos pensamos em seu *design*", apontou Richard Hendel.[129]

128. CESAR, Newton. *Direção de Arte em Propaganda*, 10ª ed., Brasília: Editora Senac, 2013, p.111.

129. HENDEL, Richard. *O Design do Livro*, Tradução: Geraldo Gerson de Souza e Lúcio Manfredi, São Paulo: Ateliê Editorial, 2003, p. 1.

Muito bem, tratar o *design* apenas pelo aspecto da forma pura e simples é uma coisa, mas quando o *design* é trabalhado como fator de diferenciação (e há tempos sempre o tem sido), o tom da conversa verte para outro rumo. No instante em que o *design* sai do "invisível" para ganhar força comercial, a exclusividade da forma é predominante à primeira vista.

E o livro, nesse contexto, não poderia ficar à margem. É certo que o livro se enquadra no *design* invisível quando o que está em questão é simplesmente o significado do que está nele escrito, e não a forma como o texto está sendo apresentado. Mas se pensarmos no mercado e no livro como um produto que precisa atrair o leitor; oferecer leitura confortável e um visual, além de impactante, agradável, o *design* ganha força. É justamente para trabalhar esse visual que a figura do *designer* gráfico aparece. Há, contudo, a necessidade de uma distinção entre o *design* gráfico e o *design* gráfico editorial.

> *"O design gráfico é usado para comunicar visualmente uma mensagem específica e é avaliado pela engenhosidade que tem para fazer o design dizer alguma coisa. A mensagem está tanto na forma de dizer, na maneira como as palavras se apresentam, quanto nas palavras em si."*[130]

O *design* gráfico editorial, onde o livro se enquadra, difere do *design* gráfico por uma razão simples: a propaganda só não basta. Ou seja, além de serem levados em consideração o livro como produto de venda, o *marketing* e a mensagem visual a ser comunicada para o público, o *design* gráfico editorial está a serviço da palavra, enaltecendo-a, fazendo com que o texto ganhe ainda mais força. O que importa ao profissional que trabalha com *design* gráfico editorial – especialmente com livros – não é a sua autoexpressão artística, e sim a expressão do livro.

130. Ibidem, ps. 4-5.

E, afinal, por que o leitor-escritor precisa entender de *design* gráfico editorial se tudo o que deseja é escrever? Porque mesmo que você não faça o *design* do seu próprio livro, quando se deparar com o que foi feito, é importante ter subsídios para analisá-lo. Gosto pessoal é apenas um deles. Só este quesito, contudo, não basta.

Normalmente, as editoras não permitem que o autor interfira no *design* do livro. Miolo e capa, por contrato, são responsabilidades da editora. Por consideração e gentileza, porém, a maioria delas envia o projeto para o autor antes de submeter o livro à impressão. É de bom-tom você entender o que está aprovando, independente de saber tecnicamente como o *designer* chegou àquele resultado.

Outra possibilidade é a de que você, caso tenha conhecimento para trabalhar com programas gráficos como o CorelDraw, InDesign, Illustrator e/ou Photoshop, opte por desenvolver o *design* do próprio livro.

Este *Do Livro ao Livro* não o transformará num especialista em *design* – claro que não. Pode ser que você seja um. O mais provável, todavia, é que não o seja. Não sendo, vale a pena atentar para o seguinte:

- Um livro se faz apenas com texto? Você já entendeu que não. O original de um autor, enquanto texto, é apenas narrativa. Numa metáfora: é um corpo com órgãos, cérebro (conteúdo), mas sem roupa. O *design* é a roupa.
- Até que ponto o *design* é realmente importante num livro de ficção, ou em qualquer outro livro? Na medida em que o livro amplia a possibilidade de significados por meio de sua forma, dúvida de sua importância não resta. "...dar aos leitores a oportunidade de verem as palavras num contexto inesperado poderia forçá-los a pensar sobre o que o autor estava dizendo."[131]

131. Ibidem, p. 11.

Não obstante, há quem diga que o *design* não tem influência direta na venda do livro. Quantos são os leitores que escolhem o livro pela capa? Quantos são aqueles que compram o livro só porque este apresenta uma ilustração legal ou um tipo de letra e entrelinhas confortáveis? Não tenho a resposta. Há uma gama de ações envolvidas na divulgação e venda de um livro: assessoria de imprensa, *marketing*, exposição. Se usarmos os quatro pês da propaganda – *Produto, Preço, Praça e Promoção* –, o livro não escapa dessa lógica. Com isso, fácil é entender que o *design* se enquadra em apenas um dos itens, o *Produto*.

Temos ainda que considerar um mistério nunca antes revelado neste país, quiçá no mundo: por que alguns livros viram *best-sellers* e outros não? Como a resposta para tal questionamento não passa apenas pela "qualidade" do texto literário, tampouco somente pelo *design*, prefiro me ater ao seguinte: grosso modo, se você pode sair para a rua com a sua roupa de passeio, por que sairia usando a sua velha roupa de ficar em casa? Ou seja, se o seu livro pode sair bem "vestido", contando com o melhor *design* para ser apresentado ao mercado, por que não o fazer?

Daí, outra pergunta: como apresentar/vestir o livro? Eis, de novo, a importância do *design*.

Os elementos do *design* do livro – ao menos os principais – serão expostos mais à frente. Por hora, importante seria você entender a distinção entre alguns tipos de livros, e, caso não saiba, descobrir as partes que o compõem.

OS PRINCIPAIS TIPOS DE LIVROS:

- Livro-texto – Aquele que possui apenas texto – simples assim. Nada de ilustrações ou imagens. Se tanto, um gráfico. Um ícone. Uma abertura diferenciada de capítulos (podendo ou não ter imagens nessa abertura). O livro-texto tanto pode ser um livro de ficção, uma biografia ou um livro técnico.

- Livro ilustrado – O livro ilustrado é aquele onde texto e imagens se justapõem. Imagens podem ser fotografias ou ilustrações, tanto faz. O importante no livro ilustrado é que a imagem tem papel importantíssimo no "complemento" do texto. Noutras palavras, a imagem reforça o texto, ou com o sentido de esclarecê-lo, ou de ampliar a mensagem. Um excelente exemplo de livro ilustrado ficcional é o da literatura infantil.
- Livro de arte – O que predomina nesse tipo de livro são as imagens. O texto é apenas um "coadjuvante". Podemos ter um texto introdutório, pequenos parágrafos, ou apenas legendas de fotos, não mais.
- Livros Pop-up e 3D – estes tipos, via de regra, reúnem texto, ilustrações e arte. Entre os exemplos estão os livros infantis. Aqueles em que, ao serem abertos, partes do livro literalmente saltam aos olhos. Exemplificando melhor: é um livro com dobraduras que ganham volume e forma quando aberto.
- Livro-imagem – este tipo não é muito conhecido entre o público, embora não seja novidade. São livros onde apenas imagens (podendo ser fotos ou ilustrações) contam uma história.

Alguns ilustradores possuem a capacidade de contar uma história somente com imagens. Destaco o Rogério Coelho, um grande amigo. Seu livro *O Barco dos Sonhos*, da editora Positivo, conquistou vários prêmios: Prêmio Jabuti, em 2016; o HQMIX para desenhista nacional; e medalha de ouro na categoria "children's picture books" (para todas as idades), no Independent Publisher Book Awards, 2017, na edição americana, pela Tilbury House Publishers.

PARTES QUE COMPÕEM UM LIVRO:

Basicamente, o miolo de um livro – a capa será tratada à parte – é composto de três partes, a saber: pré-textual, textual e pós-textual.

Os itens da parte pré-textual e pós-textual podem variar conforme cada tipo de livro. Nem sempre um livro terá prefácio, posfácio, bibliografia ou índice remissivo, por exemplo. No caso do livro de ficção, na verdade, é raro esses itens aparecerem. De todo modo, citarei todos os itens que compõem as partes de um livro.

PRÉ-TEXTUAL:

- Falsa folha de rosto – a primeira página, somente com o título do livro;
- Folha de rosto – página com título do livro, nome do autor, logomarca da editora, número de edição, se for o caso, e ano da publicação;
- Página de créditos – o texto de *copyright*, créditos da editora e dos profissionais que trabalharam na obra. Normalmente são: editor, diagramador, *designer* gráfico, capista, ilustrador, revisor, e por aí vai; ficha catalográfica, dados da editora e ano de publicação;
- Dedicatória;
- Epígrafe – nem sempre aparece, mas, quando existe, trata-se de uma citação, frase ou pensamento de outro autor, reproduzidos em destaque;

- Sumário/Índice – sumário é a enumeração das principais divisões, seções e demais partes do trabalho, conforme aparecem no texto, indicando o número da página de cada divisão (vem no início); índice é a lista de nomes ou assuntos, diferenciando-se, portanto, do sumário, mas muitas vezes se confundindo com ele (aparece no final);
- Prefácio – texto de outra pessoa, que não o autor, apresentando a obra;
- Agradecimentos;
- Introdução.

Dois outros itens: lista de abreviaturas e siglas, e lista de ilustrações – podem vir tanto nessa parte pré-textual quanto no final, na parte pós-textual.

Em tempo: no caso da ficção, o sumário, prefácio, introdução, abreviaturas e siglas dificilmente estarão presentes. E na literatura infantil, o nome do ilustrador normalmente entra na folha de rosto.

TEXTUAL:

É o miolo do livro. No caso da ficção, a história narrada, dividida em capítulos.

PÓS-TEXTUAL:

- Posfácio – de modo geral, o mesmo que prefácio. Ou seja, um texto explicativo, um adendo, quase uma apresentação da obra, só que entra no final do livro;
- Bibliografia – a lista de obras de consulta e referência;

- Índice onomástico ou índice remissivo – diferente do sumário, o índice é uma lista de palavras, frases, nomes, etc. ordenadas com determinado critério. Os mais comuns são o índice onomástico (lista de nomes dos autores citados na obra, indicando suas devidas páginas) e o índice remissivo (lista dos principais assuntos tratados na obra, indicando as páginas em que aparecem).
- Glossário;
- Apêndice;
- Colofão ou cólofon – uma referência à produção do livro, indicando o papel usado, a tipografia escolhida e a gráfica que imprimiu a obra. O colofão aparece sempre na última página, e, às vezes, a editora encontra uma maneira mais poética de tratar estas indicações, lançando mão de uma frase ou de um pequeno texto;
- Errata – bom, se foi necessário colocar uma errata no final do livro, é porque alguma coisa saiu errada!

Em tempo: No caso dos livros de ficção, o item pós-textual que normalmente aparece é apenas o colofão.

> *"O design de livro é complicado, sobretudo porque não há uma maneira única de proceder."*[132]
>
> Richard Hendel

132. HENDEL, Richard. *O Design do Livro*, Tradução: Geraldo Gerson de Souza e Lúcio Manfredi, São Paulo: Ateliê Editorial, 2003, p.xi.

15. PROJETO GRÁFICO

Usar da estética visual, lançar mão de elementos capazes de expressar características únicas, oferecendo soluções de forma, composição, equilíbrio, visibilidade e personalidade para uma peça gráfica, é fazer *design*, mas é, ao mesmo tempo, trabalhar o projeto gráfico. Isso porque, no caso do livro, o *design* gráfico é indissociável do projeto gráfico.

Alguns projetos são complexos; outros, simples. Se são resolvidos com um só esboço, ou uma série de estudos e pesquisas, não importa. O tempo? Ah! Meu querido leitor-escritor-designer, o tempo é relativo.

Áreas distintas demandam projeto gráfico. Há projeto gráfico na criação de uma logomarca e do próprio manual da marca; também em trabalhos promocionais, como cartazes, folhetos. Há projeto gráfico em embalagens. E projeto gráfico que caracteriza e diferencia visualmente um veículo de informação, comunicação e/ou entretenimento, no caso de revistas, jornais e livros. Nestes veículos impressos, o projeto gráfico editorial se faz presente ao resolver aspectos importantes, como o formato, o papel utilizado, as cores, as fontes (tipografia), a definição do número de páginas, o espaçamento/entrelinhas, as margens, imagens (fotos ou ilustrações), as seções, capítulos, a capa e os acabamentos. Tudo disposto na mais perfeita harmonia. Certo, certo... Nem sempre os projetos garantem harmonia e unidade, mas que deveriam, deveriam.

Sou da opinião de que todos os elementos visuais de um livro devem ter unidade, incluindo unidade entre capa e miolo. Daí, reforço a importância de trabalhar o projeto gráfico. Embora livros que não recebem o cuidado de serem lançados com um bom projeto gráfico existam aos montes – não raras vezes o profissional que fez a capa sequer viu o miolo –, isso não é o certo.

Quando um leitor se depara com um livro bem feito, no qual o projeto gráfico foi cuidadosamente pensado, ele percebe. Pode até não saber os motivos, mas gosta do que vê. Caso você, leitor-escritor, não tenha tido a oportunidade de pegar um livro da editora DarkSide e folheá-lo, vá até uma livraria e o faça. O projeto gráfico é realmente levado a sério. Diagramação, fotos, ilustrações, tipo de acabamento, etc., tudo é trabalhado para garantir uma das coisas mais importantes: a personalidade do livro.

É bom lembrar que a personalidade do livro sempre estará ligada ao conteúdo da obra. Um bom projeto gráfico, portanto, não deve atrair a atenção só para si, deve valorizar o texto do autor, dar amplitudes ao seu significado.

Quando me perguntam o que é um projeto gráfico, respondo: é um boneco (*layout*) impresso do livro, já no tipo de papel e acabamento escolhidos, contendo sugestão de capa, páginas iniciais, espaçamentos de margens, tipografia, aberturas de capítulo e utilização de elementos gráficos e imagens (quando for o caso).

Via de regra, apresento a capa e cerca de vinte páginas. Assim, se o livro tiver, por exemplo, duzentas páginas, vinte estarão impressas/definidas, e o restante estará em branco. Funciona para mim desse modo. Os clientes conseguem ter a visão do todo. Pode acontecer de o projeto não ser impresso, e a aprovação se dar apenas por meio eletrônico. Cada caso é um caso. Certeza que entre um profissional e outro, entre um projeto e outro, o *modus operandi* difere. Isso, porém, não vem ao caso. Importante é que você entenda o que é um projeto gráfico.

Exemplo de capa e projeto gráfico.

Este projeto contempla seis exemplares. É uma pequena coleção. O interessante nele foi trabalhar as capas de maneira que, quando juntas, uma ao lado da outra, formasse um grande painel.

De modo geral, o *design*/projeto gráfico de um livro passa por três fases: a) Concepção; b) Produção; e c) Finalização.

Na concepção, a ideia surge. Tal como acontece na fase da criação literária, ideias não aparecem do nada. Após conversa com a editora (às vezes, com o autor), o *designer* recebe o *briefing*, lê e analisa as informações nele contidas (do que trata o livro, a qual público se destina, qual o diferencial da obra, se há limitação orçamentária, coisas assim), e, em seguida, se o prazo permitir, parte para a leitura total ou parcial do original.

Isto feito, o profissional pesquisa, busca inspiração em imagens e projetos semelhantes, rabisca possibilidades, anota coisas aqui e ali, escolhe o que pode ou não fazer parte do projeto gráfico, define o formato do livro – caso este já não venha definido no *briefing* – e o acabamento (por exemplo, se terá verniz na capa; se será capa dura; miolo costurado). Pensa no tipo de imagem, quando for o caso, e nas cores a serem utilizadas; estuda tipos de fontes, e, então, parte para a produção.

Esta segunda fase nada mais é do que dar vida ao que foi concebido na mente. Sentar no computador e trabalhar as possibilidades imaginadas. Acontece de mudar uma e outra coisa preconcebida, é claro. A máquina e seus programas gráficos, afinal, permitem ao profissional explorar mais, experimentar mais.

Dias depois, *voilà*: o projeto está pronto para ser impresso ou enviado para ser aprovado, por meio de formato eletrônico (PDF). A finalização se dá quando o cliente – autor ou editora – aprova. A finalização pode ser feita pelo próprio *designer* ou por outro profissional da editora, não há regra. De todo modo, é na finalização que o livro inteiro é diagramado[133] (obedecendo o projeto gráfico aprovado), as imagens em alta resolução são inseridas (caso tenha imagem), a capa é "fechada", e os arquivos são enviados para a gráfica a fim de serem impressos.

Da definição do projeto gráfico à impressão de uma obra literária, há muitas variantes. Um livro inteiro poderia ser dedicado ao assunto. Não obstante, entender as premissas básicas lhe será suficiente. Vamos a elas:

FORMATO, NÚMERO DE PÁGINAS E TIPOS DE ACABAMENTO

O livro pode ter muitos formatos, dentre eles: 10,7cm x 17,6cm; 11,5cm x 15,5cm; 12,5cm x 18,5cm; 12cm x 20cm; 13cm x 18cm; 14cm x 21cm; 15cm x 20cm; 15cm x 22cm; 16cm x 23cm; 21cm x 21cm; 21cm x 28cm. Pode ser redondo, quadrado, retangular. O mais comum são os retangulares de 14cm x 21cm e 16cm x 23cm. A despeito do projeto gráfico (que neste caso leva em consideração também o conforto do manuseio e da leitura), dois outros fatores são determinantes na escolha do formato: o custo e o aproveitamento de papel.

Formatos menores – os livros de bolso – são interessantes pela portabilidade. Ou seja, são fáceis de carregar. Também são

133. Diagramar (paginar) vem de diagramação (paginação). Diagramar uma página ou fazer a diagramação de um livro inteiro diz respeito a distribuir o texto e os elementos gráficos na página. Nem sempre o diagramador é um designer gráfico. Pode ser um arte-finalista. Para o profissional com perfil de arte-finalista, trabalhar com base em um projeto gráfico faz toda a diferença.

economicamente mais viáveis. Contudo, perdem em visual e conforto para a leitura. Por tratar-se de um livro pequeno, as fontes utilizadas são menores, as margens e entrelinhas, idem.

Formatos médios, os tradicionais 14cm x 21cm e 16cm x 23cm, permitem o uso de fonte maior (normalmente entre corpo 10,5 a 12,5), espaçamento entrelinhas e margens mais generosas, além de valorizar o uso de imagens, quando for o caso.

Formatos grandes, 21cm x 28cm, por exemplo, serão um pouco mais incômodos para serem manuseados e levados de lá para cá, mas, em compensação, permitem trabalhar os elementos gráficos com generosidade, sem a necessidade de espremê-los.

Do ponto de vista de custo, a escolha do formato e o número de páginas serão determinantes. Isto por que as gráficas trabalham considerando o aproveitamento de papel. Um dos formatos mais tradicionais de impressão é o 66cm x 96cm. Este é o formato de uma folha inteira que será impressa. Dentro desta folha de papel, pode-se imprimir um material que ocupe toda a extensão ou apenas uma pequena parte da folha. Quando ocupa só uma parte (que é o caso de um livro), a folha é dividida partes. Estas partes serão cortadas após a impressão. No formato ideal, não haverá sobras de papel no corte, garantindo menos custo, pois não haverá desperdício.

Observe a tabela em seguida. Nela temos a folha inteira, de 66cm x 96cm, e, na sequência, esta folha dividida em partes, considerando diferentes formatos. Nos formatos 21cm x 25cm, 32cm x 24cm, 24cm x 42cm, 13cm x 22cm, 12,5cm x 21cm e 22cm x 26cm, há perda de papel. Toda a parte escura que se observa na tabela é o papel que se perde nesses formatos. Assim sendo, o formato escolhido para o livro impacta diretamente no custo por essa razão. Não que não se possa fazer um livro fora dos formatos padrões; pode-se, desde que se pague por isso.

APROVEITAMENTO DE PAPEL (FOLHA 66CM X 96CM)

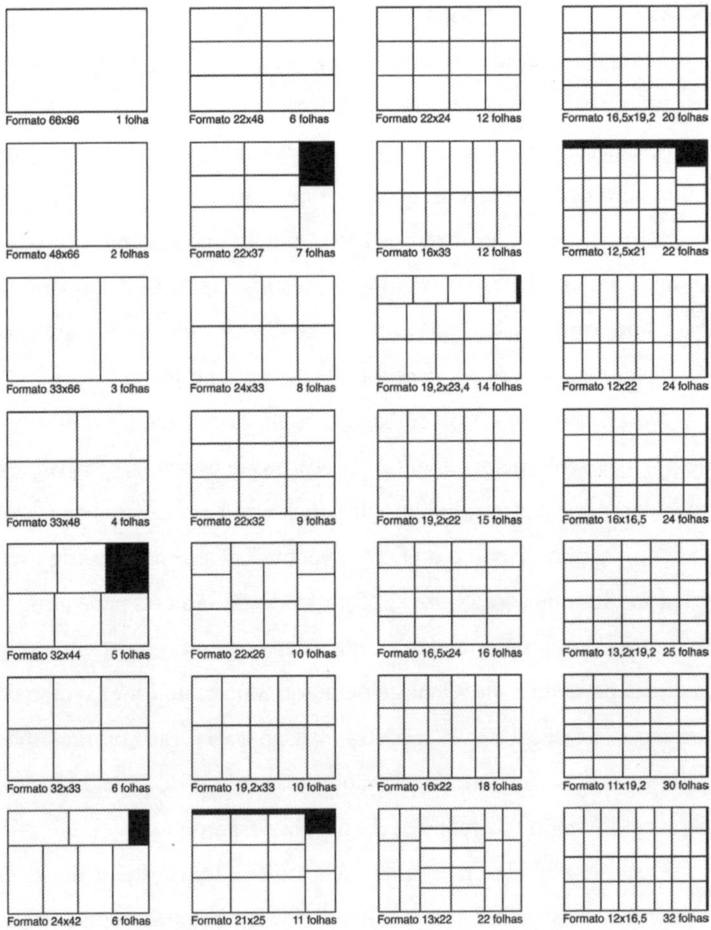

O mesmo raciocínio vale para a definição do número de páginas de um livro. Para evitar desperdício de verba na impressão, sobra de papel é desaconselhável. E sobra de papel, nesse caso, é página em branco. Você já deve ter lido algum livro que, no final, traz duas, às vezes até quatro páginas em branco, certo? Ainda que nelas nada esteja impresso, o custo da impressão foi cobrado.

Explicando melhor: o livro é impresso em cadernos. Ou seja, o conjunto de páginas (caderno), gravado na chapa de impressão, é impresso na folha. Um livro é impresso em cadernos de 8, 16 ou 32 páginas. Isso quer dizer, repito, que a gráfica faz a montagem desses cadernos e os imprime. Se considerarmos o exemplo da folha inteira, então a gráfica imprime os cadernos na folha inteira, 66cm x 96cm. Após impressos na quantidade determinada (em geral, as editoras imprimem de 2.000 a 3.000 cópias de um livro), o material vai para dobra, costura e montagem de caderno, cola e corte – que é o mesmo que refilar.

Observe este livro em suas mãos. Este mesmo que você está lendo. Se reparar bem, perceberá que em alguns lugares será possível ver a costura no meio. Eis um caderno costurado. Este livro possui 324 páginas, com cadernos impressos, costurados e colados na lombada. Um livro, então, pode ter um, dois, dez, ou mais cadernos costurados. Estes cadernos é que fecham o número de páginas. Ficou claro? Certo, devagar com o andor.

Outro exemplo: um livro de 232 páginas equivale a 29 cadernos de 8 páginas. Como cheguei nessa conclusão dos 29 cadernos? Dividi 232 por 8. É justamente nesse ponto do "*oito*" que o profissional que determina o número final de páginas de um livro precisa ficar atento. Este número final é aconselhável ser múltiplo de 8. Sendo, não haverá desperdício no fechamento dos cadernos. Há casos, porém, em que o texto não atinge o número exato de páginas. Não é falha, é consequência. São nesses casos que sobram as páginas brancas no final do livro.

Voltemos ao exemplo das 232 páginas. E se o texto, nesse caso, terminasse na página 229, o que faríamos? Se o texto não pudesse terminar na página 231 (a 232 seria usada para o colofão), então teria que terminar na 223, considerando usar a 224 para o colofão. Entendeu a lógica do múltiplo de 8? 232 - 8 = 224. Porém, vamos considerar que, por mais que o profissional da arte tenha apertado daqui e dali, não conseguiu encaixar todo o texto nas 223. Solução? Deixar como está. Assumir as 229 páginas de texto, mais as duas em branco, mais a página do colofão, fechando o livro em 232 páginas. E se o texto ultrapassasse a página 232? Problema igual: o número seguinte, múltiplo de 8, seria 240.

Ah, mas pode-se considerar múltiplo de 4 e não de 8? Isso não facilitaria as coisas? Pode. Isso, por um lado, sim, facilitaria as coisas. No caso do exemplo do texto que ocupou 229 páginas, que não foi possível apertar para que o livro terminasse em 224, poderia ser possível saltar para 228. Mas acontece que não se costura sozinho um caderno de 4 páginas. Assim sendo, estas 4 páginas precisariam ser incorporadas em algum outro caderno do livro. O que significaria, por exemplo, que para um livro de 228 páginas a gráfica teria que imprimir 6 cadernos de 32 páginas (192 páginas) + 1 caderno de 16 páginas e 1 de 20 páginas, o que nos daria o total das 228. Nesse caso, é aconselhável uma consulta à gráfica quanto ao número de cadernos diferentes no mesmo livro (cadernos de 32, 16 e 20 páginas), e avaliar o impacto no custo final. E saiba: aqui é apenas um exemplo. Há muitas maneiras de fazer montagens de cadernos.

Só para ficar ainda mais claro: esse processo de impressão, dobra, corte e costura dos cadernos é automatizado, portanto, tudo o que puder seguir um padrão terá custo mais atraente daquilo que não puder seguir.

E a respeito do acabamento?

O que é um acabamento de livro?

Capa dura é um tipo de acabamento. Fazer laminação na capa, outro tipo. Aplicar verniz no título ou em parte da imagem da capa, outro. Costurar o miolo, ou seja, costurar os cadernos do livro no lugar de apenas colá-los, outro tipo. O papel utilizado tanto em capa quanto no miolo do livro também se enquadra no tipo de acabamento. Essas coisas impactam o custo final em razão de suas específicas necessidades.

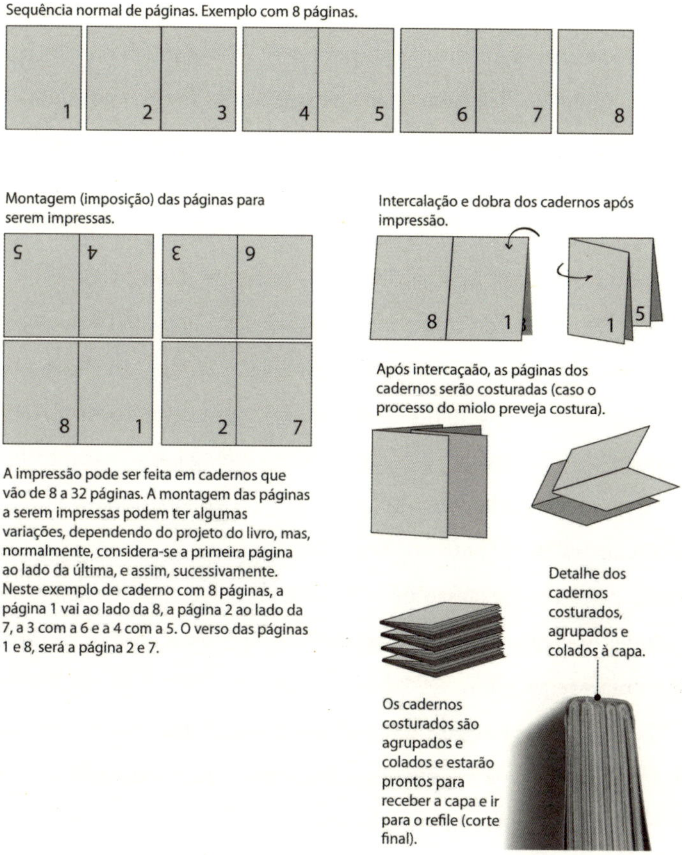

Exemplo? Certo. Aplicar o verniz – brilho que às vezes você vê em uma parte da capa – requer passar a capa uma vez mais na máquina de impressão. As impressões gráficas, caro leitor-escritor-designer, são feitas no sistema chamado quatro cores. A combinação dessas cores (preto, *cyan*, magenta e amarelo[134]) é a responsável pela formação de todas as outras. Desse modo, as gráficas imprimem com base nessas quatro cores. Para imprimir, são usadas chapas de impressão, cada uma de uma cor. Quatro chapas, portanto. A folha a ser

134. Na linguagem gráfica, este sistema é conhecido como CMYK – Cyan (azul), Magenta (um rosa-pink, quase vermelho), Yellow (amarelo) e BlacK e que, portanto, é preto.

impressa passa pela máquina quatro vezes, uma cor se sobrepondo à outra. Ao se aplicar verniz na imagem, esse verniz entra como se fosse uma quinta cor. Há uma chapa de impressão nova apenas para o verniz. Por essa razão, a aplicação encarece. Da mesma forma, aplicar uma cor dourada ou prateada (consideradas cores especiais, pois não fazem parte das quatro cores citadas) requer uma chapa a mais.

Acima, falei em laminação. Vou esclarecer. Laminação é uma lâmina plástica (ou de outro material) adesiva, bem fina e transparente, que se aplica sobre o papel impresso. A laminação (brilho ou fosca são as mais comuns) é recomendada para diversos fins. Além de aumentar a espessura e a rigidez do papel, garante mais brilho no impresso, ou pode deixá-lo mais fosco – dependendo do tipo de laminação, até aveludado –; protege de desgastes e desbotamentos; protege de riscos e excesso de manuseio; protege contra manchas – alguns leitores possuem mãos gordurosas –; proporciona um acabamento mais requintado.

Existem vários tipos de laminação e de verniz. Para que você possa perceber a diferença e as possibilidades, que tal visitar uma gráfica? Até que você faça a visita, vamos em frente.

Na produção de livros, você já percebeu, são considerados acabamentos: corte e vinco (dobra), costura, cola, laminação. Estes, na maioria das vezes, nem nos damos conta de que são considerados acabamentos. Há, contudo, os mais evidentes: aplicação de verniz, impressão em cores especiais, capa dura – as capas tradicionais são chamadas de brochura –, capa dura com sobrecapa e luva, faca (que nada mais é do que um recorte diferenciado, que fuja ao padrão do corte reto).

E da próxima vez que você pensar que seu livro poderia ter este ou aquele tipo de acabamento, saiba que os limites técnicos são irrisórios. Quase tudo que se imaginar é possível de ser feito. O limite, na verdade, é financeiro.

Em tempo: o papel, além de impactar no custo de produção, influencia no peso do livro, na estética visual e no conforto da leitura. Papéis de baixa gramatura deixam o livro mais leve. Papel-jornal, por exemplo, é um deles. Muito usado em livros de bolso, é um papel barato. Esteticamente, contudo, não é dos melhores. Imprimir um livro que tenha imagens nesse tipo de papel não é recomendado, caso o objetivo seja valorizar a imagem. Livros com imagens, além de requererem papéis de gramaturas mais elevadas (normalmente de 90 a 180 gramas), pedem um tipo que tenha absorção de tinta diferente do papel-jornal.[135] Papel *couché* fosco (mate) ou *couché* brilho são os mais utilizados nesse caso.

Outra questão a ser considerada sobre a gramatura é a transparência. Mesmo que o livro seja apenas de texto, se impressos em papel de pequena gramatura (de 75 gramas para baixo), a transparência já dá o ar da graça, deixando a leitura desconfortável. O conforto da leitura melhora sensivelmente quando se usa papel de 80 ou 90 gramas para cima. Papéis com menos intensidade de reflexão de luz, ou os conhecidos como *off-white*, por exemplo: Pólen (soft ou bold) ou o Chambril Avena, por terem a tonalidade diferenciada (creme), conferem também, além do conforto visual, uma elegância que o papel branco nem sempre é capaz.

Há que se considerar, entretanto, que o resultado das cores impressas num papel *off-white* "amarelado" será diferente se comparado ao papel branco. Esta é uma das razões de a maioria dos livros de imagens serem impressos em papel *couché* ou, dependendo do caso (e o caso trata-se orçamento mais barato), em papel *offset*.

A diferença entre os dois? *Offset* é um papel comum, produzido para uso em impressões gráficas. Seu nome, aliás, refere-se a este sistema de impressão *offset* – essa impressão gráfica tradicional, para grande quantidade, que todos nós conhecemos. É um produto bom, mas quando o objetivo é qualidade além do que ele pode oferecer, o papel *couché* oferece mais. O *couché*, na verdade, nada mais é do que o papel *offset* recoberto

135. O papel-jornal absorve muita tinta. Em linguagem gráfica, ouve-se dizer que é um papel chupão. Borrar a impressão ou decalcar uma imagem não é raridade quando se imprime nesse papel.

com revestimento que tem a finalidade de proteger as fibras, deixá-lo mais liso e capaz de absorver uma carga menor de tinta. Em razão de seu revestimento, a impressão fica mais vistosa, se comparado ao *offset*.

No mercado existem muitos tipos de gramaturas de papéis. Os mais conhecidos para impressão de jornais, revistas ou livros, são:

- Papel-jornal – possui as mesmas características do *offset*. O que o diferencia é ser mais simples e um pouco mais "sujo" do que o *offset*[136] – meio acinzentado. Sua gramatura geralmente vai de 45 a 60 gramas.
- *Offset* (sulfite) – um papel poroso e sem revestimento. A gramatura varia de 50 até cerca de 300 gramas.
- *Couché* – apesar de ser um papel comum, em razão do revestimento que recebe, é mais liso, mais resistente e oferece qualidade elevada em comparação ao *offset*. Normalmente, a gramatura vai de 63 a 350 gramas.
- Supremo e supremo duo design – intermediário entre *offset* e *couché*. O papel supremo é um tríplex, papel-cartão de boa qualidade, que tem a camada de revestimento em apenas um dos lados. O supremo duo design trata-se do mesmo, só que leva a camada de revestimento em ambos os lados. Normalmente é muito usado em cartões de visita e capas de livros. As gramaturas vão de 200 a 400 gramas, aproximadamente. Para capas de livro, a gramatura mais comum é 250 ou 300 gramas.
- Papéis *off-white* (pólen, avena, entre outros) – São papéis *offset* melhorados, tratados para refletir menos luz. Normalmente, as gramaturas vão de 70 a 90 gramas. São

136. Há uma versão mais clara e menos "suja" do papel-jornal, conhecida como Bright.

os tipos preferidos pelas editoras, para garantir conforto na hora da leitura.

Pela extensa quantidade de papéis e suas gramaturas, aquela sugestão de você visitar uma gráfica para conhecer mais a respeito continua. Outra maneira bem simples de você observar alguns papéis em que os livros são impressos, sentindo a textura e espessura, é tê-los em mãos. Puxe alguns livros aí da sua estante. Ou, na sua próxima visita a uma livraria, vá direto à última página de um livro. Na última página dos livros conforme você já leu, existe o colofão – pelo menos em 90% dos casos estão lá. Nele, só para lembrar, a editora descreve o tipo e a gramatura do papel nos quais o livro foi impresso.

TIPOGRAFIA

"Se a escrita é a cópia da língua falada, a tipografia é o modo de representação", escreveu Vicente Gil.[137] O *tipo da escrita* não apenas representa o dito, ele o faz – no caso do *design* – com base na estética visual. Nesse sentido, sendo a tipografia visual, ela faz parte dos elementos de composição da página. Dispô-la ordenadamente, considerando os espaçamentos (entre palavras, de entrelinhas e margens); o tamanho da fonte; o equilíbrio entre título, subtítulo, texto e as citações; e a família do tipo utilizado, é o que possibilitará conforto, legibilidade e harmonia ao texto. Noutra avaliação: não se trabalha a tipografia tão somente à busca de conforto, legibilidade e harmonia, mas também para agregar valor à personalidade do livro.

Veremos à frente a tipografia e sua utilização no projeto gráfico editorial. Antes, contudo, um esclarecimento quanto às diferenças entre tipo e fonte, e tipologia e tipografia.

137. GIL, Vicente. *A Revolução dos Tipos*, Tese de doutorado, São Paulo, 1999, p.6.

TIPO E FONTE

A característica, ou a forma que define a fonte é o seu tipo. Desenhar uma letra (caractere) é desenhar um tipo. O tipo de letra pode ter, nos dias de hoje, infinitas variações em sua anatomia. O ato de desenhar e criar não conhece estagnações. O novo sempre vem. Dentre as infinidades anatômicas, elementos de fácil identificação visual são a serifa ou a ausência dela (ver imagem). Todavia, para nós – e considerando o objetivo deste livro –, entender o significado de tipo, e não ficar conjecturando a respeito das suas variações anatômicas, é o que nos importa.

Tipo é, portanto, cada um dos caracteres tipográficos. E são os tipos (caracteres) e o conjunto destes caracteres de um mesmo estilo que denominamos fonte. Times New Roman é um tipo. O conjunto de seus caracteres (tamanhos, caixa alta e baixa – que é o mesmo que letra maiúscula e letra minúscula –, pontuações, acentos) e suas variações de família (normal/regular, bold/negrito e itálico) constituem a fonte. Como à nossa disposição temos sempre todos os caracteres e sua variação de família, é corriqueiro o uso do termo *fonte* para tudo, ou quase tudo, que se referir ao texto.

**A ANATOMIA DO TIPO, CLARO, SOFRE VARIAÇÕES DE TIPO PARA TIPO.
HÁ TIPOS ONDE OS EIXOS SÃO DIFERENTES OU AUSENTES.
HÁ TIPOS SEM SERIFA, ETC.**

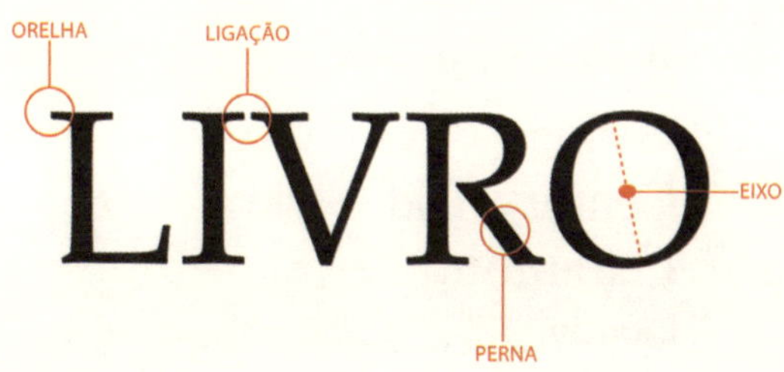

Futura
Frutiger
Helvética
Impact
Kabel
Lucida Sans
Optima
Univers

Exemplo de tipos sem serifa.

Antigo

Variação de traços grossos e finos

Baskerville
Caslon
Century Old Style
Garamond
Goudy
Palatino-Roman
Times

Exemplos de tipos antigos

Moderno

O desenho é mais reto

As serifas das caixasbaixas são horizontais e mais finas que os tipos antigos.

Bodoni
Century Schoolbook
Tiffany
Times Bold
Weiss
Xerox Serif Wide

Exemplos de tipos modernos

Decorativos

Ballet Engraved
Fox Script
Future
NOUVEAU
TOY BLOCK

Exemplos de tipos decorativos/fantasia

Manuscritos

English
Libby Script
Lino Script
Madstone Script
Nuptial Script

Exemplos de tipos manuscritos

TIPOLOGIA E TIPOGRAFIA

Eis um assunto espinhoso entre os *designers*. Há quem afirme que o termo tipologia não é adequado. Tipografia, e apenas esta nominação, seria a correta. O debate existe por uma razão: tipologia não é voltada apenas para o texto. Pode estar relacionada à arquitetura, psicologia, teologia, e por aí vai. Salvo engano, na arquitetura, estuda os tipos elementares que podem constituir determinadas normas da linguagem arquitetônica. Na psicologia, estuda a relação/correlação da constituição física e mental. Na teologia, aborda a simbologia das coisas/pessoas do Antigo Testamento, pressupondo manifestações da realidade presente no Novo Testamento.

Tipologia é um método-estudo-científico de categorização, daí sua extensa abrangência. Ou seja, a tipologia sistematiza, organiza, relaciona, correlaciona, explora as diferenças entre os seres vivos e as coisas, e estuda os tipos – não apenas os tipos gráficos, você já percebeu.

De qualquer modo, é por esta característica de estudar tipos que o termo se fortaleceu no ramo das artes gráficas. Alguns *designers*, profissionais, professores e estudiosos desta área que concordam com a distinção entre os dois termos definem a tipologia como sendo o estudo da formação e utilização dos tipos e seu conjunto de caracteres.

Em poucas palavras, a diferença entre tipologia e tipografia poderia ser descrita assim: Tipologia estuda a maneira de usar a fonte. Tipografia é a arte de criar a fonte. Todavia, ao nos aprofundarmos um pouquinho mais – só um pouquinho –, perceberemos que a tipografia também ocupa o papel da tipologia. Um profissional dos tipos, o tipógrafo alemão Wolfgang Weingart, disse: "Tipografia é transformar um espaço vazio num espaço que não seja vazio. Isto é, se você tem determinada informação ou um texto manuscrito, e precisa dar-lhe um formato impresso com uma mensagem clara que possa ser lida sem problema, isso é tipografia".[138]

Wolfgang está nos dizendo, portanto, que o trabalho não consiste apenas em desenhar o tipo, mas em dar ao manuscrito, ou à informação, o formato a ser impresso. Para tanto, o uso de todos os elementos que compõem o trabalho com o texto é imperativo – ou seja, desenhar ou escolher o tipo disponível, trabalhar entreletras, entrelinhas, margens, colunas, etc. Esses elementos são responsáveis pelo formato da mensagem impressa a qual se referiu Wolfgang.

Não bastasse, ele nos revela que:

> *"Tipografia pode também ser algo que não precisa ser lido. Se você gosta de transformar partes dessa informação em algo mais interessante, pode fazer algo ilegível para que o leitor descubra a resposta. Isso também é possível, e isso também é tipografia."*[139]
>
> *"Escrita à mão é tipografia. Fazer letras à mão também é tipografia. Tipografia é a arte de escolher o tamanho correto, o comprimento certo da linha, de escolher as diferentes espessuras das informações do texto. Ela pode incluir cor, que dá outro significado à palavra. Se você imprimir algumas partes em vermelho, elas se transformam numa outra informação. A tipografia inclui regras para o uso de linhas, formas positivas [...], letras em diferentes contrastes de claro-escuro e de tamanhos pequenos e grandes."*[140]

Podemos dizer, portanto, que tipologia e tipografia são dissociáveis? Não. À medida que a tipografia também ocupa o papel da tipologia, os termos se justapõem. Por essa razão, discutir se o termo tipologia deve ou não ser empregado entre os profissionais, professores e estudiosos do *design* gráfico é bobagem. Vamos em frente.

Do grego, "tipografia" vem de *typos* (forma) e *graphein* (escrita). A história da tipografia remonta os anos 1450, isso se não citarmos

138. FERLAUTO, Claudio. *O tipo da gráfica e outros escritos*, São Paulo: Edições Cachorro Louco, 2000, p. 11.

139. Idem.

140. Idem, ibdem, p. 72.

os monges iluministas da Idade Média, que ilustravam as páginas dos livros com tipografia como se fosse arte. Os manuscritos da igreja renascentista traziam, em sua maioria, capitulares belíssimas.

Grosso modo, dois fatores marcaram o curso dessa história dos tipos trabalhados à mão. O primeiro: a invenção dos tipos móveis para impressão. O segundo: o surgimento dos tipos digitais. O computador ampliou as possibilidades de escolhas e a maneira de usar determinadas fontes e suas famílias. Se antes do computador o *designer* gráfico tinha gravada na mente a maioria dos tipos a serem usados em uma criação, a era digital transformou o universo dos tipos, disponibilizando ao usuário um número quase incontável de possibilidades. É tanto tipo disponível que fica difícil escolher.

Talvez por essa razão, algumas opções são equivocadas. Para que você, leitor-escritor-designer, não seja vítima de equívoco ao eleger, usar ou avaliar uma tipografia, siga algumas dicas.

1) Caso tenha interesse em se aventurar no projeto gráfico do seu livro, experimente. Se, por um lado, o computador dificultou a escolha das fontes – tantas são as disponíveis –, por outro, permitiu ao *designer* escolher, avaliando-a, primeiramente, na tela. Aconselho imprimir a fonte (ou fontes) escolhida – ver no papel é diferente de observar na tela.

2) Evite a utilização de fontes decorativas. Se for usá-las, nunca o faça em textos pequenos e longos. No caso de livros, sou – e sempre serei – a favor da legibilidade.

3) No miolo do livro, dê preferência a tipos com serifa. Tipos serifados transmitem elegância e segurança. Afora isso, a serifa colabora para uma leitura mais confortável,

pois a ligação entre as letras facilita o olhar. Há estudos que ameaçam esta afirmação, posto que o conforto para a leitura da fonte não reside apenas na serifa. Ainda assim, vá por mim: serifa em textos longos é bom.

Porém, cuidado quando o texto estiver num corpo muito pequeno. E se o texto estiver sobre fundo colorido, então, o cuidado precisa ser redobrado. Uma pequena falha no registro da impressão pode prejudicar totalmente a leitura. Em resumo, não opte por usar fontes serifadas muito pequenas.

E o que é considerado pequeno? Abaixo de 7. Para notas de rodapé, corpo 7 é um bom padrão. Para o texto principal do miolo, no mínimo, corpo 9. Prefiro, normalmente, de 10,5 para cima – dependerá da fonte escolhida. E saiba que fontes maiores que corpo 13 muitas das vezes serão usadas em livros voltados para jovens ou crianças. Livros para crianças, aliás, podem abusar do tipo e tamanho da fonte (quanto maior, melhor para a leitura).

4) Tipos clássicos são perfeitos para anúncios de bancos, seguradoras ou empresas que são ponderadas em sua comunicação. E igualmente são ótimos para livros.

5) Tipos modernos são bem-vindos também. A fonte usada – como você já leu – imputa personalidade ao livro. Sendo assim, ao escolher ou analisar uma fonte, observe os traços, o desenho da letra. O que lhe parece? Comportada? Tem cara de jovem, arrojada ou é espalhafatosa? Muito espalhafatosa não é legal. Na dúvida, fique com as clássicas. Textos longos se dão bem com as fontes Times Roman, Garamond, ou Palatino-Roman, por exemplo.

6) Fontes sem serifa podem ser usadas em conjunto com fontes serifadas. De modo geral, os títulos são trabalhados em uma fonte, enquanto o texto, em outra. Um tem serifa; outro não. Mas não é uma regra. Nunca é.

7) Fontes com famílias extensas são sempre melhores, pois possibilitam as variações de uso, como optar por *light*, *regular*, *medium*, *semi bold*, *bold*, *extra bold*, *italic*. Para alguns livros, especialmente os livros de não ficção, a distinção entre títulos, subtítulos, itens em destaque é feita lançando mão da família da fonte. Para os de ficção, a boa notícia é que ter uma família com três variações – *regular*, *italic* e *bold* – já é o suficiente.

8) O bom é definir uma, no máximo duas fontes para um livro. Muitas fontes servem apenas para uma coisa: bagunçar tudo.

9) Se o texto a ser diagramado for muito longo, e o espaço a ser ocupado pequeno, o tipo Times[141] é uma boa sugestão. Esse tipo exige menor espaço.

10) Fontes serifadas itálicas em caixa alta (maiúsculas) são péssimas de se ler.

11) Dentre os tipos preferidos dos *designers* de livros estão Garamond, Times, Bodoni, Frutiger, Futura, Helvética, Univers. Usar algum desses, levando em consideração a legibilidade que o texto pede, será sempre um bom começo.

12) Ao escolher uma fonte, o *designer* precisa levar em consideração os extremos de um texto. Um título pode, por exemplo, trazer três palavras ou vinte. A fonte precisa funcionar em

141. O tipo Times New Roman foi criado para o jornal inglês The Times of London, especialmente por ocupar menos espaço de texto com a mesma quantidade de informação. A fonte foi desenhada por Stanley Morison, com a colaboração de Victor Lardent, em 1929.

qualquer dos casos. A dica é experimentar o comportamento da fonte nas duas extremidades, utilizando-a no título com três palavras e no título com vinte. O peso, ou o equilíbrio visual precisa funcionar nos dois casos.

Sabemos todos que regras são feitas para serem quebradas, doutro modo não haveria novas descobertas, a evolução não ocorreria. Na literatura, nas artes, no *design* e na tipografia, se dá o mesmo. Tudo muda. A moda. Os gostos. Nada é nem nunca será absoluto. Não obstante, ao escolher e usar uma fonte, obedecer certas convenções, dentre elas, a da legibilidade, não faz mal a ninguém.

> *"[...] na impressão de livros, que supostamente são para ser lidos, há pouco lugar para a tipografia 'brilhante'. Mesmo a chatice e a monotonia são para o leitor defeitos muito menores na composição do que uma tipografia excêntrica e jocosa."* [142]

Embora a afirmação acima seja respeitosa, Marie Armitage, expande o olhar:

> *"Está provado, um livro muito difícil de ler é inútil. Mas achar que a impressão deve servir apenas à função da legibilidade é o mesmo que dizer que a única função da roupa é cobrir a nudez [...]."* [143]

Afinal, há que se valorizar ou não a legibilidade? O que Marie quis dizer? Que é necessário olhar para frente, não ficar preso ao apego fácil das tradições. Ao fazermos isso, alcançamos novos significados. A roupa que nos cobre, traduz o que somos, não apenas esconde a nudez. Transferindo o pensamento para o livro, ao diagramar a página, ao fazer a escolha dos tipos, o mundo ideal seria encontrar um projeto gráfico onde a legibilidade – em respeito ao leitor e às tradições – convivesse com a modernidade – lembrando que modernidade não é o mesmo que modismo.

142. HENDEL, Richard. *O Design do Livro*, Tradução: Geraldo Gerson de Souza e Lúcio Manfredi, São Paulo: Ateliê Editorial, 2003, p. 28.

143. Idem, ibidem, p. 16.

Isso nos remete a outra palavra: atemporal. Em resumo, significa que tratar a tipografia respeitando "tradições" e, ao mesmo tempo, evocando modernidade, é ser atemporal. Livros duram. Livros são atemporais. Pense nisso.

Em tempo: existem três extensões de fontes, pelo menos até agora. São as *TrueType* (extensão ".ttf"), *Type 1* (fontes postScript, extensão ".pfm") e o formato *OpenType* (extensão ".otf"). O *OpenType* é um projeto desenvolvido pelas empresas Microsoft e Adobe. Basicamente, combina *AdobePostScript Type 1* com o formato *SFNT TrueType* da Microsoft. Juntos, formam um arquivo de fonte compactado, e podem ser compartilhados entre sistemas operacionais diferentes.

Mergulhar nas especificidades de cada extensão daria um livro à parte. E, sinceramente, não mudaria em nada a sua compreensão sobre o papel da fonte no projeto gráfico de um livro. Claro que você pode ampliar seu conhecimento sobre o assunto. Existem muitas publicações sobre tipografia. Dentre tantas, recomendo o *Tipografia & Design Gráfico: Design e Produção de Impressos e Livros*, de Joaquim da Fonseca.

ESPAÇOS: ENTRELETRAS, ENTREPALAVRAS E ENTRELINHAS; PARÁGRAFOS; ALINHAMENTOS E MARGENS.

O que existe entre as palavras? O que se esconde nas entrelinhas? O que está dito no espaço invisível entre os parágrafos? Um bom texto se faz com conteúdo. A ficção ganha vida por meio das palavras, ditas e escritas, você já sabe. A intenção dos autores, entretanto, rompe as fronteiras. O texto – se não sempre, quase sempre – tem poder no dito e no não dito. Há significados nos hiatos, no silêncio das frases. O espaço que o texto de ficção ocupa respira e pulsa.

Espaço. Não o espaço/tempo onde a história acontece – não este. Sim o espaço que não se mede, não se vê; que se esconde no intrínseco das conotações. Este espaço é o responsável pelo tempo certo das perguntas, afirmações e descrições do leitor. Reticências que surgem para dar continuidade ao pensamento. Valiosas reticências.

Se no texto escrito o espaço é tão importante, por que não o seria no projeto gráfico? Palavras precisam respirar, textual e graficamente. Ato indispensável para o *designer* editorial: ele precisa permitir que o livro respire. Como? Sendo generoso com o espaço da página. Bons designers sabem disso. Bons editores, também.

Assim sendo, por qual razão alguns livros apresentam tipografias pequenas demais, entrelinhas apertadas, margens com pouco respiro? O principal responsável é o custo. Fontes pequenas, entrelinhas e margens apertadas resultam em um número menor de páginas. A quantidade de páginas na hora da impressão, já foi dito, impacta o custo final do livro. Quando o custo não se torna o carrasco do projeto gráfico, podemos respirar aliviados. Todos nós: editores, *designers*, autores e leitores. À liberdade para trabalhar – ou pelo menos a liberdade sem extravagâncias – sucede um projeto gráfico agradável, valorizando o criador e sua criatura (autor e livro). É levando em conta esse "mundo ideal", distante do carrasco financeiro, que vou tratar os tópicos a seguir.

ENTRELETRAS, ENTREPALAVRAS E ENTRELINHAS.

O que são?

Não há mistério. Entreletras é o espaço entre as letras. Entrepalavras, o espaço entre palavras. Entrelinhas. Bem, você já sabe. Programas gráficos – o InDesign, por exemplo –, utilizados, entre outras coisas, para a diagramação de livros, permitem ajustes de toda ordem no texto, incluindo ajuste entreletras, entrepalavras e entrelinhas. Isso é importante por uma razão simples: o *software* oferece padrões preestabelecidos, e nem sempre tais padrões são confortáveis, dependendo do tipo da fonte a ser usada. Às vezes, fechar o espaço entre uma letra e outra, uma palavra e outra, é necessário.

O primeiro critério para tal ação é, sem dúvida, o conforto visual. O segundo, a estética. Embora a estética também dependa da visão do *designer*, é notória a diferença entre espaços "esmagados" e espaços confortáveis. Veja os exemplos:

Espaço entre as letras ←——(muito espaçado)
Espaço entre as letras ←——(espaçado)
Espaço entre as letras ←——(normal)
Espaço entre as letras ←——(justo)
Espaço entre as letras ←——(muito apertado)
Espaço entre as letras ←——(apertadíssimo)

Espaço entre as palavras ←——(muito espaçado)
Espaço entre as palavras ←——(espaçado)
Espaço entre as palavras ←——(normal)
Espaço entre as palavras ←——(apertado)

Não há mistério. Entreletras é o espaço entre as letras. Entrepalavras, o espaço entre as palavras. Entrelinhas. Bem, você já sabe. Programas gráficos – o Indesign, por exemplo – utilizados, entre outras coisas, para a diagramação de livros, permitem ajustes de toda ordem no texto, incluindo ajuste entreletras, palavras, e entrelinhas. Isso é importante por uma razão simples: o software oferece padrões preestabelecidos e nem sempre tais padrões são confortáveis, dependendo do tipo da fonte a ser usada. Às vezes, fechar o espaço entre uma letra e outra, uma palavra e outra é necessário.

↑

Entrelinhas apertada demais

Não há mistério. Entreletras é o espaço entre as letras. Entrepalavras, o espaço entre as palavras. Entrelinhas. Bem, você já sabe. Programas gráficos – o Indesign, por exemplo – utilizados, entre outras coisas, para a diagramação de livros, permitem ajustes de toda ordem no texto, incluindo ajuste entreletras, palavras, e entrelinhas. Isso é importante por uma razão simples: o software oferece padrões preestabelecidos e nem sempre tais padrões são confortáveis, dependendo do tipo da fonte a ser usada. Às vezes, fechar o espaço entre uma letra e outra, uma palavra e outra é necessário.

↑

Entrelinhas normal.
Essa diferença de dois a três pontos maior do que a fonte, é um padrão muito usado.

Não há mistério. Entreletras é o espaço entre as letras. Entrepalavras, o espaço entre as palavras. Entrelinhas. Bem, você já sabe. Programas gráficos – o Indesign, por exemplo – utilizados, entre outras coisas, para a diagramação de livros, permitem ajustes de toda ordem no texto, incluindo ajuste entreletras, palavras, e entrelinhas. Isso é importante por uma razão simples: o software oferece padrões preestabelecidos e nem sempre tais padrões são confortáveis, dependendo do tipo da fonte a ser usada. Às vezes, fechar o espaço entre uma letra e outra, uma palavra e outra é necessário.

↑

Entrelinhas mais espaçada (confortável)

Não há mistério. Entreletras é o espaço entre as letras. Entrepalavras, o espaço entre as palavras. Entrelinhas. Bem, você já sabe. Programas gráficos – o Indesign, por exemplo – utilizados, entre outras coisas, para a diagramação de livros, permitem ajustes de toda ordem no texto, incluindo ajuste entreletras, palavras, e entrelinhas. Isso é importante por uma razão simples: o software oferece padrões preestabelecidos e nem sempre tais padrões são confortáveis, dependendo do tipo da fonte a ser usada. Às vezes, fechar o espaço entre uma letra e outra, uma palavra e outra é necessário.

↑

Entrelinhas muito espaçada.
Elegantes, mas desaconselháveis para textos muito longos.

Com relação às entreletras e entrepalavras, as extremidades (muito espaçado, apertado, muito apertado, apertadíssimo), como seus olhos perceberam, devem ser evitadas. E no quesito das entrelinhas, os exemplos de entrelinhas normal e mais espaçada funcionam melhor para textos longos, como os dos livros.

Estética conta. Conforto visual conta. Em meu livro *Direção de Arte em Propaganda*, demonstro mais alguns exemplos. Reproduzo-os aqui pois são importantes, especialmente no caso dos títulos.

Do livro ao livro

A arte de escrever e publicar ficção

TÍTULO COM ENTRELINHAS ABERTAS DEMAIS

Do livro ao livro
A arte de escrever e publicar ficção

TÍTULO COM ENTRELINHAS APERTADAS DEMAIS

Do livro ao livro
A arte de escrever e publicar ficção

TÍTULO COM ENTRELINHAS IDEMAIS

A arte de escrever

Na palavra arte é evidente o espaçamento diferente entre as letras. O r e t estão mais próximos, enquanto que as outras letras (o "a" de arte, por exemplo) estão masi afastadas. Não é um erro, mas se o designer preferir, pode padronizar os espaçamentos.

A arte de escrever

Aqui, a palavra arte, já com ejuste padronizado de espaçamento.

Outra coisa que vemos em alguns livros são buracos no texto, também conhecidos como dentes de cavalo – não me pergunte o porquê. Tais espaços entre as palavras são indesejáveis, além de ficarem horríveis. Nessa hora, ajustar entreletras e entrepalavras, ou hifenizar o texto, quase sempre, resolve o problema.

> Outra coisa que vemos em alguns livros, são buracos no texto, também conhecidos como dentes de cavalo, não me pergunte o por quê. Tais espaços entre as palavras são indesejáveis, além de ficar horrível. Nessa hora, ajustar a entreletras e entrepalavras, via de regra, resolve o problema.

ESPAÇOS ABERTOS DEMAIS ENTRE AS PALAVRAS QUE VOCÊ VÊ NESSE TEXTO, DEIXA O ASPECTO MUITO RUIM.

E quanto aos parágrafos e margens?

ENTRE PARÁGRAFOS E MARGENS.

Entre parágrafos, o espaço entre um bloco de texto e outro, assim como as entreletras, entrepalavras e entrelinhas, também é responsável pela harmonia e conforto visual do texto. O mesmo se dá para as margens. Veja abaixo:

Entre parágrafos (normal)

Não há mistério. Entreletras é o espaço entre as letras. Entrepalavras, o espaço entre as palavras. Entrelinhas. Bem, você já sabe.

Programas gráficos – o Indesign, por exemplo – utilizados, entre outras coisas, para a diagramação de livros, permitem ajustes de toda ordem no texto, incluindo ajuste entreletras, palavras, e entrelinhas.

Isso é importante por uma razão simples: o software oferece padrões preestabelecidos e nem sempre tais padrões são confortáveis, dependendo do tipo da fonte a ser usada. Às vezes, fechar o espaço entre uma letra e outra, uma palavra e outra é necessário.

Entre parágrafos (mais espaçado)

Não há mistério. Entreletras é o espaço entre as letras. Entrepalavras, o espaço entre as palavras. Entrelinhas. Bem, você já sabe.

Programas gráficos – o Indesign, por exemplo – utilizados, entre outras coisas, para a diagramação de livros, permitem ajustes de toda ordem no texto, incluindo ajuste entreletras, palavras, e entrelinhas.

Isso é importante por uma razão simples: o software oferece padrões preestabelecidos e nem sempre tais padrões são confortáveis, dependendo do tipo da fonte a ser usada. Às vezes, fechar o espaço entre uma letra e outra, uma palavra e outra é necessário.

Entre parágrafos (muito espaçado. Desaconselhável.)

Não há mistério. Entreletras é o espaço entre as letras. Entrepalavras, o espaço entre as palavras. Entrelinhas. Bem, você já sabe.

Programas gráficos – o Indesign, por exemplo – utilizados, entre outras coisas, para a diagramação de livros, permitem ajustes de toda ordem no texto, incluindo ajuste entreletras, palavras, e entrelinhas.

Isso é importante por uma razão simples: o software oferece padrões preestabelecidos e nem sempre tais padrões são confortáveis, dependendo do tipo da fonte a ser usada. Às vezes, fechar o espaço entre uma letra e outra, uma palavra e outra é necessário.

O espaço entre os parágrafos, quando muito grande, pode dispersar o leitor com relação à continuidade. Além disso, configura importância única para os blocos de texto. O *designer* do livro só lança mão de espaçar um parágrafo de outro quando o assunto realmente pede mais destaque, e, via de regra, isso acontece esporadicamente no texto de ficção. Os exemplos um e dois, portanto, são os mais adequados para um texto longo.

E as margens? O papel que ela ocupa de maneira nenhuma é coadjuvante no projeto gráfico. Também são as responsáveis por permitirem que a página do livro respire.

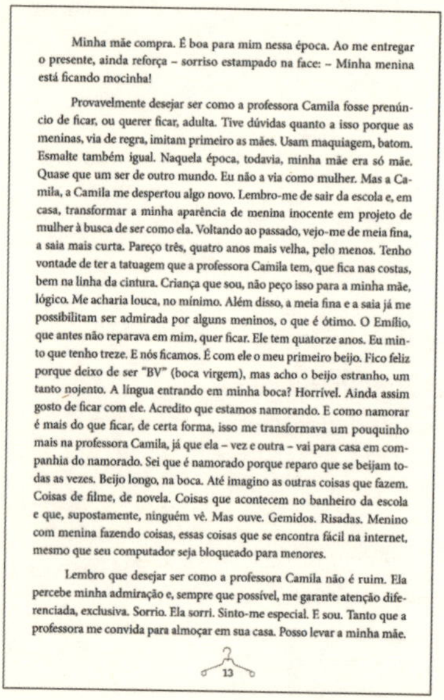

Minha mãe compra. É boa para mim nessa época. Ao me entregar o presente, ainda reforça – sorriso estampado na face: – Minha menina está ficando mocinha!

Provavelmente desejar ser como a professora Camila fosse prenúncio de ficar, ou querer ficar, adulta. Tive dúvidas quanto a isso porque as meninas, via de regra, imitam primeiro as mães. Usam maquiagem, batom. Esmalte também igual. Naquela época, todavia, minha mãe era só mãe. Quase que um ser de outro mundo. Eu não a via como mulher. Mas a Camila, a Camila me despertou algo novo. Lembro-me de sair da escola e, em casa, transformar a minha aparência de menina inocente em projeto de mulher à busca de ser como ela. Voltando ao passado, vejo-me de meia fina, a saia mais curta. Pareço três, quatro anos mais velha, pelo menos. Tenho vontade de ter a tatuagem que a professora Camila tem, que fica nas costas, bem na linha da cintura. Criança que sou, não peço isso para a minha mãe, lógico. Me acharia louca, no mínimo. Além disso, a meia fina e a saia já me possibilitam ser admirada por alguns meninos, o que é ótimo. O Emílio, que antes não reparava em mim, quer ficar. Ele tem quatorze anos. Eu minto que tenho treze. E nós ficamos. É com ele o meu primeiro beijo. Fico feliz porque deixo de ser "BV" (boca virgem), mas acho o beijo estranho, um tanto nojento. A língua entrando em minha boca? Horrível. Ainda assim gosto de ficar com ele. Acredito que estamos namorando. E como namorar é mais do que ficar, de certa forma, isso me transformava um pouquinho mais na professora Camila, já que ela – vez e outra – vai para casa em companhia do namorado. Sei que é namorado porque reparo que se beijam todas as vezes. Beijo longo, na boca. Até imagino as outras coisas que fazem. Coisas de filme, de novela. Coisas que acontecem no banheiro da escola e que, supostamente, ninguém vê. Mas ouve. Gemidos. Risadas. Menino com menina fazendo coisas, essas coisas que se encontra fácil na internet, mesmo que seu computador seja bloqueado para menores.

Lembro que desejar ser como a professora Camila não é ruim. Ela percebe minha admiração e, sempre que possível, me garante atenção diferenciada, exclusiva. Sorrio. Ela sorri. Sinto-me especial. E sou. Tanto que a professora me convida para almoçar em sua casa. Posso levar a minha mãe.

13

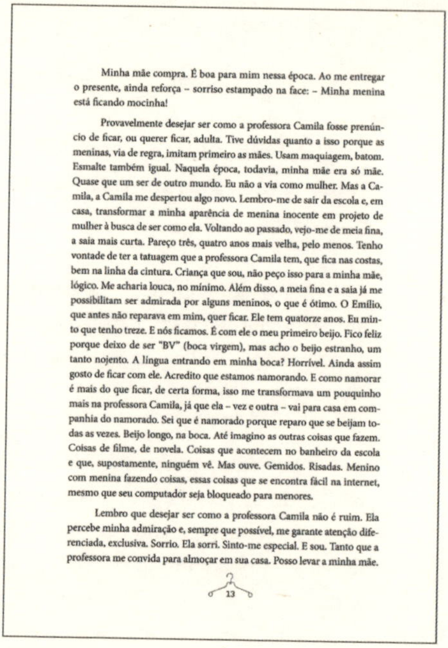

Minha mãe compra. É boa para mim nessa época. Ao me entregar o presente, ainda reforça – sorriso estampado na face: – Minha menina está ficando mocinha!

Provavelmente desejar ser como a professora Camila fosse prenúncio de ficar, ou querer ficar, adulta. Tive dúvidas quanto a isso porque as meninas, via de regra, imitam primeiro as mães. Usam maquiagem, batom. Esmalte também igual. Naquela época, todavia, minha mãe era só mãe. Quase que um ser de outro mundo. Eu não a via como mulher. Mas a Camila, a Camila me despertou algo novo. Lembro-me de sair da escola e, em casa, transformar a minha aparência de menina inocente em projeto de mulher à busca de ser como ela. Voltando ao passado, vejo-me de meia fina, a saia mais curta. Pareço três, quatro anos mais velha, pelo menos. Tenho vontade de ter a tatuagem que a professora Camila tem, que fica nas costas, bem na linha da cintura. Criança que sou, não peço isso para a minha mãe, lógico. Me acharia louca, no mínimo. Além disso, a meia fina e a saia já me possibilitam ser admirada por alguns meninos, o que é ótimo. O Emílio, que antes não reparava em mim, quer ficar. Ele tem quatorze anos. Eu minto que tenho treze. E nós ficamos. É com ele o meu primeiro beijo. Fico feliz porque deixo de ser "BV" (boca virgem), mas acho o beijo estranho, um tanto nojento. A língua entrando em minha boca? Horrível. Ainda assim gosto de ficar com ele. Acredito que estamos namorando. E como namorar é mais do que ficar, de certa forma, isso me transformava um pouquinho mais na professora Camila, já que ela – vez e outra – vai para casa em companhia do namorado. Sei que é namorado porque reparo que se beijam todas as vezes. Beijo longo, na boca. Até imagino as outras coisas que fazem. Coisas de filme, de novela. Coisas que acontecem no banheiro da escola e que, supostamente, ninguém vê. Mas ouve. Gemidos. Risadas. Menino com menina fazendo coisas, essas coisas que se encontra fácil na internet, mesmo que seu computador seja bloqueado para menores.

Lembro que desejar ser como a professora Camila não é ruim. Ela percebe minha admiração e, sempre que possível, me garante atenção diferenciada, exclusiva. Sorrio. Ela sorri. Sinto-me especial. E sou. Tanto que a professora me convida para almoçar em sua casa. Posso levar a minha mãe.

13

No exemplo acima, temos o mesmo texto com margens diferentes. No primeiro, os espaços em volta da página são mínimos, justos mesmo. No segundo, ah, que felicidade! Mais espaço. A área branca em volta da página, além de deixar o visual agradável, é um conforto para os olhos. Respiro. O livro respira – lembre-se sempre. O ideal, dito isto, seria o exemplo dois.

Assim sendo, por que alguns livros trazem os seus textos tão próximos às margens? Só há uma razão: o custo. Se o texto diagramado ocupar mais espaço na página, o resultado final será um número menor de páginas no livro. Isso, você já entendeu, impacta o custo final da impressão.

Falei nesse instante em texto diagramado – linhas acima. Caso nunca tenha ouvido o termo, tudo o que foi dito sobre os cuidados com os espaçamentos faz parte da diagramação da página. Mas, afinal, o que é diagramação?

DIAGRAMAÇÃO

Diagramar é o ato de distribuir os elementos que compõem uma página – textos, imagens, ilustrações, gráficos ou ícones – de maneira equilibrada, dando importância aos pesos de tais elementos no espaço que ocupam. Assim, trabalhar a estrutura visual, respeitando a lógica organizacional – seja lógica simétrica ou assimétrica –, é fazer diagramação. Noutras palavras:

> *"Existem vários tipos de diagrama; o desenho de um organograma, por exemplo, é um diagrama. [...] A representação por meio de gráficos, linhas ou esquema é um diagrama. Diagramação, por sua vez, é o ato de distribuir os elementos, sejam textos ou gráficos, obedecendo às lógicas do diagrama."*[144]

Às vezes, o diagrama é visível; outras, não. No caso da diagramação de revistas ou livros, muitos são os *designers* que trabalham com o diagrama visível, usando-o como guia. Nesses meios, o diagrama é tratado como grades, ou *grids*. Os *grids* são determinações prévias (linhas guias) dos espaços que os elementos irão ocupar na página.

O texto será diagramado em uma coluna? Duas? E a numeração da página, o título, subtítulo, a foto serão dispostos de que maneira? Como nem sempre a diagramação é feita pelo mesmo *designer* que criou o projeto gráfico, o *grid* ajuda para que o diagramador se guie, obedecendo à estrutura do projeto.

Grids podem ser retangulares, por colunas, modulares, e por aí vai. Cabe-nos aqui entender apenas qual a sua função, que nada mais é, como já dito, do que a de estruturar os espaços por meio de linhas guias.

144. CESAR, Newton. *Os primeiros segredos da direção de arte*, Brasília: Editora Senac - DF, 2011, p. 95.

O Grid e o design da página.

Está claro, portanto, que a identificação de um tipo de produto (coisa/objeto) é feita por meio de sua forma, o seu design. Outros atributos estão envolvidos na construção de um produto; todavia, para nós, a forma vem em primeiro lugar. Exemplo: sabemos que uma roda é uma roda em razão de seu formato. Um garfo, ou uma colher, só é possível de ser percebido como tal porque aprendemos, desde criancinha, que a forma o identifica. Alguns objetos, por já fazerem parte de nossas vidas, nem nos damos conta que possuem design. Os talheres, como já citado; o lápis; um parafuso, a chave de casa, e por aí vai. Essas coisas que nos rodeiam e nunca damos atenção à sua forma possuem o que alguns classificam de "design invisível". "Quanto mais mundano o objeto (um lápis, um livro) menos pensamos em seu design", apontou Ricard Hendel

Muito bem, tratar o design apenas pelo aspecto da forma pura e simples é uma coisa, mas quando o design é trabalhado como fator de diferenciação (e há tempos sempre é), o tom da conversa verte para outro rumo. No instante em que o design sai do "invisível" para ganhar força comercial, a exclusividade da forma é predominante à primeira vista. E o livro, nesse contexto, não poderia ficar à margem. É certo que o livro enquadra-se no design invisível quando o que está em questão é simplesmente o significado do que está nele escrito e não a forma em que o texto está sendo apresentado, mas se pensarmos no mercado e no livro como um produto que precisa atrair o leitor; oferecer leitura confortável e um visual, além de impactante, agradável, o design ganha força.

O design gráfico editorial, onde o livro se enquadra, difere-se do design gráfico por uma razão simples: a propaganda só não basta.

Espaço reservado para a imagem.

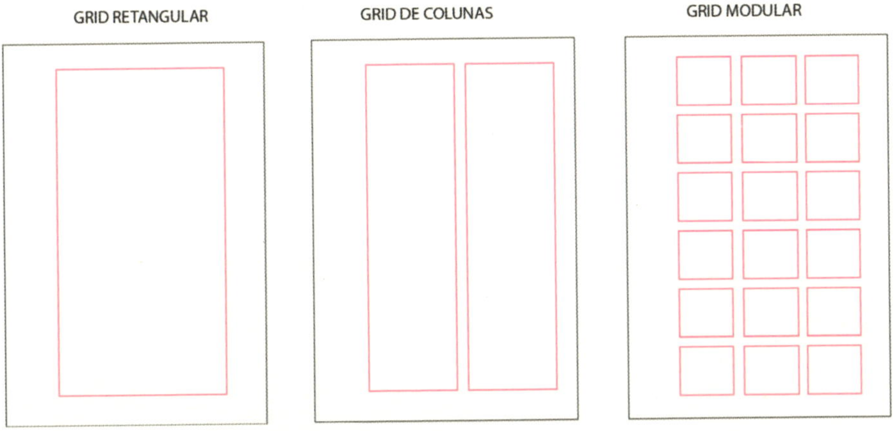

Agora que você, caro leitor-escritor-designer, já descobriu como *designers* e diagramadores organizam os elementos na página, resta saber a diferença entre uma diagramação simétrica e assimétrica.

Simétrico vem de simetria. A simetria remete a tudo o que pode ser dividido em partes, e, quando estas estão sobrepostas, ou lado a lado, são iguais. Em diagramação, a simetria é dispor os elementos considerando posições, formas e medidas com base no equilíbrio dos eixos. Via de regra, é na simetria que o *designer* obedece a alinhamentos, proporções e medidas que caracterizam a harmonia tradicional entre os elementos.

Assimetria é o contrário. A estética valoriza não o alinhamento tradicional, mas sim a ruptura da forma. Os alinhamentos que farão a composição da página são dispostos de maneira mais criativa. Funciona bem em revistas, em aberturas de capítulos. Em textos longos, especialmente nos livros de ficção, há que se tomar cuidado para que a legibilidade não seja prejudicada.

Diagramação simétrica

Simétrico vem de simetria. A simetria remete à tudo o que pode ser dividido em partes e, quando estas estão sobrepostas, ou lado a lado, são iguais. Em diagramação, a simetria é dispor os elementos considerando posições, formas e medidas com base no equilíbrio dos eixos. Via de regra, é na simetria que o designer obedece alinhamentos, proporções e medidas que caracterizam harmonia tradicional entre os elementos.

Assimetria é o contrário. A estética valoriza não o alinhamento tradicional, sim a ruptura da forma. Os alinhamentos que farão a composição da página são dispostos de maneira mais criativa. Funciona bem em revistas, em aberturas de capítulos. Em textos longos, especialmente nos livros de ficção, há que se tomar cuidado para que a legibilidade não seja prejudicada.

Diagramação

ASSIMÉTRICA

Assimetria é o contrário. A estética valoriza não o alinhamento tradicional, sim a ruptura da forma. Os alinhamentos que farão a composição da página são dispostos de maneira mais criativa. Funciona bem em revistas, em aberturas de capítulos. Em textos longos, especialmente nos livros de ficção, há que se tomar cuidado para que a legibilidade não seja prejudicada.

Na assimetria, os padrões de alinhamento e disposição do texto podem ser quebrados. Vale a criatividade. E, claro, a pertinência quanto ao conteúdo.

Do livro ao livro não é um tratado de literatura. Manual técnico, desses que poucos leem? De jeito nenhum. Do livro ao livro aborda a narrativa, o projeto gráfico de um livro, e alguns aspectos do mercado editorial, voltados para autores que buscam publicação. Levo em conta a minha experiência de transitar entre as áreas texto/arte. Esta obra, portanto, fundamenta-se na minha jornada escrevendo, publicando e trabalhando como designer editorial.

TEXTO EM COLUNAS

Do livro ao livro

A arte de escrever e publicar ficção

Do livro ao livro não é um tratado de literatura. Manual técnico, desses que poucos leem? De jeito nenhum. Do livro ao livro aborda a narrativa, o projeto gráfico de um livro, e alguns aspectos do mercado editorial, voltados

PESOS DIFERENTES PARA TÍTULO, SUBTÍTULO E TEXTO

Do livro ao livro não é
um tratado de literatura.
Manual técnico, desses
que poucos leem? De
jeito nenhum. Do livro ao
livro aborda a narrativa,
o projeto gráfico de um
livro, e alguns aspectos
do mercado editorial,

TEXTO ALINHADO
A ESQUERDA

Do livro ao livro não é
um tratado de literatura.
Manual técnico, desses
que poucos leem? De
jeito nenhum. Do livro ao
livro aborda a narrativa,
o projeto gráfico de um
livro, e alguns aspectos
do mercado editorial,

TEXTO ALINHADO
A DIREITA

Do livro ao livro não é
um tratado de literatura.
Manual técnico, desses
que poucos leem? De
jeito nenhum. Do livro ao
livro aborda a narrativa,
o projeto gráfico de um
livro, e alguns aspectos
do mercado editorial,

TEXTO
CENTRALIZADO

Do livro ao livro não é um
tratado de literatura. Ma-
nual técnico, desses que
poucos leem? De jeito
nenhum. Do livro ao livro
aborda a narrativa, o pro-
jeto gráfico de um livro, e
alguns aspectos do merca-
do editorial, voltados

TEXTO
JUSTIFICADO

A disposição do texto, incluindo o tipo de alinhamento, conforme demonstrado nos exemplos, compõe a diagramação, seja esta simétrica ou assimétrica. Distribuição dos elementos – ilustrações, fotos, gráficos ou ícones –, do mesmo modo, é preocupação importante, reforço, pois confere à pagina o equilíbrio, tanto de conteúdo quanto estético.

Todavia, outro aspecto relevante para a harmonia é a cor.

CORES

"A franja na encosta cor de laranja, capim rosa-chá
O mel desses olhos luz, mel de cor ímpar
O ouro ainda não bem verde da serra, a prata do trem
A lua e a estrela, anel de turquesa"

Caetano Veloso, *Trem das Cores*

Há cor na música,
em Caetano, cantando.
Também cor na poesia.
Na noite, no dia.
Na íris, no arco-íris.
Há cor na ação.
Cor no cor(ação).
Cor há na beleza-natureza.
Cor na alegria e na tristeza.
Cores em flores.
Cor em dores.
Na presença-ausência.
Cor no preconceito.
No feito e desfeito.
Cor na alma.
Cor que acalma.
Cor na arte.
Cor na terra, cor em Marte.
Cor que chega e que parte.
Cor na guerra. Cor na paz.
Cor leva, e cor traz.
Cor. Sempre cor.
Cor em ver, viver, ser.

Cor em tudo. Mas será mesmo tudo cor? Caso não levemos em consideração a ausência ou a presença da luz[145], o preto e o branco, no nosso dia a dia, podem ser considerados cores. Cor preta e cor branca. O preto do luto. O branco da paz. Assim os denominamos. Que assim sejam. A cor, conforme o dito, está em tudo. E tudo representa.

Afora isso, cada um enxerga e define a cor como seus olhos a entende. Para alguns, por exemplo, o azul poderá parecer verde; para outros, o inverso. Não nos cabe, porém, entrarmos nesse tipo de subjetividade da cor. Importa mesmo é você entender determinados aspectos sobre a cor e seu uso, aspectos tais que lhe possibilitarão não se tornar especialista, não isso, mas sim compreender as premissas que levam um *designer* gráfico optar pela cor *x* ou *y*.

Nesse contexto, as principais considerações sobre a cor são: a) A cor tem o papel de reforçar a identidade de uma publicação; b) É usada para destacar um título, uma frase, ou qualquer elemento importante, auxiliando na organização visual; c) Determinados elementos ou imagens podem ter maior ou menor peso, dependendo da cor que os identifique; d) Usa-se a cor para que esta atraia a atenção do leitor; e) Cores influenciam no psicológico do observador, ainda que tal influência, nalguns casos, sequer seja perceptível.

Pesquisas existem: estudiosos comprovaram que a cor atua sobre a emotividade do ser humano.

> *"[...] a cor é uma realidade sensorial à qual não podemos fugir. [...] as cores produzem uma sensação de movimento, uma dinâmica envolvente e compulsiva."*[146]

> *"As cores constituem estímulos psicológicos para a sensibilidade humana, influindo no indivíduo, para gostar ou não de algo, para negar ou afirmar, para se abster ou agir. Muitas preferências sobre as cores se baseiam em associações ou experiências agradáveis tidas no passado e, portanto, torna-se difícil mudar as preferências sobre as mesmas."*[147]

145. Na teoria das cores, baseada nos estudos do físico inglês Isaac Newton, o branco é a luz pura, pois reflete praticamente todas as faixas de luz que incidem sobre algo, e o preto é a ausência de luz, pois ele absorve toda a luz, ao invés de refleti-la.

146. FARINA, Modesto. Psicodinâmica das cores em comunicação, 3ª ed., São Paulo: Edgard Blücher, 1987, p. 101.

147. Idem, ibidem, p. 112.

Está claro, portanto, que fatores psicológicos, fisiológicos e sociológicos podem determinar as escolhas das cores. Existem publicações que abordam a terapia das cores, a reação corporal à cor, a influência da cor na medicina, e por aí vai.

O significado psicológico das cores, no momento em que esta ou aquela cor é escolhida para compor um projeto gráfico, é levado em consideração. Um *designer* não opta por uma cor apenas por gostar dela. Não pode desconsiderar, ainda, o modo de vida, o ambiente em que o outro vive, a iluminação, o estresse, a calma, etc., mas tais fatores não são, verdadeiramente, controláveis pelo *designer*, posto que cada leitor está inserido na sua própria realidade. Assim, o que o *designer*, via de regra, leva em consideração com afinco é o significado e a influência (sensação) psicológica que a cor pode causar.

Em meu livro *Direção de Arte em Propaganda*, listei algumas cores e suas associações. Reproduzo-as aqui.

Branco – paz, pureza, batismo, casamento, hospital, neve, frio, palidez, vulnerabilidade, dignidade, divindade, harmonia, inocência.

Preto – noite, sujeira, carvão, enterro, medo, morte, maldição, pessimismo, negação, tristeza, opressão, dor. Pode parecer contraditório, mas o preto na comunicação também está associado à nobreza e seriedade. Isto é um pouco característico das cores escuras. O azul-petróleo, por exemplo, causa a mesma sensação.

Cinza – pó, máquinas, neblina, chuva, tédio, tristeza, frieza, sabedoria, sobriedade, seriedade. O bom do cinza é que se trata de uma cor que praticamente não interfere junto às cores em geral.

Vermelho – guerra, sangue, perigo, vida, fogo, sol, mulher, conquista, masculinidade, força, energia, movimento, violência, excitação, emoção, ação. O vermelho é bastante usado em propaganda/comunicação por ser uma cor muito atrativa e que possibilita contrastes interessantes, especialmente se combinado com branco e amarelo.

Laranja – outono, pôr do sol, calor, luz, raios, robustez, euforia, alegria, apetite, prazer, senso de humor. É uma cor forte. Salta aos olhos.

Amarelo – ouro, sol, calor, palha, luz, verão, conforto, idealismo, espontaneidade, euforia, alegria, expectativa. O amarelo possui uma força de contraste ótima. Combinado com vermelho, azul-violeta, roxo, verde e preto torna-se tão atrativo que não há como não olhar.

Verde – primavera, natureza, floresta, flores, folhas, mar, vida, bem-estar, tranquilidade, segurança, liberdade, firmeza, coragem, esperança. O verde é considerado uma cor que desencadeia paixões. Dependendo da tonalidade, pode estar associado à energia e à juventude.

Azul – céu, frio, mar, feminilidade, tranquilidade, espaço, fantasia, infinito, afeto, noite, serenidade. Dependendo da tonalidade, sobriedade, seriedade, credibilidade.

Roxo – igreja, sonho, mistério, dignidade, egoísmo, grandeza, espiritualidade, sexualidade. Em contraste com o amarelo ou o laranja, fica uma cor muito atrativa.

Marrom – chocolate, café, terra, frio, melancolia, sensualidade, desconforto. Não é uma cor que se possa usar em comunicação para jovens. Todo cuidado é pouco. Mas se combinado com a cor dourada, o creme, o bege, o vinho, pode resultar numa sensação de elegância e requinte.

Rosa – feminilidade, criança, calma, afeto, delicadeza.

Outro aspecto interessante das cores que não é negligenciado pelo *designer* é o peso. Cores pesam – psicologicamente comprovado. As cores dão sensação de pesos diferentes de acordo com sua tonalidade.

Farina demonstrou uma pesquisa interessantíssima. Em uma amostragem, sete recipientes iguais e com tampa foram pintados em "branco", "preto", "cinza", vermelho, amarelo, verde e azul. O peso informado desses recipientes era de 50 a 300g cada. A pesquisa foi feita com 1.000 entrevistados, levando em consideração a escolha dos recipientes e na ordem do mais pesado para o mais leve.

"Preto" (300g); verde (250g); azul (200g); vermelho (150g); "cinza" (100g); amarelo (80g); "branco" (50g)

O resultado foi:

- Porcentagem de escolha do mais pesado: 83% "preto"
- Porcentagem da escolha do mais leve: 96% "branco"
- Cor próxima do mais pesado: 33% verde
- Cor próxima do mais leve; 33% amarelo
- Outra cor perto do pesado: 17% azul
- Outra cor perto do mais leve: 20% "cinza"
- Cor no meio da escala do peso aparente: 17% vermelho

Todos os recipientes tinham o mesmo peso, ou seja, 200g, e as pessoas tentavam avaliar visualmente, isto é, sem tocar nos objetos.[148]

Muito bem, o que você descobriu? Que, embora a embalagem tivesse exatamente o mesmo peso, as pessoas concluíram por pesos diferentes de acordo com a cor dos potes. Cor, segundo a pesquisa, tem peso.

Este mesmo princípio usado na embalagem do produto os *designers* lançam mão em seus projetos editoriais. Se buscam leveza ou peso, as cores escolhidas influenciam. Exemplo? Azul-claro, salmão, rosa, creme, branco. Essas cores certamente deixarão a peça gráfica mais leve se comparadas ao uso do preto, marrom, azul-violeta, vermelho.

E o que mais? O *designer* trabalha com a escala das cores. Para você entender, é preciso saber como as cores são classificadas. Então, vamos lá. No processo subtrativo das cores, elas são classificadas em cores primárias, secundárias, terciárias e complementares; cores frias e cores quentes, a saber:

148. Idem, ibidem, ps.

CORES PRIMÁRIAS

Vermelho, azul e amarelo. São consideradas primárias porque são as três cores básicas que permitem a formação de todas as outras (ao menos, na teoria).

CORES SECUNDÁRIAS

Combinação das cores primárias em proporções iguais, de duas em duas.

CORES TERCIÁRIAS

São todas as outras cores. Não sendo, portanto, cores primárias nem secundárias, são terciárias. Simples!

Ao misturarmos cores primárias em proporções diferentes, ou misturarmos as três cores primárias em proporções iguais, obtemos as cores terciárias.

CORES COMPLEMENTARES

A cor complementar é o complemento de uma cor primária com a secundária. Noutras palavras: some duas cores primárias, por exemplo, o amarelo e o azul. Essa soma resultará na cor verde, uma cor secundária. O vermelho da cor primária é o complemento dessa cor secundária, que é o verde.

Certo, para entender melhor, observe o círculo de cores.

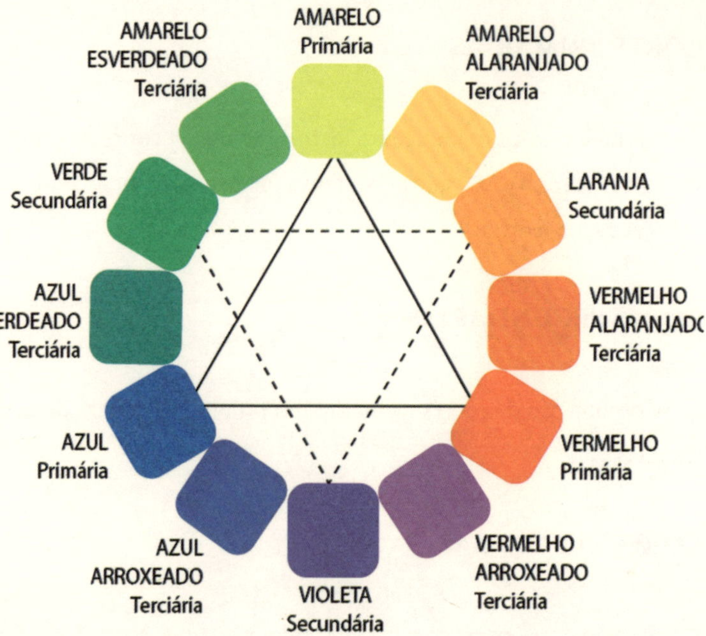

CORES FRIAS

Puxam para as tonalidades azuis e para a combinação (passagem de cor) entre o verde, azul e violeta.

As cores frias remetem à calma, melancolia, aconchego. São menos saturadas, mais frias mesmo. Basta olhá-las para comprovar.

CORES QUENTES

Ao contrário das frias, estimulam o observador. Causam sensação de calor, aproximação, euforia. Suas tonalidades tendem para o amarelo e para a combinação dos tons alaranjados e avermelhados, indo para o vermelho.

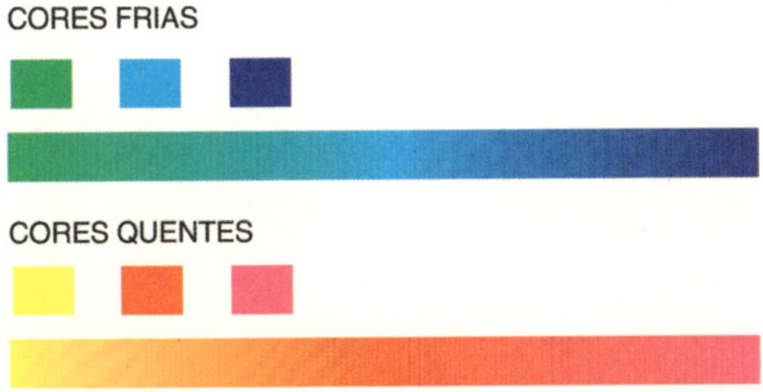

Os círculos cromáticos servem de referência para o *designer* trabalhar a harmonia entre as cores. Todavia, na indústria gráfica, a escala das cores passa de 200 mil possibilidades.[149] É muita cor.

Cor, de acordo com a principal teoria que a define[150] – descoberta de Isaac Newton –, é uma sensação provocada pela luz sobre os nossos olhos. Newton descobriu que a luz branca é composta de sete cores (o arco-íris). Teorizou, ainda, sobre as cores dos corpos. Ou seja, a luz refletida sobre um ambiente, objeto, pessoas, animais. "As cores de todos os corpos são devidas simplesmente ao fato de que eles refletem a luz de uma certa cor em maior quantidade do que as outras". Basicamente, estas foram suas palavras.

Em resumo: no momento em que a luz incide sobre um objeto, tomemos uma folha verde como exemplo, esta absorverá todas as outras cores, e refletirá para os nossos olhos apenas o verde.

Grosso modo, de acordo com Helmholtz, que desenvolveu a teoria de Thomas Young, influenciado pela obra de Goethe *Zur Farbenlehre* (*Teoria das Cores*), nossos olhos dividem a luz em três espectros: vermelho, verde e azul. Nossas cores primárias, portanto, são cores-luz, não cores em pigmentos. O sistema de cores RGB, que você conhece dos computadores/TVs, imita os nossos olhos, e o sistema de impressão por pigmentos (CMYK) imita as cores primárias em pigmentos.[151]

149. Visite https://bit.ly/2GFkFm8. Último acesso em 20/07/2017.

150. Se o seu interesse chegar a tanto, vale a pena ler sobre as várias teorias das cores. Vale saber, inclusive, que existem as cores primárias em cor-luz e as cores primárias em pigmentos. Primárias em cor-luz: azul, vermelho, verde. Daí, o famoso sistema RGB dos computadores. E as cores primárias em pigmento, você já leu, são o vermelho, azul e amarelo.

151. Hermann Ludwig oi um matemático, físico e médico alemão, considerado um dos homens mais relevantes do século XIX. Suas principais contribuições no ramo da medicina foram a invenção do oftalmoscópio, em 1850, e o desenvolvimento da teoria tricromática, de Thomas Young. Helmholtz inventou o oftalmoscópio, inicialmente batizado por ele de "Augenstegel". Este aparelho foi criado para uma observação mais profunda do olho humano. Fonte: https://bit.ly/2ICyaVO. Úúltimo acesso em 21/07/2017.

Voltemos aos olhos. Todas as cores que vemos são o resultado dos espectros vermelho, verde e azul. A luz que passa por nossa retina, em diferentes frequências de onda luminosa, chega no fundo dos olhos, atingindo os cones, e formando a cor.

> *Os cones são responsáveis pela visão das cores. Eles contêm um dos três produtos químicos diferentes que também são clareados pela luz. Eles respondem à luz vermelha, amarelo-verde ou azul-violeta. Todas as outras cores são "vistas" como uma combinação destas. Os cones são estimulados apenas pela luz brilhante, e eles também podem determinar detalhes.*[152]

Isto posto, você, caro leitor-escritor-designer, já passou pela teoria das cores (uma pequena parte dela), entendeu como nossos olhos funcionam. Percebeu a importância das cores, conheceu o princípio da escolha e harmonização usado pelos *designers*. Resta saber se, na prática, tudo isso realmente é levado em consideração na hora de optar pelas cores num projeto gráfico. Sim e não.

Na hora da criação, evidente que o *designer* não ficará pensando como os olhos funcionam; dificilmente trabalhará com a teoria das cores ao seu lado. O conhecimento está intrínseco, faz parte dele. A cor está no artista assim como a palavra está no escritor. É natural. Assim, não fica difícil entender que a escolha das cores nunca se dá apenas pelo gosto pessoal; os olhos do artista e sua experiência contam. Algumas vezes, o gosto pessoal do *designer* está presente, óbvio. Mas saiba que, mesmo o gosto pessoal dele está alicerçado no conhecimento. Ou seja, nada é por acaso no projeto gráfico. Não o seria na opção pelas cores.

Cor é protagonista da vida e, claro, dos livros. Mas, se é tão importante, por que não estão presentes no miolo de todos os livros?

Resposta simples, rápida, objetiva: custo.

152. https://bit.ly/2x4M1mf. Último acesso em 21/07/2017.

Você já leu: o tipo de produção impacta o preço final de um livro. Imprimir uma obra em cores, se comparada à impressão em preto e branco, custa mais caro. Cor encarece. É bonito. É importante, dependendo do caso, mas encarece.

Um livro para adultos pode abdicar das cores sem sofrer com isso. Livros de não ficção, muitas das vezes, aproveitam-se das cores nos seus miolos, é verdade – livros didáticos, técnicos, de imagens. Difícil um livro didático não ser impresso em cores, por exemplo. Logo, uma das primeiras coisas que os *designers* precisam saber para definir o uso das cores nos miolos é que tipo de livro será feito.

Agora, depois da imersão nas cores, imagine um mundo sem cor. É possível? Por um momento, leve em consideração a física e a teoria das cores, que não denominam o preto como cor. Não sendo, é a ausência dela. Desse modo, imagine o mundo preto e branco. Como seria? Cientistas afirmam que alguns peixes das profundezas enxergam assim, em preto e branco. Gatos e cachorros, daltônicos que são, veem menos cores, mas, ao contrário do que pensam alguns, a visão deles não é em preto e branco. Alguns insetos, répteis, aves e peixes possuem um pigmento extra, e, por conta disso, enxergam o ultravioleta. Ou seja, veem o que para nós, humanos, é invisível. Conforme elucidado, nós temos a capacidade de captar o espectro vermelho, o verde e o azul. Estes agem de modo extraordinário. Tão fantástico que, ao fim de tudo, são milhares as cores que podemos perceber. Mas e o mundo apenas em preto e branco? Este nós o apreciamos na arte – cinema ou fotografia. E ele é muito, muito expressivo.

A força do preto e branco – sua dramaticidade – está na expressão da luz e sombra. Negar o quanto o preto e o branco podem ser poderosos numa publicação é impossível. Claro que as cores, especialmente nos livros infantis e nas capas dos livros, são protagonistas. Para as crianças, o mundo é sempre colorido. Os pequenos são atraídos pelas cores. O mundo dos adultos, porém, é outro. No mundo dos adultos, o preto e branco também é belo. É arte. E é mais barato.

Não há verba para produzir um livro com cores? Tudo bem. Existem obras extraordinárias impressas em preto e branco. O importante, no fim de tudo, é o produto final. Este precisa ser atrativo, com ou sem cores. E um dos elementos indispensáveis para atrair o leitor é a capa. Vamos a ela.

CAPA

Ao começar a discorrer a respeito do *design* do livro, surgiu uma pergunta que fiz: quantos são os leitores que escolhem o livro pela capa? Para tal questionamento, eu também afirmei não ter a resposta. A maioria dos editores concorda que uma boa capa vende. Sou da mesma opinião. Entretanto, os editores também sabem que somente a boa capa não basta. Há que se ter uma boa orelha, um texto de quarta capa que agarre o leitor, além, óbvio, de um conteúdo de qualidade. Uma primeira página bem escrita, você já descobriu, tem o poder de prender o leitor. Quando um bom texto é fortalecido por uma boa capa, a possibilidade de venda aumenta.

Não por outra razão, Mark Carpenter disse:

> *"A capa é a fisionomia do livro. Ela estabelece a identidade da obra em torno da qual o leitor se conscientiza e o comércio se mobiliza. É fundamental elaborar uma capa que dê uma 'cara' adequada ao conteúdo do livro"*[153].

153. Mark Carpenter, presidente da editora Mundo Cristão, em entrevista para https://bit.ly/2LiyWc2. Último acesso em 24/07/2017

A expressão do livro e o seu significado começam a ser desvendados pela capa. Assim, vale saber: quais as características de uma boa capa?

A primeira resposta que me ocorre é a questão da adequação. Nesse ponto, a boa capa precisa estar alinhada com público leitor (se jovem, capa jovem; se adulto, capa adulta) e alinhada ao conteúdo da obra. Sendo a capa a cara do livro, essa fisionomia precisa trazer as características do que, de fato, a obra representa.

O que está sendo dito aqui, observe, é que nem tudo o que o livro oferece será possível de ser traduzido na capa. Um texto de ficção, ou qualquer outra obra, é complexo, com múltiplas possibilidades de interpretação. O que se propõe em uma capa é mostrar a essência sem, contudo, revelar segredos (isso seria um erro tremendo, especialmente para um texto de ficção), ou tentar traduzir em uma única imagem a multiplicidade da obra. Para trazer à tona o conteúdo do livro, o *designer*, no mais das vezes, precisa ser mais pragmático. Se não for direto e objetivo, a capa pode não cumprir o seu papel. Não estou dizendo que não deva haver mistérios em uma capa – não isso. Se a obra pedir, se o mistério estiver presente no livro, sim, deve estar lá. O que não pode é ser um mistério tão grande que ninguém entenda além do próprio *designer* que a criou.

Outra característica da capa é o tipo: dura ou brochura? Um dos fatores determinantes é o custo. Capa dura pesará um pouco mais no orçamento da impressão. Outro fator que determina se a capa será dura ou brochura é produto *versus* mercado. Noutras palavras, o livro requer capa dura? Qual o diferencial ou a estratégia de *marketing*/mercado que justifique a capa dura? Vale lembrar que as estratégias de lançamentos são distintas de livro para livro, mercado para mercado, país para país. Nos Estados Unidos, por exemplo, é comum livros com maior importância serem lançados em capa dura para, só depois, virem com a edição em brochura. No Brasil, a editora DarkSide tem adotado a estratégia de, na maioria das vezes, ter ao mesmo tempo os dois tipos, dura e brochura. A maioria das editoras, contudo, lança seus livros com capas em brochura.

E como, afinal, saber que tipo adotar? Não há outra maneira de definir uma capa sem antes ler o *briefing* da editora. Com algumas variações, os *briefings* trazem informações como o formato físico do livro, se terá orelha ou não, se haverá verba para acabamentos especiais, como capa dura, sobrecapa, verniz; se o orçamento prevê compra/produção de imagens, ou contratação de ilustrador.[154] De todo modo, o *designer*/capista saberá que caminho tomar com base nas informações. Outras informações, como o gênero da obra, o público-alvo, algumas páginas do livro e, não raro, até o livro todo, também chegam para o criativo. Mesmo com tudo isso, uma conversa com o editor e, se possível, com o autor, é de grande valia. Com todo tipo de informação que for possível juntar antes de começar o trabalho do *design* propriamente dito – seja por *e-mail*, *briefing* ou conversa com o editor –, melhor será o resultado final.

Embora a informação seja 50% para a realização de uma boa capa, a outra metade depende de pesquisas e conhecimentos do *designer*/capista. Os assuntos já abordados, sobre espaçamentos, tipografia, pesos, cores, são a base para a criação da capa. Um e outro tópico, ainda que repetitivo, vale a pena serem ressaltados.

1) Capa precisa traduzir o significado do livro. Não há que ser uma "fotografia" do mesmo. A essência é que precisa aparecer para revelar a fisionomia da obra. Adequação.

2) Fotografias ou ilustrações são elementos poderosos. Vale a pena usar. Ou quando a verba permitir. O cuidado está em não abusar. A imagem ideal para uma capa (seja ilustração ou foto) é uma imagem limpa, sem excesso de elementos. Os olhos do leitor precisam identificar a

154. Quando produção ou compra de imagem não é possível, trabalha-se com banco de imagens. Algumas editoras locam as imagens, outras possuem assinaturas, e, em razão disso, tem à disposição qualquer imagem do banco, de acordo com o pacote assinado.

mensagem de imediato. Imagens confusas confundem. Ser direto e objetivo, sem deixar de ser criativo, é o melhor caminho. E como ser criativo na elaboração da capa? O princípio da criatividade, já descrito na parte da construção do original de um livro, também cabe ao *design*. Primeiro, obtenha informações; depois, pesquise. Em seguida, pesquise mais. Associe possibilidades. Estude tendências, concorrência. Rabisque. Um rabisco aqui, outro ali. Anotações aos montes. Isto feito, pense ao contrário e se pergunte: e se?

3) Trabalhe adequadamente a tipografia. E não exagere no tamanho – ou exagere; cada caso é um caso. O importante é lembrar-se que quando o autor ainda é desconhecido do grande público, o título da obra tem mais peso que o nome de quem a escreveu. Quando o autor já é importante, mais até que sua obra (no sentido de mercado – *marketing* e vendas), o seu nome entra maior do que o título. Ainda sobre a tipografia: trate-a com importância redobrada. "Uma boa tipologia, em alguns casos, pode significar cinquenta por cento do resultado final da capa. E tome cuidado com a legibilidade. É bom tratar o título como se fosse também uma imagem, não um texto comum. Porém, exageros podem prejudicar a leitura..."[155]

4) Um livro pode durar anos. Tendências, modismos gráficos passam. Cuidado. O *design* da capa pode, claro, trazer alguma tendência, mas o bom mesmo, ainda que se lance mão de modismos, é encontrar uma solução visual que seja atemporal.

155. CESAR, Newton. *Direção de Arte em Propaganda*, 10ª ed., Brasília: Editora Senac-DF, 2013, p.128.

5) Livros possuem personalidades próprias. É a personalidade do livro que deve aparecer na capa, não a do capista.

6) Livros se enquadram nos formatos, normalmente, pré-definidos – aqueles formatos pensados em virtude do corte do papel. Os formatos mais comuns para livros de ficção, como eu já abordei, são 14 x 21 ou 16 x 23cm (formatos fechados). Os fatores determinantes para a escolha do formato, além do corte de papel, são o custo e o projeto gráfico proposto. Com relação ao formato, há que se considerar: capa, lombada, orelha e quarta capa. Ou seja, para a gráfica, o que conta é o formato aberto. Por exemplo, para o padrão de 14 x 21cm, a capa aberta deve ter a medida da frente, mais a lombada, que sofre variações de tamanho conforme o número de páginas, mais quarta capa e orelhas (se o livro tiver orelhas). Imaginemos, então, um livro 14 x 21cm, com lombada de 2cm, e orelhas de 7cm. Qual o formato da capa aberta? 14+14+2+7+7= 44. Ou seja, a capa aberta terá 44cm x 21cm.

7) Existe um cálculo que pode ser feito para descobrir o tamanho da lombada. Mas com tantas variações de tipos de papéis e fabricantes que temos hoje em dia, o melhor, sem dúvida, é solicitar o tamanho da lombada para a editora ou gráfica que irá imprimir a obra.

8) Elementos visuais, além da imagem principal, título e nome do autor, devem ser considerados. Número de ISBN, logomarca, número de edição, selo comemorativo (se for o caso), texto de quarta capa e orelhas. Esses

elementos disputarão atenção na capa. Trabalhar, portanto, o peso das informações é indispensável. Nenhum desses elementos pode roubar o protagonismo da imagem, título e nome do autor.

9) Cores. Capa sem cor? Difícil encontrar. Há que se ter um bom motivo para abdicar das cores. As cores, repito, fazem parte da personalidade do projeto gráfico. Um bom *designer* usa-as adequadamente, considerando seus pesos e significados. As cores atraem a atenção do leitor. Cor, sempre cor. E, se o custo permitir, usá-la no verso da capa é interessante. Dá mais harmonia. Eliminar a ruptura do branco é bom. E se cor não for possível no verso da capa (a parte interna da capa, não a quarta capa, que fique claro), um elemento gráfico em preto e branco pode ser tão poderoso quanto a cor.

10) Finalmente, e não menos importante: evite os programas grátis para a criação de capas. Na internet estão à disposição. Certo, o resultado que oferecem é rápido, prático, simples. Qualquer criança faz, qualquer criança se diverte. Mas pergunto: e a personalidade única da capa? Será possível um programa de computador oferecer tal solução? A resposta que tenho para este questionamento é a de que boas capas exigem bons *designers*. Programas são apenas ferramentas de trabalho. A mente e a experiência vêm em primeiro lugar.

Exemplo de capa e projeto gráfico.

Preconceito e Repetição. Este exemplo envolve um livro sobre *bullying*. Um comentário rápido sobre o projeto o fará compreender o porquê das coisas. Cada caso é um caso, os projetos são ímpares. O que vale para um pode não valer para outro. Enfim, para este caso, os elementos de destaque estão na linguagem solta e moderna. Tanto para a capa quanto para o miolo, o uso de ilustração ajudou. Elementos fortes e de impacto, como, por exemplo, as pinceladas e respingos propositais de tinta, foram pertinentes ao tema. As ilustrações, usando da linguagem meio *comics*, com traços que lembram as ilustrações para os quadrinhos[156], são perfeitas.

Outros aspectos que levei em conta ao definir o projeto gráfico, foram: a) página de falso rosto funcionando como se fosse uma guarda; b) sumário interagindo com ilustração – isso quebra a rigidez comum dos sumários; c) ilustrações usadas também para diferenciar os epígrafes e as aberturas de capítulos, sempre ocupando páginas duplas; d) capitulares evidenciadas pela arte, sobrepostas às pinceladas; e) utilização de duas cores – não havia verba para que o livro fosse todo colorido; assim, a utilização de ao menos uma cor, além do preto, enriqueceu o trabalho; f) corpo de fonte, entrelinhas e margens generosas conferiram maior conforto visual para a leitura; g) as fontes escolhidas para todo o livro seguiram o critério da simplicidade. Ou seja, nada de tipos de letras fantasiosas, com anatomias rebuscadas. A lógica foi que as fontes determinadas para o projeto gráfico não roubassem a força das ilustrações.

Para mim, tudo funcionou em perfeita harmonia.

Sua vez:

Imagine a capa para o seu próprio livro. Eu imaginei a deste livro. Faça um esboço de como a capa do seu seria. Calma, não há necessidade de o desenho ser perfeito, nem bom. O que vale aqui é a ideia e os elementos da capa: imagem, composição, tipografia, cores. Algo assim:

156. Ilustrações feitas pelo Pianofuzz Design Studio.

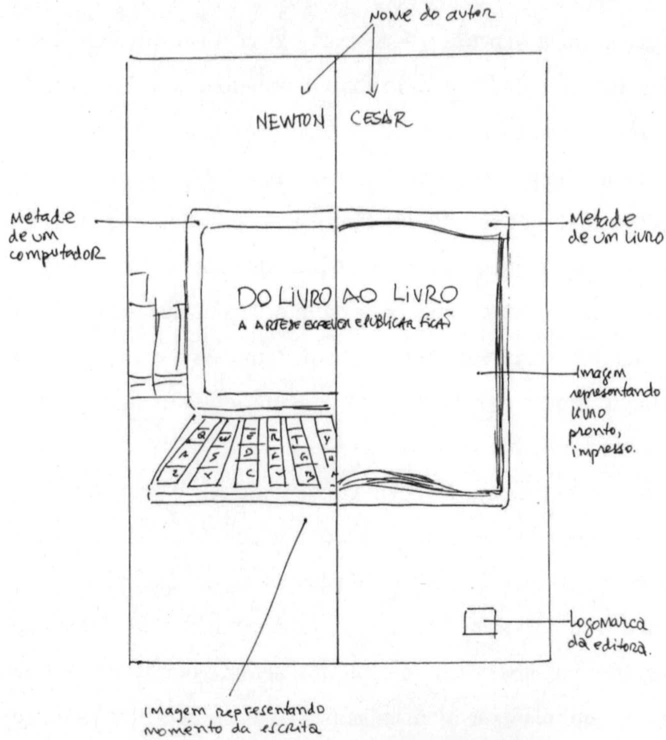
nome do autor
NEWTON CESAR
Metade de um computador
Metade de um livro
DO LIVRO AO LIVRO
Imagem representando livro pronto, impresso.
Logomarca da editora.
Imagem representando momento da escrita

NEWTON CESAR
DO LIVRO AO LIVRO
A ARTE DE ESCREVER E PUBLICAR FICÇÃO
senac

PARTE III

A PUBLICAÇÃO

"Se você tem talento, se realmente tem talento, fique sabendo que você já tem quase tudo para triunfar na vida literária. Faltam agora a disciplina, a determinação e, é claro, um pouco de sorte."

Nelson de Oliveira,
A Oficina do Escritor.

16. O LIVRO ESTÁ PRONTO, E AGORA?

"Há livros demais no mundo? Paciência. Também há pessoas demais e nem por isso o controle da natalidade tem sido adotado nas regiões mais populosas."[157]

Nelson de Oliveira

Seu livro está pronto. A sua determinação em concluir a história foi digna de inveja. Você teve, entre outras coisas, paciência para chegar ao fim. E agora? Se talento não lhe falta, mas a sorte não está presente no seu ciclo de amizades, paciência é do que você precisará. A história, no final das contas, está apenas começando. Terminar um livro é uma coisa; publicá-lo, outra. No capítulo seguinte, discorrerei um pouco sobre como o mercado editorial trabalha. Por hora, saiba que paciência é importante por uma razão simples: o seu livro pode demorar um, dois, dez anos até ser publicado pelos meios tradicionais (uma grande editora, por exemplo), e isso se for publicado. Por essa razão, outra palavra indissociável da paciência há que ser considerada: perseverança.

Quando o escritor termina um livro, três coisas podem acontecer. Primeira: o original ficar na gaveta, sem nunca ser mostrado para ninguém, impresso em papel A4, e com anotações de leitura do autor; ou guardado em algum meio eletrônico – na nuvem, *e-mail*, computador, *pendrive*, HD ou qualquer outro dispositivo. Segunda: o original pode ser impresso em fotocópia ou distribuído por *e-mail* para meia dúzia de parentes e amigos, que darão a opinião sobre o

157. OLIVEIRA, Nelson. *A Oficina do Escritor*, Cotia-SP: Ateliê Editorial, 2008, p. 121, Ateliê editorial.

original – quase sempre dizendo ser ótimo para não ficar mal com o autor –, até que, um dia, você crie coragem de dar o próximo passo. E, terceira: ser publicado. Entenda-se publicado por qualquer meio que atinja um número maior do que a meia dúzia de conhecidos. Ou seja, publicado nas redes sociais, em *blogs*, em plataformas como Wattpad, Bookess ou qualquer outra rede social de literatura; publicado em edição de baixa tiragem, em edição de autopublicação; também edição eletrônica e edição de grande escala, feita por uma editora capaz de colocar o livro no mercado, atingindo a devida amplitude.

O desejo da maioria dos escritores recai sobre esta última possibilidade. Ser publicado por uma grande editora muda tudo, é o que imaginam. E estão certos. Sim, ser publicado por uma editora de grande porte muda tudo. Ou para melhor ou para pior. Muda para melhor quando o livro tem boa divulgação, investimento em *marketing*, a distribuição é adequada, as vendas são boas, e o livro é traduzido para outras línguas. De repente, vira até filme. Realmente, isso muda tudo.

Não obstante, não nos esqueçamos que a moeda tem duas faces. Na maioria das vezes, para ser sincero, os autores que têm o privilégio de serem publicados por grandes editoras não veem sua obra na lista dos mais vendidos. Não se deparam com ela em destaque nas gôndolas das livrarias. Podem, até, nem encontrar o livro nos pontos de venda. Uma grande editora pode, evidentemente, projetar o autor. Todavia, pode simplesmente deixá-lo entre os inúmeros que sofrem pela falta de visibilidade, consequentemente, falta de vendas e, o pior, de reconhecimento. Mais à frente, você entenderá melhor o porquê disso.

Logo que o autor termina de escrever seu livro, o mais importante não deveria recair sobre a questão de ser publicado por esta ou aquela editora; o mais relevante é o autor ter claro o seu objetivo. Há autores que escrevem para 100 mil, 1 milhão de leitores. Outros, satisfeitos ficam em atingir camada menor, muito, muito menor, de 300 a 1.000 exemplares.

Afora as editoras e o mercado editorial, que trazem a premissa do negócio como um de seus principais parâmetros, provavelmente este posicionamento de segmentação de leitor, atribuído por alguns autores, colabore para a divisão entre *best-seller versus* "alta literatura". Isso porque livros que têm um público segmentado (via de regra, obras mais densas, onde o texto é mais valorizado do que as imposições de mercado) tendem a ser enquadrados na alta literatura. Ora, mas ambos não são literatura? Baixa ou alta, não é tudo literatura? E, afinal, serão mesmo todos os *best-sellers* ruins? Resposta para este questionamento todo e qualquer leitor sabe, pois, afinal, a literatura é boa quando é boa para quem a está desfrutando.

A massa de leitores (e a massa lê *best-seller*) não pode e nem deve ser ignorada. Também desprezar o número de escritores e leitores que estão preocupados com os aspectos que vão além do entretenimento não podemos. Para determinados escritores, o leitor ser capaz de perceber a metáfora, o trabalho lapidado que ele, escritor, teve para a construção da frase, tudo isso é tão ou mais importante do que entreter. Nesse sentido, para este escritor, vale atingir mil leitores que possam percebê-lo como um ser talentoso, capaz de dominar o texto com categoria ímpar, do que alcançar, por exemplo, 10 mil leitores incapazes de o perceber como um talento das letras.

Qual é, então, o objetivo que o autor tem para o seu livro? No instante em que o original está pronto e a pergunta "e agora?" aparece para provocar o autor, é disto que se trata: objetivo. E agora? Agora, o autor precisa saber como quer ser percebido e qual o seu público leitor. Encontrar esta resposta muda, principalmente, o próximo passo.

Se o autor quer que seu livro siga os passos dos *best-sellers*, tentar publicar com uma editora sem expressão nacional não será o melhor caminho. A autopublicação igualmente estará descartada. Estas duas possibilidades podem, de alguma forma, servirem de vitrine, ainda que tímida, para o autor que pretende colocar os pés numa editora maior, é verdade, mas não é garantia. Se, ao contrário, o objetivo for atingir o leitor mais exigente com relação à escrita (o entretenimento à margem), a pequena editora ou a autopublicação pode ser a escolha.

Há leitor para qualquer tipo de literatura: "*best-seller*" ou "alta literatura". Leitores de *best-sellers* buscam entretenimento, a história basta. Um bom personagem e um enredo que o prenda até o final podem fazer com que este leitor ame o autor para sempre. Dele, não é necessário se exigir mais. Ao contrário, ao leitor da "alta literatura", enredo e personagem apenas não bastam. Técnica, estilo, ritmo e até mesmo a chatice do texto é encarada como necessária. Quem está certo? Ambos. Da mesma maneira que o autor tem o seu objetivo com o texto escrito, o leitor tem com a sua leitura. Uns buscam entretenimento; outros não se importam com a densidade de um texto que, não raro, pode até ser chato.

No artigo de Raquel Cozer, Hermano Vianna defendeu o direito "ao morno, ao pálido, e – radicalizando – ao chato" na 'alta cultura'. [...] Alguns dos espetáculos mais marcantes da minha vida, ou alguns livros que mais amei, foram de uma chatice avassaladora – e só atravessando vastos desertos de tédio (pois sou muito disciplinado) – consegui perceber suas belezas. Se a chamada alta cultura perder essa permissão de nos entediar, muitas obras-primas da humanidade deixarão de ser criadas."[158]

O que podemos deduzir dessa afirmação, além do que nela já está explícito? Que o leitor também precisa aprender a ler. Aprender a ler. Ler, reler. Ler nas entrelinhas. Ler o não escrito. Ler com paciência. Aquele que busca mais do que o entretenimento literário precisa exercitar-se na leitura, ultrapassar barreiras, conviver com

158. https://bit.ly/2KAbVjK Último acesso em 28/08/2017.

obstáculos, vencer as "chatices" do texto para, enfim, descobrir o belo. E que ele existe, existe. Às vezes, porém, me pergunto: isso não é esperar demais dos leitores? O mercado dos livros de ficção sabe a resposta. Por isso mesmo, e infelizmente, o espaço para obras "chatas" é cada vez menor.

17. O MERCADO EDITORIAL: EDITORA, ESCRITORES E LIVRARIAS.

> *"Sou um dos poucos que têm coragem de dizer que não existe mercado editorial no Brasil. Mais de 40% de todos os livros são vendidos para o governo. Sem o governo, quase todas as editoras fechariam as portas."*
>
> Eduardo Lacerda.

Eduardo, experiente editor, fez esta afirmação em 2012.[159] O tempo passou e o mercado editorial no Brasil continua dependente das compras governamentais, ou dos *best-sellers*, para sobreviver. Desanimador? Nem tanto. Mesmo que pouca coisa aconteça, o mercado é mutável.

Houve uma época – quem é habituado ao livro sabe – em que as editoras davam mais crédito ao autor nacional. Descobrir talentos era estimulante. Lançar um livro levando em consideração o ineditismo e a qualidade do escritor era algo que dava prazer e prestígio ao editor. O rolo compressor dos *best-sellers* internacionais ainda não havia esmagado a nossa literatura.

Dos anos 80 para cá, o mercado, década a década, passou a dar mais valor à venda do que à qualidade literária. Chegamos ao ponto em que a afirmação de Eduardo transformou-se em realidade. Há, porém, a necessidade de separarmos o mercado entre livros didáticos (que vão para as escolas) dos livros de varejo (os direcionados para as livrarias ou lojas virtuais).

159. Eduardo Lacerda é editor da Patuá. Em entrevista para a Gazeta do Povo, https://bit.ly/2IABRvf, falou sobre o mercado editorial. Último acesso em 02/08/2017.

Não é bom o governo adquirir quase 50% da produção editorial no Brasil? É ótimo. Se não o fizesse, pior seria. Vale ressaltar, contudo, que este mercado no qual a participação do governo tem relevância é, em grande parte, o do livro didático. O país tem força nesse segmento. O mercado do livro didático até pode depender das vendas públicas, mas não é refém de *best-seller*. Ainda não.

De todo modo, não é do livro didático que estamos falando. Deixemos o governo e suas compras para outra oportunidade. Voltemos, portanto, à literatura de ficção, esta que se encontra nas livrarias ou lojas virtuais.

No negócio dos livros de ficção, os *best-sellers* predominam nas editoras de grande porte. Publica-se com maior segurança no Brasil aquilo que faz sucesso no mundo. Os custos da produção de um livro, volto a dizer, é alto. Entram na soma: os direitos autorais – em média, de 8 a 10% –; preparação e edição de texto; revisões; projeto gráfico – incluindo capa e diagramação –; custos de impressão e divulgação; margem de descontos para distribuidores e livrarias (uma margem alta por sinal, cerca de 50% sobre o valor da capa). Um e outro item citados podem não fazer parte, pois dependerá do tipo de obra – autor nacional não necessita tradução, por exemplo. De qualquer modo, é caro.

Assim, para diminuir os riscos, as editoras apostam no que está fazendo sucesso. E se não é o título internacional, publica-se a obra que tenha venda garantida. Exemplo de venda garantida? Tenha mais de 1 milhão de seguidores ou leitores nas redes sociais. Pronto! Você é forte candidato à venda garantida. Não por outra razão, os *youtubers* ganharam notoriedade no mercado editorial.

Os *best-sellers* são atrozes com a literatura nacional. Mas se antes o escritor brasileiro contava apenas com a possibilidade de ser descoberto por uma editora, hoje, com a ampliação dos meios de publicação – em destaque a internet –, o escritor ganhou nova vitrine. Se chegar às gôndolas das livrarias pelos meios tradicionais é praticamente impossível, esta nova maneira que o escritor tem para expor seu texto pode levá-lo às editoras. As editoras, afinal, estão atentas. Além de contratar da maneira habitual os autores – comprando traduções, indo às feiras internacionais e apostando vez e outra numa descoberta nacional –, visitam *blogs*, redes sociais de literatura, assistem aos canais do YouTube. Se aquele que está se expondo em um desses meios é promessa de venda, elas o publicam.

Afora enfrentar os custos altos da produção, a editora de grande porte tem uma estrutura vultosa para alimentar. É natural que busque segurança nos negócios que faz. Na média, são cerca de dez a quinze títulos (em sua maioria *best-sellers*) que a sustentam.

Nas palavras de Rogério Alves:

> *"Editar é apostar. Uma aposta depois da outra, cinco, dez apostas por mês. O cotidiano da equipe de edição de livros comerciais para o varejo, os chamados 'livros trade', combina conhecimento técnico/ racional (de fabricação do produto) com uma dose de intuição. Talvez mais intuição que conhecimento técnico. Intuição, que fique claro, mercadológica.*
>
> *Como bom gerente de produtos [...] o editor de trade quer ver seus livros nas listas de mais vendidos. Quer que as pessoas os carreguem no metrô e se divirtam com o que leem. Quer descobrir o novo hit. Quer fazer a diferença. Quer liderar o mercado. Já há algum tempo, as grandes casas editoriais não podem se dar ao luxo de formar um catálogo apenas com nomes estrelados da literatura ou com promessas das letras. Por mais difícil que seja aceitar isso, o sustento das estruturas vem mesmo dos best-sellers."*[160]

As editoras sofrem, ainda, com os altos impostos. Impostos sobre o papel e os custos de produção impactam o preço final da obra.

160. https://bit.ly/2kaQgUa. Último acesso em 02/08/2017.

Além, é claro, da fatia que cada um abocanha até que o livro chegue aos pontos de venda. Só para lembrar: do custo final do livro (o preço de capa), em média 10% são de direitos autorais; 10% de lucro da editora; cerca de 50% é o desconto que a editora concede para o distribuidor, que, por sua vez, também trabalha com desconto para as livrarias; e o restante são gastos com todo o processo de produção, logística, divulgação da obra, além da impressão gráfica. É oneroso.

Quando o processo envolve apenas o livro eletrônico, alguns custos são eliminados. Não há necessidade, por exemplo, de espaço físico para estoque, e o distribuidor não atua como intermediário para fazer chegar o livro à livraria. Não há despesa com a impressão gráfica. Por outro lado, há que se prever no valor da produção do livro eletrônico também as porcentagens das lojas virtuais. Que é menos dispendioso o livro eletrônico, isto é. A editora tem um pouco mais de lucro. Por isso mesmo, o valor dos direitos autorais pago para o autor é maior – em média 25%.

Um ponto ou outro certamente não se enquadrará nessas regras. Cada editora, livraria, distribuidor e loja virtual tem sua maneira de negociar. Todavia, desde que publiquei meu primeiro livro, de modo geral, as premissas estão por aí, com exceção do livro eletrônico e lojas virtuais, que no meu início de carreira não existiam.

Enfim, o mercado é uma teia. Interdependente. O livro no Brasil é caro porque os impostos são altos; os custos de todo o processo, elevados. E envolve muitos segmentos e profissionais. Sob esse prisma, não é difícil entender o motivo de as apostas recaírem nos *best-sellers*.

O Brasil é um país de poucos leitores. Apesar disso, mesmo o pouco é de grande importância para qualquer editor. Para atendê-los, o tiro não pode sair pela culatra. Isso não significa, não obstante, que basta optar entre publicar *best-sellers* ou autores com venda “garantida”. Não é assim que funciona. O editor, algumas vezes, não sabe ao certo o que fazer. E em tempos de crise, a dor de cabeça só piora.

> *“[...] veio à baila uma discussão sobre a arte de editar em tempos de crise: devem os editores investir em métodos de algum modo científicos ou mercadológicos para descobrir o que os leitores desejariam ler? Como fazer os leitores irem ao encontro dos lançamentos, uma vez que os editores não conhecem ‘por dentro’ a cabeça deles? É possível alguma programação a partir do que está acontecendo, ou seja, transformar essa ‘leitura de mercado’ em produto eficaz?*
>
> *Mas, o que está acontecendo? E o que publicar?*
>
> *A verdade é que ninguém está entendendo nada. Temos dificuldade de entender por que caminhos tortuosos vão a economia e a política, da tradicional à gestora. Temos dificuldade de entender os alimentos que comemos: são tão estudados, tão processados. São mesmo comida? Temos dificuldade de entender as pílulas que tomamos: servem para nos curar do quê? E, como os escândalos políticos, a lista de incertezas seguiria indefinidamente, causando-nos vertigem.*
>
> *O mundo corporativo, do qual evidentemente fazem parte as grandes editoras ansiosas por certezas e por descobrir a cabeça dos leitores ‘por dentro’, assim como outras esferas [...] de fato não estão entendendo nada. E precisam, urgentemente, de alguma rota para seguir e ultrapassar uma sensação de mistura de excesso com inanição. Precisamos.”*[161]

E se os editores precisam entender o que está acontecendo; os escritores, idem. Como o mercado funciona você já entendeu. Em resumo:

a) Grandes editoras preferem apostar nas publicações com menos riscos (*best-sellers* ou autores com vendas garantidas);

161. https://bit.ly/2L93BbL. Último acesso em 03/08/2017.

b) Os impostos e custos de produção são elevados;

c) As porcentagens de descontos concedidas aos distribuidores são altas;

d) Os *royalts* (direitos autorais) dos autores são baixos, em média 10% sobre o preço de capa. Ou seja, se o livro custar R$ 40,00, o autor recebe R$ 4,00 por exemplar vendido. Nalguns casos, para valores altos, ainda há o desconto do imposto de renda do autor.

e) O livro eletrônico permite ganhos melhores para o autor. O problema é que vende pouco. Para a alegria geral dos escritores, o livro impresso predomina.

Outros fatores, ainda não mencionados, merecem ser listados. Vejamos:

a) Exposição. As livrarias expõem lançamentos; destacam nas vitrines ou gôndolas o produto que está na mídia – os mais vendidos –, ou, ainda, aqueles títulos em que a editora pode investir para que mereçam tratamento especial. Não é verdade que, ao chegar à livraria, você se depara com os *best-sellers*, autores emergentes com vendas garantidas, celebridades, *youtubers*, autores consagrados – nesse caso, tanto faz ser nacional ou estrangeiro –, ou, em determinadas épocas, promoções? Normalmente, o autor brasileiro sem expressão nacional vai para a estante. E não estar presente nas estantes de todas as livrarias é a coisa mais comum do mundo. Livrarias, assim como as editoras, são empresas que dependem das vendas. Dão atenção maior aos títulos vendáveis. Não fosse apenas isso, existem muitos títulos para pouco espaço. Não é possível expor tudo. Tampouco é possível para uma livraria adquirir títulos de todas as editoras, ainda que esta aquisição seja feita em consignação.[162] Isto dito, não seja ingênuo, caro leitor-escritor. O livro de um autor – especialmente o autor nacional – nunca estará em todos os lugares. Existe autor que bate o pé, reclama, solta o verbo em cima de sua editora. No fundo, pouco resolve. Tivesse você uma livraria e a opção de exposição fosse entre um título vendável no mundo todo e um autor nacional de pouca expressão, a qual você daria destaque na gôndola? A resposta é clara. Não minta para você mesmo. Negócios são negócios. As editoras e as livrarias (incluindo as livrarias virtuais) não são o seu umbigo.

b) O livro na internet divide espaço com outros "zilhões" de títulos. O livro eletrônico, além de não existir fisicamente, sofre do mesmo mal.

c) O pagamento dos direitos autorais pode acontecer mensal, trimestral ou semestralmente – dependerá do contrato firmado com a editora; também do acordo comercial da editora com os pontos de venda. Algumas livrarias só prestam contas para a editora depois de sessenta dias.

d) A menos que você venda milhões, não espere pagar as contas e fazer a festa com o valor que receber dos *royalts*. Noutras palavras, escreva e publique por prazer, não por dinheiro. Riqueza literária não está no bolso. Pode ser que você seja um autor que tenha a sorte de "ganhar na loteria" com o seu livro. Mas não faça do dinheiro o combustível principal para a sua escrita. Nunca.

162. Consignação para a Editora é quando a livraria adquire o livro e só paga se vender. Se não vender, o livro é devolvido para a editora.

e) Os adiantamentos de direitos autorais, muito comuns fora do Brasil, não são fáceis de serem negociados aqui. Entenda: receber direitos autorais adiantado é receber sem que o livro tenha sido vendido. Funciona assim: as editoras fazem uma previsão de venda da primeira edição do livro. Caso a previsão seja, por exemplo, vender 20 mil livros, podem adiantar os *royalts* da venda de 5 mil exemplares para o autor. Assim que o número de vendas vencer a barreira dos 5 mil, o autor, então, começa a receber de novo. E por que é difícil negociar isso? Porque tal projeção de vendas só é feita com os títulos que podem, de fato, dar o retorno esperado. Aqueles que têm risco alto de ficarem encalhados não recebem tal privilégio. Daí, basta pensar um pouquinho: você é celebridade? Tem mais de 1 milhão de seguidores? Possui público garantido? Não? Então, se você for um autor nacional na mesma situação da maioria, batalhando para ser reconhecido, não terá condição especial. E adiantamento de direitos autorais, cá para nós, é uma condição especial.

f) A verba de divulgação e *marketing* das editoras é voltada normalmente para os lançamentos (*best-sellers* ou autor com venda garantida, *youtubers*, celebridades, e por aí vai). Ou seja, investe-se naquilo que de fato pode dar retorno – de novo, a segurança no negócio.

g) O número de originais que chega a uma editora é espantoso. Dá um trabalho danado ler tudo. Para o seu ser avaliado, pode demorar de três meses a um ano. E isso se não se perder na pilha, à espera de ser lido. Alguns podem, de fato, nunca serem lidos.

h) Recusas. Aprenda a ouvir não. Muitos. A quantidade de negativas que um autor recebe no decorrer de toda a sua carreira é desanimadora. Os sins, por outro lado, são poderosos, podendo, inclusive, tirá-lo do anonimato. A história mais recente que me ocorre citar é a de Raphael Montes. Ele estreou na literatura com o romance *Suicidas*, em 2012. O livro foi finalista para os prêmios Benvirá e Machado de Assis. Publicado pela editora Benvirá, a obra projetou Raphael. Seu segundo romance, *Dias Perfeitos*, publicado pela Companhia das Letras, já foi traduzido para mais de quatorze países.[163] Como eu já disse no início do capítulo 16, às vezes, ser publicado por uma grande editora muda tudo.

Afirmações realísticas expostas. Ao menos, um pouco de como as coisas funcionam esclarecido está. O dia a dia das editoras e livrarias é mais complexo do que estas traçadas linhas, óbvio. Mergulhar a fim de trazer à tona outras vivências do mercado não mudará o rumo que o escritor deve seguir. Em dizeres simples: você já sabe o que precisa saber. Todavia, ainda que o mercado editorial seja complexo, difícil, competitivo, fechado, globalizado, refém de retornos financeiros, ele não é insensível. Vez e outra um autor nacional que não preencha os requisitos para venda, mas possui raro talento, consegue seu espaço.

O ponto positivo é: se o mercado tradicional não é dos mais fáceis; se as editoras dão preferência ao autor nacional que já tenha público, que trabalhe e divulgue o próprio livro (que praticamente venda o próprio livro), um novo prisma surgiu. Abriu-se um espaço

163. Na internet é fácil encontrar a biografia desse jovem autor. Entre outras coisas, ele também escreve roteiros. Colaborou nos roteiros das séries Espinosa (GNT-2015), Supermax (Globo-2016) e na novela A Regra do Jogo (Globo - 2015/2016).

onde as pequenas editoras apareceram com propostas de trabalhar um nicho de mercado onde os *best-sellers* e o retorno financeiro a todo custo não exercem suas tiranias. Pequenas casas editoriais trazem propostas de edições menores, atingindo um público menor; muitas vezes, fazendo vendas diretas. A exposição do livro sofre, é claro. Não há como as pequenas editoras competirem. Colocar o livro nos pontos de venda é uma batalha dura. Ainda assim, há editoras pequenas que fazem um excelente trabalho. Uma pequena editora, quando séria, não trata o escritor como "mais um".

Outra vertente: o mercado, hoje, possibilita ao escritor publicar o próprio livro. Ou ele o faz por meio das plataformas digitais disponibilizadas na internet ou lança mão de outros serviços, como a publicação sob demanda. Seja qual for a escolha do escritor (se editora grande, pequena ou autopublicação), uma coisa é certa: o original precisa sair da gaveta!

18. OS CAMINHOS PARA SER PUBLICADO

"[...] o escritor que tem seus livros na gaveta e não encontra editor, ou aquele que manda originais para aqui e para ali e, às vezes, não merece sequer uma resposta; ou aqueles que distribuem seus textos pelas editoras e recebem aquela clássica desculpa de que 'sua obra é boa mas não se enquadra nos projetos editoriais desta casa', todos esses devem ter algum consolo ao saberem que Francis Scott Fitzgerald, hoje tido como um dos melhores contistas modernos da literatura norte-americana, era um colecionador de recusas editoriais. Sua biografia registra que, em 1920, tinha dependurados no seu quarto 120 bilhetes de recusas para publicação de seus contos".

Affonso Romano de Sant'Anna[164]

Os tempos não mudaram. Nesse quesito da recusa, continuam idênticos. Minto, pioraram. As recusas se agigantaram. O não é predominante. É tirano, desolador. Ao mesmo tempo, é combustível para o enfrentamento. Saber que os grandes escritores, um dia, tiveram seus originais rejeitados, também dá força ao escritor à busca de publicação. E foram muitos. Afora Fitzgerald, citado por Affonso, James Joyce teve seu original *Dublinenses* recusado por mais de vinte editoras; Frank Herbert recebeu cerca de vinte negativas ao apresentar seu

164. https://bit.ly/2KDXrQ6. Último acesso em 07/08/2017.

original da série *Duna*. *E o Vento Levou*, de Margaret Mitchell, um clássico imortalizado na literatura e no cinema, foi recusado por quase quarenta editoras. George Orwell teve o seu *A Revolução dos Bichos* na lista de originais não publicáveis inúmeras vezes; difícil imaginar isso. *Lolita*, notável romance de Vladimir Nabokov, não escapou do mesmo destino. *O Diário de Anne Frank* recebeu quinze nãos!

Ora, o que nos diz toda esta introdução?

Primeira constatação: o seu livro será recusado.

Segunda: o seu livro ***não*** será recusado.

Nesses novos tempos literários, dado ser incontável a quantidade de originais candidatos à publicação espalhados pelas editoras, a possibilidade do sim é cada vez menos provável. Um dos motivos que levam as editoras a recusarem originais baseia-se na questão da venda; as apostas, repito, são feitas nos livros que, de alguma maneira, carregam consigo a venda "garantida".

Outro entrave: a possibilidade de ser lido por um editor é quase nula. As pilhas de originais são enormes. A plantação de novas "promessas" literárias é tão extensa que irrigar todas as sementes é muito, muito difícil. Apesar disso, os caminhos para a publicação, felizmente, oferecem muitas rotas. Os principais meios são:

a) Enviar o original para uma editora;

b) Participar de concursos literários;

c) Participar de oficinas literárias;

d) Contar com o apoio e/ou indicação de alguém do ramo;

e) Autopublicar-se;

f) Contratar um agente literário.

Nenhum dos caminhos é fácil, não se iluda. Cada um tem sua particularidade. Vejamos:

ENVIAR O ORIGINAL PARA UMA EDITORA

A primeira pergunta que você deve se fazer é: para qual? Entrar na internet, conseguir os nomes, enviar *e-mail* para a lista inteira pedindo que, ***por favor***, leiam o seu livro, não resolverá nada. Não funciona assim.

Saber para onde encaminhar o seu original dependerá do seu objetivo. Editora grande ou pequena? Seja o que for, o procedimento é mais ou menos o mesmo para ambas. Certifique-se de que o seu original se enquadra na linha editorial da editora. Se, por exemplo, seu texto ficcional for de ficção científica, e a editora para a qual você quer enviar não publica esta linha, não serve. Sequer passarão os olhos no seu livro. Caso o original se enquadre na linha editorial da editora pretendida, outra análise que você deve fazer é se a casa publica autores nacionais. Não publica? Esqueça a tal editora.

A política do envio de originais deve ser observada com atenção. Algumas editoras não aceitam originais por *e-mail*, só impresso. Outras podem não estar recebendo obras para avaliação. E, para as que estão abertas a novos autores, siga as normas de envio. De modo geral, as editoras pedem uma sinopse da obra; a biografia e dados do autor; e um texto explicando os diferenciais e o porquê de o seu livro ser boa opção mercadológica. Ou seja, a justificativa que fará o editor enxergar se o livro tem ou não mercado. Dados técnicos como gênero da obra (se o livro é de terror, fantasia, policial), se o texto é uma novela, romance ou coletânea de contos também são bem-vindos. Algumas editoras chamam todas essas informações de *book proposal* (em bom português: a proposta de um livro).

Ryoki Inoue, em seu livro *Vencendo o Desafio de Escrever*, traz um exemplo de como ele apresenta um projeto. É mais amplo do que o *book proposal*. O documento, registrado em cartório, contém: título da obra; objetivo; formato e número de páginas; temática; público-alvo; *timing* (o momento da obra); *story line* (destacando os principais acontecimentos da história, em poucas linhas); sinopse (um resumo mais abrangente, em comparação com o *story line*); argumento (basicamente uma descrição e justificativa de como e por que as coisas acontecem na história); personagens principais; temporalidade e ambientação; e os *plots* da história.

No dia a dia cada vez mais atribulado em que o editor está inserido, imagino que a apresentação longa de um projeto literário, como a proposta por Ryoki, corre o risco de não ser lido. Não posso, todavia, afirmar isso, posto que Ryoki escreveu e publicou mais livros do que qualquer outro. "Devido à sua intensa e extensa produção literária, desde 1993, Ryoki Inoue figura no International Guinness Book of Records como o homem que mais escreveu e publicou livros em todo o planeta."[165]

Saiba, ainda, que algumas editoras pedem apenas o *book proposal* e as primeiras páginas da obra (cerca de vinte). Se houver interesse, aí, sim, solicitam o original para análise. Outra coisa: editoras de grande porte não aceitam receber originais se não for por meio de um agente literário.

E a abordagem, ah, esta também precisa ser criativa. Ao enviar um *e-mail* ou carta de apresentação anexa ao original, atraia a atenção do editor. Como? Ora, se você chegou a este estágio de enviar seu livro foi porque venceu o desafio de escrever. Você é, portanto, um escritor. Se foi capaz de escrever um livro, tenho certeza de que saberá como fazer uma carta de apresentação criativa.

Livro ou proposta enviados, lhe restará paciência. Muitos nãos chegarão! Um sim pode vir até você. Até que isso aconteça, não fique desolado. Persista. "O grande teste do escritor é a teimosia", escreveu Nelson de Oliveira.[166]

165. https://bit.ly/2s4co6i. Último acesso em 08/08/2017.

166. OLIVEIRA, Nelson. *A Oficina do Escritor*, Cotia-SP: Ateliê Editorial, 2008, p. 122.

PARTICIPAR DE CONCURSOS OU PRÊMIOS LITERÁRIOS

Alguns autores torcem o nariz para os concursos ou prêmios. Desconfiam da imparcialidade ou não desejam submeter sua criação à avaliação de um corpo de jurados. Que é difícil a concorrência, quanto a isso não há dúvida. Dado o número de participantes ser alto, ter a obra premiada é tão improvável quanto o original ser aceito por uma editora pelas vias tradicionais. Mas que pode acontecer, pode.

Concursos ou prêmios literários são ótimas vitrines – ao menos os sérios são. Ademais, pode render algum dinheiro, dependendo do prêmio oferecido. O melhor é que o livro vencedor, na maioria dos casos, é publicado.

PARTICIPAR DE OFICINAS LITERÁRIAS

Por que não? O fato de o escritor ter conseguido chegar ao final de sua obra não significa que tudo sabe. Só para lembrar, o escritor aprende a cada livro que escreve. Assim sendo, nunca deixa de aprender, estar em constante refinamento da própria escrita.

Afora um novo olhar sobre a escrita (e sempre traz), oficinas literárias são boas redes de relacionamento. Algumas portas podem se abrir, especialmente se você destacar-se pelo talento, e a oficina for ministrada por um escritor de expressão no mercado.

CONTAR COM O APOIO E/OU INDICAÇÃO DE ALGUÉM DO RAMO

Eis aqui um item delicado. O escritor novato precisa conhecer alguém influente no mercado editorial para contar com tal apoio. Nessa impossibilidade, afinal ele é novato, precisará conhecer algum autor que, igualmente, tenha influência entre os editores. Normalmente, o escritor novato não conhece um autor de renome. O que ele faz? Tenta se aproximar. Manda *e-mails*. Entra nas redes sociais. Um e outro lhe dão atenção. Nessa hora, o novato dá o bote e, ansioso, pede para ser indicado. Nada de errado nisso. Não entendo o motivo de alguns escritores já consagrados torcerem o nariz para isso. Um dia, afinal, também tiveram suas dificuldades de iniciante. Talvez tenham até sido indicados. Portanto, se o escritor puder ajudar, porque não?

O problema, na verdade, passa por outra vertente, que vai além da vontade de fazer a indicação pura e simples. Autores não indicam autores cuja obra não conhecem. É preciso, evidentemente, saber do potencial daquele que ele está indicando. E, para conhecer, o autor que poderá fazer a ponte precisa, antes, ler o livro do outro. Ocorre que a maioria não dispõe de tempo para atender aos pedidos que lhe chegam. Ler originais não é tarefa que lhe caiba, caso seu dia seja repleto de outras obrigações, dentre elas, escrever o próprio livro.

> *"[...] Eu costumo receber um e-mail por semana de um autor inédito e desconhecido pedindo que eu leia seu original e o encaminhe a um editor, com uma emocionada e vibrante carta de recomendação.*
>
> *Mas como eu poderia ler o seu original, se levo uma vida atribulada, comparecendo pontualmente ao local de trabalho [...], dando aulas, coordenando oficinas, participando de debates e mesas redondas, escrevendo artigos e resenhas? Eu não tenho disponibilidade para ler um original por semana. O pouco tempo que me resta, eu procuro empregar na minha própria literatura. Ou na leitura dos livros que eu quero muito conhecer."*[167]

167. OLIVEIRA, Nelson. *A Oficina do Escritor*, Cotia-SP: Ateliê Editorial, 2008, p.120.

AUTOPUBLICAR-SE

Parece novidade. Não é. A autopublicação, desde outros tempos – num pretérito distante da boa parte dos escritores de hoje –, sempre foi uma possibilidade. Edgar Allan Poe, Virgínia Woolf, James Joyce, D. H. Lawrence, Clarice Lispector, Manuel Bandeira, entre outros, lançaram mão da publicação independente. Dentre os motivos que levaram, e levam até hoje, os autores a optar pela autopublicação, os principais são: a) Ter o controle total sobre a obra. O livro sai como o autor quer, não como a editora deseja. Há, ainda, o controle sobre a divulgação e venda; b) Não esperar pela difícil, demorada e, muitas vezes, improvável aceitação por parte das editoras; c) Poder publicar a sua obra por acreditar em você mesmo, independente de opiniões contrárias aventadas pelo mercado.

> *"D. H. Lawrence – seu próprio editor suplicava que não publicasse O Amante de Lady Chatterley, por achar que era por demais arrojado e ia lhe criar problemas, por isto o livro acabou saindo em Florença em 1928, numa edição particular. D. H. Lawrence, aliás, vivia tendo problemas com o que queria publicar e, entre os seus livros, Mulheres Apaixonadas foi o mais recusado."*[168]

Se D.H. Lawrence e outros tantos escritores mundialmente conhecidos se autofinanciaram em algum momento de suas carreiras, qual o problema se você, leitor-escritor-autopublicável, o fizer? Disse Nelson de Oliveira: "Não há vergonha alguma na autoedição." Vergonha há em não o fazer adequadamente. Isso significa que autoeditar-se dá trabalho, exige cuidado e tem um custo elevado, dependendo do *status* financeiro do autor.

Autopublicar-se, como o próprio nome sugere, é fazer a publicação você mesmo. Isto é e não é uma verdade. Na web, muitas

168. https://bit.ly/2KDXrQ6. Último acesso em 07/08/2017.

plataformas digitais facilitam tanto a vida do autor que basta entrar naquela que ele achar adequada e se autopublicar. Fácil. Rápido. Uma espécie de *plug and play* literário. Nesse sentido, o autor não dependerá de nada mais além da plataforma para ver seu livro na versão eletrônica disponível para leitura.

Mas será mesmo que o processo foi adequado? Veja bem, caro leitor, não se trata tão somente da habilidade em entender como utilizar a plataforma. Trata-se de como o original virou livro na plataforma. O texto foi revisado antes de ser publicado? Passou por uma cuidadosa edição? A capa escolhida está, de fato, adequada? O projeto gráfico oferecido ficou bom?

Se o autor não se achar capacitado para analisar e/ou fazer sozinho todo o processo que envolve a construção do livro, desde a concepção criativa da história até a preparação final antes da publicação propriamente dita, então o ***fazer você mesmo*** não é verdade. Para um trabalho digno, não sendo o autor autossuficiente, outros profissionais precisarão estar envolvidos. Ainda que a plataforma disponibilize modelos prontos, se o livro, por exemplo, não estiver revisado, terá que passar por revisão. Noutras palavras, para se autopublicar, o livro já precisará estar editado e revisado, no mínimo.

Sites/plataformas de autopublicação, nos dias de hoje, existem aos montes. Um breve navegar no Google e possibilidades muitas surgirão. Dentre as opções, destaco a KDP – Kindle Direct Publishing, da Amazon; a Publique-se!, disponibilizado pela Saraiva; e a Escrytos, da Editora Leya.

Via de regra, a autopublicação é oferecida gratuitamente, mas o que é isento de custos, na maioria dos casos, é o ato da publicação – ou seja, transformar o seu texto em um *e-book* –, e a disponibilização do livro eletrônico na web. Serviços como o *marketing*, por exemplo, fazem parte de um pacote à parte, oferecidos mediante pagamento de taxas.

Pagando ou não, autopublicar-se é vantajoso sob alguns aspectos: o autor acompanha o gráfico das vendas; define o preço do livro; recebe *royalts* maiores do que receberia pelo livro impresso; e por aí vai. Entrar nessas plataformas e pesquisar o que oferecem ampliarão a sua compreensão.

Outro importante ponto é a amplitude desta autopublicação *online*. Ao disponibilizar a Escrytos, a Editora Leya destaca vantagens de visibilidade e ressalta que "esta plataforma vai ao encontro daquela que tem sido a sua estratégia no contexto da estimulação da criatividade editorial e até mesmo no da procura de novos talentos de língua portuguesa."[169]

De acordo com o *site* Draft[170], "O Publique-se! conta com cerca de 21 mil autores cadastrados e um catálogo com mais de 11 mil livros (sempre *e-books*) publicados. Além disso, a plataforma recebe aproximadamente 12 milhões de acessos mensalmente. Nada mal se considerarmos que no Brasil, a tiragem média de um livro é de 3 mil exemplares. A Amazon também não revela o número de vendas pelo KDP, mas diz que na lista dos 100 livros mais vendidos na Amazon Brasil, pelo menos 30 são de autopublicação".

Os números são animadores, dúvida não há. De qualquer modo, nem tudo são flores. O sucesso com a autopublicação não acontece para todos. Nesse quesito, a publicação *online* é igual à publicação do livro físico.

Isto posto, livro publicado, e daí?

Outro trabalho difícil começa: a divulgação. Lembre-se: as plataformas de autopublicação, por mais que disponibilizem o livro e o exponham, o fazem com outros milhares. Caberá ao autor, portanto, trabalhar na divulgação e angariar leitores. Isso caso você, leitor-escritor-autopublicável, tenha tempo e muita, muita dedicação. Alimentar sua própria rede social (ou redes); fazer parte de outras,

169. https://bit.ly/2IC7Wm9. Último acesso em 12/04/2018.

170. https://bit.ly/2kbd6Le. Último acesso em 12/04/2018.

dispondo de seu tempo para conhecer e alimentar a amizade com novos leitores virtuais; convencer blogueiros especializados em livros a darem uma nota do livro serão apenas algumas de suas tarefas. No mínimo duas, três horas de trabalho por dia – ou de dez a quinze horas semanais – para que os resultados comecem a aparecer.

Há que se considerar, ainda, o direcionamento da mensagem, que precisa ir ao encontro do leitor que goste do segmento da sua ficção. Noutras palavras: o livro é de terror? Melhor seria divulgar para o leitor que gosta do gênero. A maneira de chegar aos leitores, blogueiros, pessoas que possam falar sobre o seu trabalho é, como já dito, lançar mão do inter-relacionamento virtual. Seja um seguidor de perfis que possam disseminar a informação sobre sua obra. Seja sincero, crie vínculos. Dê contrapartidas. Por exemplo: divulgue o autor que lhe deu atenção. O processo é uma corrente. Um elo sozinho não funciona sem o apoio do outro.

Não se esqueça, contudo, que fazer comunicação, relacionar-se e estar presente demandam tempo. Se você tem outras obrigações profissionais, e em seu período livre deseja escrever um novo livro, ou simplesmente ler, como poderá dedicar-se adequadamente à divulgação de sua obra? Muito bem, na impossibilidade de fazer tudo sozinho, as plataformas ou editoras que oferecem serviços de edição, revisão, registros de ISBN, ficha catalográfica, serviços de *marketing* e assessoria de imprensa existem aos montes. Contratar uma editora especializada em autopublicação pode ser a alternativa. Os custos não serão baratos. De todo modo, você já não estará fazendo a publicação sozinho. Será uma publicação independente, sim. Mas a insegurança da autopublicação, caso você a tenha, estará resolvida.

Não espere obter grande retorno financeiro com a publicação independente. Sendo bem realista, saber que o mais importante não é o dinheiroé muito, muito melhor. Afinal, o destino de um livro – não importa de que maneira foi publicado – é incerto. Sempre é uma aposta. Mesmo os *best-sellers* publicados pelas grandes editoras são uma aposta.

Caso a sua compreensão seja a mesma que a aqui exposta, e o importante seja fazer com que o seu livro chegue ao maior número possível de leitores, a despeito do dinheiro (este você dispõe do que for preciso), então é fácil: faça a publicação independente. Pague por mil ou 10 mil livros e os distribua gratuitamente pela internet, nas escolas, entre os amigos, na sua rua, comunidade. Os leitores fiéis aparecerão e se multiplicarão. Quem sabe você não vire até destaque nos jornais: "Escritor distribui 10 mil livros gratuitamente!" É, isso dá matéria. E se o livro, de fato, for bom, você pode ser o próximo candidato a ingressar numa grande editora. Saiba que uma ação como esta não traz demérito algum. Distribuir o próprio livro nada mais é do que investir na divulgação, além, é claro, de fazer filantropia literária em prol da cultura.

Certo, certo. A realidade para você é outra. Não pode investir dinheiro na divulgação, mas pode investir seu tempo? Autopublique-se (texto revisado e editado) e faça, então, todo o trabalho citado para angariar leitores. Duas coisas verdadeiramente podem acontecer: você se frustrar (afinal, pode esperar mais do que o resultado obtido) ou você se surpreender com o livro sendo mais vendido do que o imaginado.

Outra possibilidade para financiar o próprio livro é você entrar na onda do financiamento coletivo. Algumas plataformas de financiamento coletivo existem na internet. Visite-as. Pesquise como funcionam. Basicamente, trata-se de um processo de financiamento coletivo: quem bancará a edição do livro são as pessoas que fizerem a doação em dinheiro.

A publicação sob demanda também veio para facilitar as coisas para o autor que deseja se autopublicar. Impressão sob demanda é aquela onde pode-se imprimir exemplares em baixíssima quantidade (em média trinta). Ou seja, neste sistema, o livro é impresso de acordo com a necessidade e possibilidade do autor. O custo unitário é mais alto do que a impressão gráfica tradicional. E não são todas as empresas que oferecem a impressão sob demanda que costuram o miolo do livro (fique atento, se sua intenção for ter um exemplar costurado). No mais, o serviço oferecido é bom.

Para livros com formatos tradicionais, e também para aqueles que não exijam rigorosa fidelidade de cores, caso o livro seja colorido, é uma alternativa interessante. No caso da impressão sob demanda, contudo, o livro já tem que ir pronto (revisado, editado, capa definida). Pouquíssimas são as gráficas de impressão sob demanda que oferecem serviços editoriais completos. Via de regra, o trabalho dessas empresas é imprimir.

Vale ressaltar que o autor que optar pela autopublicação – não importa o meio autopublicável escolhido – deverá administrar os processos com responsabilidades compatíveis com as de uma editora/editor. Ainda que o caminho seja o da contratação de serviços de publicação oferecidos por uma editora, o autor não pode ficar à margem do processo. Deve, sempre, acompanhar o passo a passo dos acontecimentos.

Bem, mas se, ao fim de tudo, o objetivo do autor não for se autopublicar, tampouco se desgastar enviando originais para as editoras, e, sim, ter apoio na futura carreira e agir com orientação profissional que possa levá-lo ao sucesso, o caminho para a publicação pode ser o agente literário.

CONTRATAR UM AGENTE LITERÁRIO

Certa vez, Miguel Sanches Neto me disse: "Newton, você precisa de um agente!" O Miguel, um dos nossos grandes escritores, sabia perfeitamente a diferença entre trabalhar ou não com um agente literário quando me fez tal afirmação. O que ele não sabia é que eu já tinha vivido a experiência de ter sido representado por um agente. No meu caso, avaliando hoje, provavelmente a paciência para esperar que as coisas acontecessem me faltou. A minha relação com o agente não passou de um ano. Concluí, naquela época, que o agente não estava agregando nada em minha carreira. Talvez se eu tivesse esperado mais...

Enfim, embora a demora fosse natural, eu não enxerguei assim. Eu não era estreante. Trazia em minha biografia cerca de dez livros publicados. Viver a angústia da espera por respostas das editoras e, na maioria das vezes, amargar a negativa não eram novidade para mim. Ainda assim, acreditei que com um agente as coisas aconteceriam mais rapidamente.

Inicio este assunto contando a minha vivência pois a maioria dos autores, ao levantar a possibilidade de contratar um agente, acha que este fará sua carreira decolar da noite para o dia. Poucos levam em consideração que o agente, por mais que conheça o mercado, não é quem dita as normas, tampouco prazos para as editoras darem respostas sobre os originais. A verdade é: embora o agente seja um facilitador, o ato de ser publicado por uma editora – especialmente uma grande editora – continuará sendo difícil.

Caso não lhe tenha ocorrido ler sobre o papel do agente literário, é ele que fará a intermediação entre contratante e contratado: apresentará o livro para as editoras mais adequadas – ou seja, o original será encaminhado àquelas em cuja linha editorial se enquadre a obra em questão. Se houver interesse na publicação, o agente dará o suporte ao autor antes da assinatura do contrato. Nada disso, porém, acontece sem antes o agente ter feito uma leitura crítica da obra, apontando correções, mudanças e melhorias estruturais, se for o caso.

Uma vez que o autor seja contratado pela editora, o agente também ficará atento aos aspectos da divulgação, distribuição e comercialização do livro, a fim de informar ao autor o andamento dos processos e, com isso, tentar garantir maior número de vendas.

Se já é difícil vender com boa divulgação e distribuição, imagine sem. O agente não faz mágica. Porém, para o autor, saber que seu agente está monitorando e colaborando com o trabalho da editora e a vida do livro no mercado é animador. Pode chegar um momento em que o escritor atinja popularidade. O agente, então, passará a administrar a carreira do seu pupilo, cuidando de sua imagem, aconselhando e, na maioria dos casos, coordenando sua agenda literária.

Deu para entender a importância de um agente? Tenho certeza que sim. Mas o agente faz ainda mais: se a obra for um sucesso, é o agente quem negociará a adaptação para cinema, televisão ou teatro; trabalhará para vender os direitos de tradução em outras línguas; e, caso o livro tenha um personagem forte, ou o autor tenha importância tal que mereça licenciamento para produtos, é o agente quem estará à frente das negociações.

O custo de um agente não é barato. Normalmente os agentes cobram de 10 a 20% sobre os direitos autorais da obra. Para casos onde se exija a administração da carreira, os valores são diferenciados, e não são baseados apenas nos direitos autorais. Cada caso é um caso. A negociação dependerá de cada agente.

Nelson de Oliveira destacou:

> *"A contratação de um agente não costuma ser barata. Mas não resta dúvida de que o agenciamento literário, procedimento largamente adotado nos países de sólido mercado editorial, está se tornando comum também no Brasil. Entre outras benfeitorias, esse profissional tem ajudado a organizar o desordenado vaivém de originais e diletantes frustrados."*[171]

171. OLIVEIRA, Nelson. *A Oficina do Escritor*, Cotia-SP: Ateliê Editorial, 2008, p.123.

Isto posto, a pergunta que deve estar passeando pela mente do leitor-escritor-pretendente-ao-estrelato refere-se à facilidade: é fácil arrumar um agente? Não. Mas que é um pouco mais fácil do que agir feito um franco-atirador, enviando o original para Deus e o mundo, à espera de ser lido, isto é – desde que o autor estreante não alimente o desejo de ser representado, de cara, pelo maior escritório de agenciamento literário do país.

Da mesma forma que existem grandes editoras, existem grandes agentes – grandes não só em competência, mas em estrutura, que fique claro, pois as pequenas ou médias agências sérias são igualmente competentes. Enfim, os grandes escritórios agenciam autores com obras já publicadas. Raramente um novato consegue ser percebido por eles. A boa notícia é que o mercado brasileiro tem presenciado o surgimento de novas agências ou agentes literários nos últimos anos. Estamos longe de atingir o patamar do mercado estrangeiro, onde a figura do agente é valorizada e chega a ser indispensável ao autor e às editoras. Não obstante, a demanda por agentes literários no Brasil aumentou, e, com isso, as possibilidades de um autor ser agenciado.

Como, então, conseguir um agente se o autor não tem obra publicada? Se a obra está disponível nas plataformas digitais, se o autor possui um número expressivo de leitores, os agentes estão de olho.

Por outro lado, caso o autor não tenha tido tempo, tampouco se animou com a possibilidade da autopublicação na rede, ele terá que buscar um agente. Vasculhar na internet. Visitar as páginas dos agentes. Se possível, conversar com um autor. Ou vários. Conversa vai, conversa vem, de repente, a porta se abre.

Daí para frente, caberá ao estreante abraçar a oportunidade, dedicar-se em alto grau a tudo o que lhe for determinado e, especialmente, escrever melhor do que nunca. A carreira de um autor, vale reforçar, não depende apenas das ações do agente, e, sim, do talento que este tem de produzir obras que façam a diferença para os seus leitores.

Elisa Dinis, agente literária, reforça apontamentos feitos sobre o assunto. Tenho certeza de que, apesar das minhas colocações, nada melhor do que você ler as palavras de um agente:

> *"Meu primeiro contato com agenciamento literário se deu quando ainda trabalhava em editora", diz ela. E continua: "O papel do agente, além de intermediar a venda dos direitos entre autor e editora, é zelar pelos direitos do autor e fazer um bom contrato, que ajude e defenda esse autor. É muito importante que um agente atue como um protetor desse autor, fazendo com que o contrato assinado seja cumprido.*
>
> *Um agente precisa ser antenado com o mercado, tendências literárias e, acima de tudo, estar aberto para receber material e saber garimpar os talentos ali escondidos.*
>
> *Algo que sempre digo aos autores é que não deposite no agente sua única possibilidade de sucesso. O trabalho sempre será em conjunto. Agente não é Deus".*

Elisa é categórica. Suas palavras, além de enfatizarem o já exposto, são realistas. Um agente, vale repetir, não é Deus.

Em complemento, pedi que ela respondesse alguns questionamentos. Embora seja um breve apanhado, considero-o indispensável. Aproveite-o.

ELISA DINIS

Jornalista, editora e agente literária, proprietária da agência literária Aspas e Vírgulas.

A figura do agente literário tem sido cada vez mais usual no mercado editorial brasileiro, fato não muito comum há alguns anos. No passado não tão distante, o normal era o autor não ter um agente. Vejo esse fortalecimento do papel do agente com bons olhos. Todavia, para o escritor novato, aquele que está querendo lançar seu primeiro livro, chegar a um agente literário é tão difícil quanto chegar a uma editora, pois o que os agentes desejam, via de regra, é representar um autor que já tenha algum trabalho relevante, que já tenha trilhado alguns passos em sua carreira. Diante disso, o que você, como agente literária, diria para este escritor novato?

De fato, o agenciamento nacional (brasileiro) é algo ainda novo, porém o agenciamento internacional é algo já consolidado e muito usado por aqui também quando se quer trazer um autor estrangeiro. O contato com o agente é mais restrito porque o trabalho do próprio agente é nos bastidores. Agente que gosta de holofote não vai longe, portanto, em uma era de curtidas e seguidores, um bom agente não se preocupa com isso, já que seu trabalho se dá com o contato próximo com as editoras. Aos escritores, eu repetiria o que já disse acima: "um agente precisa ser antenado com o mercado, tendências literárias e, acima de tudo, estar aberto para receber material e saber garimpar os talentos ali escondidos".

Como um agente faz esse garimpo de autores novatos que deseja representar? Sabemos que cada empresa/agente tem a sua maneira de trabalhar. Em seu modo de ver, portanto, como se dá essa busca pelo autor?

A minha agência tem um trabalho diferente do tradicional, pois agregamos outras frentes para os nossos agenciados, mas, normalmente, um agente fica antenado com as tendências, feiras, grupos de autores, além de receber muito material. Não podemos fechar as portas e simplesmente nem ler o que recebemos, pois um talento pode estar perdido ali no meio.

Os agentes enxergam além texto, analisam o todo, as possibilidades que aquele autor pode oferecer. É um trabalho de olhar amplo.

É fato que em qualquer profissão – e na de autor não seria diferente –, o início é difícil, e precisa, além de empenho e dedicação, de muito estudo. O que não pode acontecer é o autor achar que ter um agente fará dele um sucesso. Não, não fará. O trabalho será sempre em dupla, somando. E os dois trabalharão muito.

Recentemente um autor brasileiro, o Geovani Martins, foi considerado um fenômeno da literatura. O seu livro de estreia teve os direitos de tradução vendidos para 9 países, segundo o* Blog da Companhia**[172], sem nem ainda ter sido lançado no Brasil. Independente de quais autores você representa, e ainda que talvez não conheça o trabalho desenvolvido para o Geovani, se focarmos no papel de um agente literário, e se considerarmos que este represente um autor estreante, como se daria a venda dos direitos de tradução de um livro sem nenhum histórico de vendas no Brasil, posto que ainda não foi lançado?***

172. https://bit.ly/2rYvdZk. Último acesso em 12/04/2018.

Eu não estudei o caso do Giovani, mas acredito que seja um rapaz que já tenha um trabalho desenvolvido antes do livro – um trabalho profissional feito por ele e que chamou a atenção de algum agente (aquele olhar além texto que comentei acima). Isso acontece em muitos casos.

O agente não vende apenas o texto, mas sim o autor, sua história e suas possibilidades.

Ampliando a linha de raciocínio: afora as exceções, em casos corriqueiros, como é feita a venda dos direitos de tradução de um livro?

Venda internacional pode ser feita com intermediação de um agente internacional ou pela editora diretamente, dependerá do país e da editora a ser trabalhada. Via de regra, segue o mesmo aqui, inclusive as porcentagens.

Para se trazer um livro internacional é muito raro que não seja via agente. Livros americanos, ouso dizer, não há possibilidade.

Como você pôde perceber, caro leitor, o papel do agente é amplo e complexo. Ser agenciado não é fácil. Não obstante, da mesma maneira que um autor estreante pode se tornar o mais novo fenômeno, também pode ter sua carreira alavancada por um agente.

Fato inquestionável é: para ser descoberto, tanto por um agente quanto por uma editora, há que ser perseverante e fazer da escrita algo tão importante quanto se alimentar.

19. PALAVRA DOS EDITORES

> *"[...] Precisamos querer mais. E querer mais, com mais profundidade, envolve algum risco. Aceitar alguma dose de incerteza em prol de boas narrativas pode ser o remédio para nossa vertigem. E garantir que mais gente tenha acesso a elas vai determinar nosso futuro."*
>
> *Publishnews*, Angela Mendes, Daniela Padilha, Lizandra Magon de Almeida e Paulo Verano.

No artigo *A dor de cabeça do editor: como lidar com a incerteza nos tempos de crise?* [173], os editores Angela, Daniela, Lizandra e Paulo foram claros. A despeito do questionamento que levantaram: "Como fazer os leitores irem ao encontro dos lançamentos, uma vez que os editores não conhecem 'por dentro' a cabeça deles?", eles mesmos apontaram que o caminho é o editor ir ao encontro das boas histórias. Boas histórias transformam. O mercado dos livros não deve, portanto, ater-se apenas à tendência. Segundo eles, tirar o livro da passividade, da "tendência", para inseri-lo em um lugar especial, um lugar em que se proponham debates e se aposte no livro como um espaço de invenção, talvez seja a solução para os novos caminhos, em que crise e tendências de mercado não sejam a linha condutora. "Precisamos querer mais", eles disseram. "E querer mais [...] envolve algum risco. Aceitar alguma dose de incerteza em prol de boas narrativas pode ser o remédio para nossa vertigem."

Esta conclusão, de certa forma, é um alento para o escritor. Significa, pois, que os editores se preocupam, sim, em encontrar boas

173. https://bit.ly/2L93BbL. Último acesso em 16/08/2017.

histórias. Há, portanto, espaço para elas, sejam escritas por autores estrangeiros ou nacionais. O escritor brasileiro, contudo, vive dificuldade maior para ser o alvo das publicações. Competir com os *best-sellers* não é fácil.

Obstáculos à parte, o que os editores diriam sobre o mercado e o escritor nacional?

Assim que dei início ao projeto deste livro, me ocorreu a importância de poder trazer até você, leitor-escritor, a palavra dos editores que, nalgum momento de suas carreiras, publicaram ficção. Dada a óbvia impossibilidade de colher a opinião de todos, os poucos que aqui estão são fundamentais. Além disso, este capítulo não é uma pesquisa. O importante, no fundo, não é o número de depoimentos, e sim o que os editores trazem de significativo.

SORAIA REIS

Atual Diretora-Editora da Companhia Editora Nacional e Conrad Editora, do grupo Ibep[174].

Em 2012, ela concedeu uma entrevista para a revista Samizdat175 esclarecendo como um autor iniciante deve agir para atrair a atenção das editoras de grande porte. Também discorreu sobre como um livro com potencial, mas sem agente literário, pode ser descoberto em meio aos milhares de originais que uma editora recebe, e, ainda, explicou por que é um risco apostar no autor nacional que está começando.

A respeito do papel do autor para atrair a atenção, Soraia ressaltou a importância de o autor escrever bem – premissa básica. Em seguida, complementou:

> *"O autor de ficção deve criar uma história encantadora, aquela que o leitor não tem vontade de parar de ler. Para isto o texto deve ter fluência. [...] Após preparar um belo texto que se diferencie dos demais, pois as editoras recebem centenas de originais por mês, o autor deve fazer uma boa apresentação do seu trabalho e encaminhar a sua biografia anexa. Outro ponto importante é enviar o original para as editoras certas, ou seja, antecipadamente, verificar quais áreas e gêneros as editoras publicam, para não perder tempo. [...] O autor deve ter paciência para receber a resposta também. Às vezes os autores inéditos enviam textos para avaliação e querem resposta em um mês. O processo não funciona assim, pois a pressa pode atrapalhar a avaliação."*

E como um original pode ser descoberto entre tantos, se não for apresentado por um agente? Novamente, Soraia aponta a importância da qualidade do texto. Sim, ela também confirma a importância do agente, pois o editor já sabe que se o agente acredita na obra, ela

174. Até a data de publicação desta obra.

175. https://bit.ly/2IA0esB. Último acesso em 21/08/2017.

merece ser lida. Ainda assim, o caminho sem o agente não é desanimador. Soraia afirma que inúmeras vezes livros recebidos diretamente são contratados. Ou seja, não se contratam livros vindos apenas dos agentes.

E quanto aos riscos de contratar um autor nacional iniciante?

> *"Tudo é risco. Por exemplo: compramos direitos de livros estrangeiros que venderam um milhão de cópias nos EUA, mais um milhão na Europa, e no Brasil não acontece nada. O editor apostou em um tema que agrada ao público brasileiro e que vendeu bem; a princípio, isto seria um bom parâmetro, mas não o é. Desta forma, o que pode vender? No que apostar? O editor não tem bola de cristal, mas o seu conhecimento e o seu faro podem ajudar. Seja o autor inédito ou não. Recebemos muitos originais, como já citado, mas dentre estes, podemos descobrir grandes pérolas; afinal, todo escritor um dia foi inédito, não é mesmo?"*[176]

Importantes estas palavras de Soraia, editora experiente que é. Pedi que me falasse mais sobre o agente, o escritor, o mercado da ficção brasileira e os prêmios literários. Gentilmente, ela respondeu cada pergunta com entusiasmo.

Como o escritor iniciante consegue um agente se, assim como as editoras, o agente também procura um escritor com possibilidades reais de venda?

Claro que não é fácil ser escolhido entre milhares de originais, mais a competência, a persistência e a resiliência são essenciais para alcançar a meta.

Um dos caminhos para o autor é fazer uma busca de editoras e agentes literários na internet. Também acompanhar boletins eletrônicos sobre o mercado editorial ajuda muito. Antes de começar a saga em busca de publicação, contudo, o autor precisa estar seguro

176. Idem.

de que fez o máximo pelo seu texto. Um autor inédito precisa reler diversas vezes o que escreveu; passar o texto para leitores críticos, família, amigos, etc. Hoje, com as mídias sociais, fica fácil, além de existirem plataformas gratuitas para postar o original e escutar o que o leitor tem a dizer.

Existem autores que acertam de primeira na escolha da história e no próprio texto, mas isto é uma minoria, principalmente na ficção. Muitos têm ótimas ideias, histórias, mas precisam de amadurecimento na escrita. Nesse sentido, os agentes são figuras importantíssimas. Um bom agente ajuda a preparar o autor. Não significa, porém, que o agente transformará um texto ruim em um bom texto. Assim sendo, para o escritor ter a chance de ser contratado por um agente, é importante, reforço, que este apresente um bom texto.

Como você vê o futuro da ficção brasileira?

Acredito muito na literatura brasileira. Há um problema? Sim. Creio que está no hábito da leitura. Se os brasileiros tivessem mais intimidade com a leitura, o mercado da ficção nacional não seria pautado pela mídia. A maioria dos livros de ficção que estão nas listas de mais vendidos da grande mídia são livros estrangeiros para jovens. Costumo classificar estes livros de *crossmedia*, pois chegam no mercado com a força da publicidade de um filme de cinema, um seriado famoso de TV, games, etc. O mercado editorial brasileiro ainda não pode investir grandes quantias em divulgação como uma Warner, por exemplo. Com isso, a literatura nacional sofre. Entretanto, hoje podemos verificar autores-blogueiros, *youtubers* vendendo muito. Isto significa que os seus seguidores são os seus leitores. Quem quer ter sucesso editorial precisa despertar para o mundo tecnológico para se promover e ao seu trabalho – um mundo que já fala na

Revolução 4.0, em inteligência artificial. Noutras palavras, o futuro da ficção brasileira é indissociável do admirável mundo novo da tecnologia que nos envolve.

Até que ponto a ficção para jovens e os youtubers-autores devem predominar no mercado?

A venda dos livros de ficção para jovens deve crescer. Quanto mais lemos, mais nos apaixonamos pela leitura, pelas aventuras, pelos personagens. Entretanto, hábito demanda tempo. Mas se os livros para jovens e os *youtubers*-autores são uma espécie de "ponte" para a leitura, tudo bem.

Vale dizer, contudo, que os livros de *youtubers*, blogueiros, etc. são livros de oportunidade. Aquele que tiver o que falar e contar com muitos seguidores venderá bem. Estes livros, porém, não se mantêm longamente em catálogo. Eles chegam, vendem e somem do mercado com o passar do tempo.

Como você vê os prêmios literários, e qual a importância deles para o jovem estreante?

Os prêmios são estimuladores e norteadores. Creio que precisamos de mais prêmios literários e mais divulgação. Precisamos de mais ações dentro das escolas e das universidades. A Bienal do Livro é um exemplo de que existe uma grande demanda; existe a paixão da criança, do jovem e do adulto pela literatura. Podemos não ter o hábito, mas temos paixão. As feiras de livros nos mostram que precisamos trabalhar fortemente em prol do hábito da leitura. Lembrando que hoje não lemos somente livro físico, existem outras plataformas, o que vem a contribuir, e muito, com o prazer de ler.

THALES GUARACY

Foi editor, criador do Prêmio Benvirá de Literatura. É jornalista e autor de mais de vinte obras, entre elas Anita e A conquista do Brasil.

Qual o caminho para o escritor iniciante?

Como editor, e também como autor de mais de vinte livros publicados, acredito que o escritor iniciante deve escolher um de dois caminhos. Há aqueles que buscam seguir uma fórmula, em busca de um editor e um público de um mercado conhecido. Há editores que seguem certos mercados – o romance policial, por exemplo, ou o livro de história – que têm um público cativo. É um tipo de obra, seja ficção ou não ficção, que possui certo padrão: o leitor já espera aquilo, então é possível definir esse mercado e, dentro dele, buscar produzir algo de qualidade. Outro caminho, tão válido quanto o primeiro, é simplesmente fazer aquilo em que acredita, sem pensar no editor e no público. Nesse segmento está o mais fino da literatura, porque é mais pessoal, mas é também o mercado mais difícil, porque é mais custoso encontrar um bom agente ou um bom editor que se interesse pelo que você faz, e que veja qualidade no seu trabalho, o que é, muitas vezes, altamente subjetivo. Os editores sabem disso. Por isso tratam qualquer contratação de livro como uma "aposta".

Em sua opinião, por que é difícil para o autor novato encontrar um agente?

É tão difícil encontrar um agente quanto um editor. Os agentes escolhem seus autores pelos mesmos critérios que um editor, e preferem aqueles que já têm algum mercado. No Brasil há poucos agentes, e os poucos possuem já seus autores. Normalmente, aqui se busca diretamente o editor. E depois um agente, para que ajude a vender o livro também no exterior.

Como você vê o autor nacional e o mercado brasileiro?

Os autores nacionais falam mais da realidade que o leitor conhece. Mas hoje funciona o mercado globalizado, em que as grandes franquias ganham espaço de mídia e estão presentes em todos os lugares. Por isso, é mais fácil trazer uma solução pronta, que já está dando certo, vinculada a outras mídias. No Brasil, não se tem procurado o mercado global com a mesma competência, e o nosso produto perde espaço. O editor prefere comprar, por exemplo, um outro *Guerra dos Tronos* do que lançar uma ficção brasileira, pois jamais esta terá uma produção de série desse tamanho por trás. O problema não é dos autores, é do sistema de produção brasileira, que apenas agora começa a se organizar como negócio também global.

Qual é o futuro da ficção?

A ficção tem um futuro brilhante. Sempre teve. O livre espaço da imaginação, o lugar onde se exploram os sentimentos humanos com mais liberdade, a experiência humana, tudo está ali. É onde a liberdade de imaginação ajuda a exercer plenamente a mais importante lição: a de que aprendemos com o outro. Isso é e será insubstituível. Nessa linha de pensamento, junte-se a fantasia – que hoje vai do livro ao cinema com os recursos digitais –, e surgem possibilidades infinitas para o gênero e todos os negócios que dele derivam. Dada suas infinitas possibilidades, a ficção será eterna.

Na sua opinião, como a internet exerce influência sobre o jovem escritor?

A internet permite mais criação e acesso a todo tipo de criação. Quanto mais diversidade, melhor. Nem todos vão ganhar dinheiro com isso, mas a ampliação da base de quem escreve e de quem lê faz com que a pirâmide de profissionais aumente, com mais gente na ponta. E gente também melhor.

Qual a importância dos prêmios literários?

O prêmio literário é sempre um estímulo. Nos três anos em que fui editor, com a criação do selo de ficção e não ficção Benvirá, então dentro da Editora Saraiva, tomei a iniciativa de criar o Prêmio Benvirá, que teve um recorde de inscritos em concursos do gênero no Brasil – foram enviados cerca de 1.800 originais. Em parte, esse sucesso se deu pela facilidade, porque criamos um sistema para permitir a inscrição e o envio de originais pela internet. O primeiro vencedor, Oscar Naksato, ganhou também o Jabuti, de literatura, quando o livro foi publicado. Havia um prêmio em dinheiro, mas creio que o que todos buscavam era isto: serem publicados, serem lidos, verem sua produção avaliada. Para mim, aquela era uma fonte para buscar novos autores. Alguns que não venceram acabaram sendo publicados e tiveram muito sucesso, como Raphael Montes, que hoje sai pela Companhia das Letras, e tem seus romances em diversas línguas, em mais de uma vintena de países. Para a Saraiva foi bom, por estabelecer um canal a mais de relacionamento com os professores. Para eles foram distribuídos 20 mil exemplares gratuitos do livro vencedor. Além disso, o Prêmio possibilitou à editora se estabelecer com visibilidade também na ficção. Para mim, além de promover a literatura, o prêmio trazia outro valor importante, que é o de estimular nas pessoas a vontade de escrever. Todos aqueles que participaram, mesmo sem vencer ou ser publicado, também ganharam. O simples exercício da escrita é importante para o desenvolvimento pessoal. Monteiro Lobato dizia que um país se faz de homens e livros, e os concursos têm esse papel de estímulo dentro do grande esforço da educação.

O que você diria ao jovem escritor?

Eu não sou um editor que virou autor; sou um autor que virou editor. Comecei a carreira escrevendo em jornalismo e me tornei editor de revistas; escrevia livros e me tornei editor de livros. Como editor, quis fazer pelos meus autores o que desejava que meus editores fizessem por mim. Em meus livros, assim como na minha vida como editor, o que eu procurei foi seguir meus ideais, aquilo que achava importante, e levar isso para o maior número de pessoas que podia. Sigo, como editor e autor, aquilo em que acredito. Editores e autores são pregadores das suas próprias ideias. Tive sorte de poder escrever literalmente a milhões de pessoas, como jornalista e escritor. Mas nunca pensei nisso. Continuo achando, da mesma forma que no dia em que comecei, que sigo apenas aquela ideia bem embaixo do meu nariz. Aos jovens, portanto, digo apenas isto: acreditem no que têm dentro de si, e alcançarão a Humanidade.

MARCO PACE

Profissional do mercado editorial há mais de 25 anos, é editor e sócio da Ornitorrinco Editora.

O editor de livros é, antes de tudo, um sonhador. Um sonhador porque, imediatamente após o término da leitura de um "manuscrito" (ou 'original', como também chamamos os textos antes de serem publicados), ele já está imaginando, sonhando como será o "filho", desde as pequenas ou grandes intervenções de texto até o *layout* do miolo e, é claro, da capa. É desse modo que vive um editor, colocando "filhos" no mundo das letras. Diariamente, incessantemente.

O mundo editorial sempre foi repleto de *glamour* e poesia, mas o dia a dia dos profissionais desse mercado, especialmente daqueles que colocam a mão na massa, não tem nenhum *glamour*, pelo contrário, é pesado, cheio de estresse, prazos a cumprir, metas a bater e chefes dando bronca.

O primeiro ponto a se ter em mente é o seguinte: o editor (ou editora) só publica dois tipos de livro: aquele cujo original é muito bom, ou seja, está bem escrito; ou aquele cujo autor é muito bom, neste caso, leia-se por autor "muito bom" personas conhecidas, grandes formadores de opinião. Neste caso, a editora considerará seriamente a publicação do livro de um "escrito" como este porque estará pensando não nos benefícios que aquela leitura trará para o leitor, mas, em primeiro lugar, aos cifrões que ela gerará para a editora. Horrível? Talvez, mas devemos considerar que a editora, como qualquer outro negócio, tem que dar lucro.

Quanto ao original, ele pode ser bom levando-se em conta dois aspectos: 1) a escrita, 2) a ideia, o enredo. Ou seja, é comum os editores se depararem com obras brilhantes, mas com uma escrita medíocre. Assim, a decisão de publicação ou não passará pela competência do editor e de sua equipe em ajustarem o texto. Há casos em que o texto é totalmente reescrito pela equipe de copidesques e revisores. Por outro lado, não é menos incomum termos um original escrito impecavelmente, porém com uma história chocha, que não tem começo, nem meio e muito menos fim. Esses são os mais comuns. Neste caso, geralmente o editor não pensa duas vezes na resposta ao autor: NÃO. Afinal, tudo que o leitor quer é apenas uma coisa: uma boa história.

Por fim, podemos dizer que a fórmula ideal, o sonho dos editores, é ter os três ingredientes em um bolo só: 1) grande história, 2) brilhantemente escrita, e 3) por um grande autor.

Então, se você está pensando em ser um grande escritor, foque nisso.

Ainda não é um grande escritor, mas tem uma ótima história? Siga, então, todos os meios possíveis e imagináveis para torná-la conhecida, especialmente os principais meios de disseminação de informação da atualidade, as redes sociais. Mas não descarte, em hipótese alguma, os tradicionais. Conte sua história, mande *e-mails* para pessoas-chave dentro das editoras, faça contatos, leia sobre o mercado nos jornais e revistas especializados. O que costumo e gosto de dizer é que nunca sabemos de onde pode vir a surpresa. Outra coisa que não podemos prever é onde encontraremos a pessoa que tem poder de decidir (ou influenciar na decisão) pela contratação de um livro dentro de uma editora.

Agentes literários são importantes, mas dispensáveis, se você quiser ver o trabalho de divulgação da sua obra bem feito, afinal, ninguém melhor para falar do filho do que o próprio pai. Além disso, comercialmente pode não ser tão interessante para o autor "dividir o bolo" após a publicação. Porém, se você é totalmente "virgem" no mundo editorial, o relacionamento com um profissional como este pode ser de grande valia.

Em relação ao estilo, não é sábio enaltecer nem tampouco menosprezar qualquer um, pois o mundo da literatura, assim como a própria língua, é vivo, dinâmico, está em constante mutação. Hoje, a lista de mais vendidos está repleta de títulos de literatura infanto-juvenil; amanhã, podemos estar vivendo a onda do suspense, ou novamente a dos "pornô para donas de casa".

O importante é: escreva bem, escreva com paixão. E fale aos quatro ventos que você faz isso. E faz bem, com paixão.

20. FIM DA HISTÓRIA

"gosto de pensar que um texto acontece a partir da amizade, bom senso, tolerância e complementaridade de alguns aspectos. uma palavra pertinho da outra a fofocar sonoridade e sentido forma grande corrente; elas, as palavras, são solidárias e dependentes, se precisam, se amam e se agarram com paixão. [sic]"[177]

Adriana Sydor

Nesta belíssima passagem acima, as palavras refletem tudo o que somos, escritores ou não. Palavras são vidas. Tantas. A minha vida, a sua. A vida daqueles que nos dividem. A vida daqueles que amamos, convivemos, acompanhamos, conhecemos, compartilhamos. A vida de todos os que estão dentro e fora da ficção. Personagens. Escritores. Leitores. Editores. Críticos. Professores.

Palavras fascinam. A arte de construir frases, parágrafos e capítulos fascina. Todo escritor é ébrio de seu texto e dos textos alheios. Assim, qual o significado real desta vivência? Simples: a história nunca termina.

Chegamos ao final do livro, é verdade. A jornada até aqui, espero, foi rica. Para mim, pelo menos, não há dúvida. Tenho certeza de que sou um escritor melhor, um leitor melhor. Além disso, pouco do que sei agora é seu.

Foi uma bela jornada. Passeamos pelos motivos que levam uma pessoa a se tornar escritora, caminhamos pela construção do texto, a importância das palavras, a leitura, o estilo, o surgimento da ideia,

177. SYDOR, Adriana. *Adriana Sydor, toda prosa*, Curitiba: Travessa dos Editores, 2015, p. 13.

o exercício da escrita, os gêneros literários, a estrutura narrativa, a edição. Descobrimos, redescobrimos ou apenas relembramos a importância da forma, o *design* do livro. Tipografia, diagramação, cores, papéis, acabamentos, capa. Desembocamos na publicação propriamente dita e todas as suas variantes, entre elas, editoras, livreiros, distribuidores, livrarias, agentes literários. Conhecemos a realidade mais de perto, tendo acesso às palavras dos editores.

Sim, é uma bela jornada. Mas ela, apesar de toda a experiência vivenciada página a página, não termina. Isso tudo é apenas o começo. A ficção, disse Thales Guaracy, é eterna. Tal sensação de eternidade eu experimento a cada lombada de livro lido que contemplo em minha biblioteca. Também a cada história ou texto que termino. A vontade, sinceramente, é escrever o mesmo livro para sempre, pois sempre há mais a ser dito. Sempre. O ponto final, contudo, faz nascer uma nova possibilidade. O final de um livro é o começo de outro. E outro. E outro. Por isso, terminar um livro também é bom.

Quando a palavra final de um livro se cala com o último ponto, uma nova porta se abre e a jornada do escritor, ou do leitor, recomeça.

É nova vida que nasce. Como vamos nos colocar de pé e dar os passos em direção aos inéditos caminhos, só as palavras dirão.

BIBLIOGRAFIA

ARDEN, Paul. *Tudo o que você pensa, pense ao contrário*. Tradução Roberto Muggiati. Rio de Janeiro: Intrínseca, 2008.

ATAIDE, Vicente. *À Procura da Palavra*. Curitiba: Livros HDV, 1981.

ATAIDE, Vicente. *A Narrativa de Ficção*. Curitiba: Editora dos Professores, 1972.

ATAIDE, Vicente. *Sassafrás*. Florianópolis: FCC edições, 1996.

BETTO, Frei. *Ofício de Escrever*, Rio de Janeiro: Anfiteatro, 2017.

CARRERO, Raimundo. *Os segredos da ficção: um guia da arte de escrever narrativas*. Rio de Janeiro: Agir, 2005.

CARRERO, Raimundo. *A Preparação do Escritor*. São Paulo: Iluminuras, 2009.

CESAR, Newton. *Eu, Beatriz e Angela*, São Paulo: Faces, 2011.

CESAR, Newton. *Direção de Arte em Propaganda*, 10ª ed., Brasília: Editora Senac-DF, 2013.

CESAR, Newton. *Os primeiros segredos da direção de arte*, Brasília: Editora Senac-DF, 2011.

CERCAS, Javier. *O Impostor*, tradução Bernardo Ajzenberg, São Paulo, Biblioteca Azul (Globo), 2015.

COMPARATO, Doc. *Roteiro, arte e técnica de escrever para cinema e televisão*, Rio de Janeiro: Nórdica,1983.

FARINA, Modesto. *Psicodinâmica das cores em comunicação*, 3ª ed., São Paulo: Edgard Blücher, 1987.

FERLAUTO, Claudio. *O tipo da gráfica e outros escritos*, São Paulo: Edições Cachorro Louco, 2000.

FERRAZ, Augusto. *Lição Para Viver*, Rio de Janeiro: Civilização Brasileira, 1981.

FOSTER, Thomas C. *Para ler romances como um especialista*, São Paulo: Lua de Papel, 2011.

GARCIA, Othon M. *Comunicação em prosa moderna*, 27ª edição, Rio de Janeiro: FGV, 2010.

GIL, Vicente. *A Revolução dos Tipos*, Tese de doutorado, São Paulo, 1999.

GUARACY, Thales. *Anita*, Rio de Janeiro: Record, 2017.

HENDEL, Richard. *O Design do Livro*, Tradução: Geraldo Gerson de Souza e Lúcio Manfredi, São Paulo: Ateliê Editorial, 2003.

KIEFER, Charles. *Caminhando na Chuva*, São Paulo: Leya, 2012.

KIEFER, Charles. *Para ser escritor*, São Paulo: Leya, 2010.

KING, Stephen. *Sobre a Escrita*, Rio de Janeiro: Editora Objetiva, 2015.

MARCHIONI, Rubens. *Criatividade & Redação*, São Paulo: Loyola, 2000.

MARTINS, Zeca. *Redação Publicitária*, 3ª ed., Rio de Janeiro: Elsevier, 2013.

MOISÉS, Massaud. A *Criação Literária*, 4ª ed., São Paulo: Edições Melhoramentos, 1971.

LEMINSK, Paulo. *Toda Poesia*, São Paulo: Companhia das Letras, 2013.

OLIVEIRA, Nelson. *O século culto e outros sonhos provocados*, São Paulo: Escrituras, 2002.

OLIVEIRA, Nelson. *A oficina do escritor: saber ler, escrever e publicar*, Cotia: Ateliê Editorial, 2008.

PETIT, Michèle. *A arte de ler: ou como resistir à adversidade*, São Paulo: Editora 34, 2009.

PROSE, Francine. *Para ler como um escritor*, tradução: Maria Luiza X. de A. Borges. Rio de Janeiro: Zahar, 2008.

SMITH, Andrew. *Selva de Gafanhotos*, Tradução: Edmundo Barreiros, Rio de Janeiro: Intrínseca, 2015.

SIMÕES, João M. *Clareza e mistério da criação literária*. Curitiba: ensaios, 1978.

SUBERVILLE, Jean. *Théorie de l'Art el des Genres Littéraires*, 7ª ed., Paris, Les Éditions de l'École, 1964.

SYDOR, Adriana. *Adriana Sydor, toda prosa*, Curitiba: Travessa dos Editores, 2015.

WINSLOW, Don. *Selvagens*, tradução: Alexandre Martins, Rio de Janeiro: Intrínseca, 2012.

WOOD, James. *Como funciona a ficção*, São Paulo: Cosac Naify, 2012.

SITES

http://pre.univesp.br/o-papel-do-livro-e-da-leitura-na-sociedade-contemporanea#.VxkHhPkrKUk. Último acesso em 28/08/2017.

http://g1.globo.com/jornal-da-globo/noticia/2015/04/70-dos-brasileiros-nao-leram-em-2014-diz-pesquisa-da-fecomercio-rj.html. Último acesso em 28/08/2017.

https://www.publico.pt/sociedade/noticia/ler-nos-dias-de-hoje-1626034. Último acesso 28/08/2017.

http://facitec.br/revista/web/pedagogia/download/2_4.pdf.

http://www.direcionaleducador.com.br/edicao-104-set/13/pagina-2. Último acesso em 28/08/2017.

http://gshow.globo.com/programas/encontro-com-fatima-bernardes/O-Programa/noticia/2014/10/mulher-que-preparou-peixe-venenoso-diz-como-11-pessoas-foram-intoxicadas.html. Último acesso em 28/08/2017.

http://www1.folha.uol.com.br/ilustrada/2014/04/1441339-todo-escritor-e-um-mentiroso-diz-ariano-suassuna-em-bienal-de-brasilia.shtml. Último acesso em 28/08/2017.

http://ficcao.emtopicos.com/2013/09/neil-gaiman-escritor-dicas/. Último acesso em 28/08/2017.

http://www.blogdoims.com.br/ims/entrevista-com-raduan-nassar-2. Último acesso em 13/04/2018.

http://zh.clicrbs.com.br/rs/entretenimento/noticia/2013/07/leticia-wierzchowski-a-alegria-da-escrita-4208034.html. Último acesso em 28/08/2017.

http://www.rankbrasil.com.br/Recordes/Materias/0xuh/Mais_Rapido_A_Escrever_Um_Livro_Do_Ultimo_Capitulo_Ao_Primeiro. Último acesso: 23/06/2016.

http://literatortura.com/2013/01/o-escritor-que-mais-escreveu-livros-em-todos-os-tempos-e-brasileiro/. Último acesso em 28/08/2017.

http://www.ronizealine.com/2014/03/plot-o-que-e-como-criar-um.html. Último acesso em 24/04/2017.

http://www.publishnews.com.br/materias/2012/10/31/70933-um-editor-faz-a-diferenca. Último acesso em 01/06/2017.

https://www.thecreativepenn.com/2015/02/01/story-grid-shawn-coyne/. Último acesso em 31/05/2017.

https://www.storygrid.com/. Último acesso em 02/06/2017.

http://truecolorsystem.com.br/. Último acesso em 20/07/2017.

https://pt.wikipedia.org/wiki/Hermann_von_Helmholtz. Último acesso em 21/07/2017.

http://www.mundovestibular.com.br/articles/469/1/O-OLHO-E-A-VISAO/Paacutegina1.html. Último acesso em 21/07/2017.

http://www.mundocristao.com.br/conteudo/729/Como-%C3%A9-o-processo-de-cria%C3%A7%C3%A3o-de-capas-de-livros%3F. Último acesso em 24/07/2017.

http://abibliotecaderaquel.blogfolha.uol.com.br/2012/07/23/alta-literatura-vs-literatura-de-entretenimento/. Último acesso em 28/08/2017.

http://www.gazetadopovo.com.br/caderno-g/nao-existe-mercado-editorial-no-brasil-ec2mtvaf24wvc8xh73t2acdvy. Último acesso em 02/08/2017.

http://www.publishnews.com.br/materias/2017/01/17/a-cabeca-do-editor-do-seculo-21-a-angustia-do-jogador. Último acesso em 02/08/2017.

http://www.publishnews.com.br/materias/2017/05/23/a-dor-de-cabeca-do-editor-como-lidar-com-a-incerteza-em-tempos-de-crise. Último acesso em 03/08/2017.

http://www.digestivocultural.com/ensaios/ensaio.asp?codigo=200&titulo=Obras-primas_recusadas. Último acesso em 07/08/2017.

http://www.ryoki.com.br/tudosobre.htm. Último acesso em 08/08/2017.

http://www.digestivocultural.com/ensaios/ensaio.asp?codigo=200&titulo=Obras-primas_recusadas. Último acesso em 07/08/2017.

http://www.leya.com/pt/gca/areas-de-actividade/autopublicacao-escrytos/.Último acesso em 12/04/2018.

https://projetodraft.com/nunca-foi-tao-facil-e-barato-publicar-um-livro-conheca-o-mercado-da-autopublicacao/. Último acesso em 12/04/2018.

http://www.blogdacompanhia.com.br/conteudos/visualizar/Geovani-Martins-guarde-este-nome. Último acesso em 12/04/2018.

http://www.publishnews.com.br/materias/2017/05/23/a-dor-de-cabeca-do-editor-como-lidar-com-a-incerteza-em-tempos-de-crise. Último acesso em 16/08/2017.

http://www.revistasamizdat.com/2012/09/samizdat-34.html. Último acesso em 21/08/2017.

Tipografia: Adobe Devanagari | Avenir LT Std
Adobe Garamond Pro

Papel: Pólen Soft 80g/m²

Impressão: